워메이지 **War Mage**

김재한 퓨전 판타지 소설
FUSION FANTASY STORY

위메이지 1

김재한 퓨전 판타지 소설

초판 1쇄 찍은 날 § 2009년 8월 12일
초판 1쇄 펴낸 날 § 2009년 8월 22일

지은이 § 김재한
펴낸이 § 서경석

편집장 § 문혜영
편집책임 § 서지현
편집 § 문정흠

펴낸곳 § 도서출판 청어람
등록번호 § 제1081-1-89호
등록일자 § 1999. 5. 31
어람번호 § 제1-1066호

주소 § 경기도 부천시 원미구 심곡2동 163-2 서경B/D 3F (우) 420-822
전화 § 032-656-4452 팩스 § 032-656-4453
http://www.chungeoram.com
E-mail § eoram99@chollian.net

ⓒ 김재한, 2009

ISBN 978-89-251-1898-7 04810
ISBN 978-89-251-1897-0 (세트)

FUSION FANTAST STORY

War Mage

워메이지

김재한 퓨전 판타지 소설

1

전투기계

도서출판
청어람

Contents

*본문에 등장하는 모든 인명, 지명, 단체명은 현실과 관계
가 없습니다.

프롤로그

　인류의 죄를 사해줄 구원자가 이 세상에 나타나기 이전, 지옥으로 갈 만큼 죄를 짓지 않으면서 천국을 갈 만큼 덕을 쌓지도 않은 자들이 가는 곳을 가리켜 연옥(煉獄)이라 하였다.

　본래 그것은 허구의 이름이었으나 현실에서 그 이름을 마음에 들어한 자들이 있었다. 그들은 살아 있으나 살아 있지 않은 자들, 분명히 존재하지만 일반인의 인식 바깥에서 마치 망자(亡者)처럼 살아가는 자신들의 세계를 그 이름으로 부르게 되었다.

　연옥은 인류의 그림자에 자리 잡고 수천 년 동안 존속한 결과, 21세기가 되어서도 그 실체를 고스란히 간직하고 있었다.

그곳의 존재들은 온갖 신비를 사역한다.

강체술이라 통칭되는 기술을 익힌 자들은 마치 동방의 전설 속 영웅들처럼 나무를 뛰어넘고 검으로 강철을 베며 손짓만으로도 광풍을 일으킨다.

마법 혹은 주술, 선술 등으로 불리는 기술을 익힌 자들은 서양의 전설 속 인물들처럼 온갖 기괴한 일들을 일으키고 인간의 정신과 기억을 자유자재로 조작한다.

그리고 이러한 기술들에는 현대의 문명이 빠지지 않고 결합되어 있었다. 최첨단 문명이 생활의 패러다임조차 바꾸어놓는 21세기에는 마법사와 주술사들조차 그것으로부터 자유로울 수 없었던 것이다.

그들은 상식을 초월한 힘을 이용하여 일반인의 인식을 막고 정신을 조작하며, 동시에 세계를 위협하는 존재와 싸워오고 있었다. 기나긴 시간 동안 그 일은 계속되어 왔고, 이제는 뒤집을 수 없는 단단한 굴레가 되어 모든 것을 속박한다.

*   *   *

12년 전, 강원도 산간 지방.

쿠르르릉!
뇌운(雷雲)이 몰려오고 있었다. 아직 비가 내리지 않는 게 신기하게 느껴질 정도로 습하고 거친 바람이 불어오며 하늘이 용트림을 해댔다. 번쩍이는 벼락과 울부짖는 천둥은 분명 지상에서 일어나는 사건과 관련이 있었다.

"크윽, 어마어마하군. 몇이나 당했지?"

산사태가 일어나서 무너진 언덕에 한 남자가 서 있었다. 20대 후반 정도로 보이는 남자의 복장은 영화 속의 특수부대원 같았다. 그는 새카만 옷에 방탄 장비들, 그리고 총과 칼을 비롯한 전투 장비를 갖춘 채 불량하게 담배를 꼬나물고 투덜거렸다.

"현재까지 저희 팀에서 부상 다섯 명, 사망 일곱 명입니다."

그의 뒤쪽에서 대답하는 남자 또한 그와 비슷한 복장을 갖추고 있었다.

"다른 팀 녀석들까지 합치면?"

"아직 정보가 전부 전달된 것은 아닙니다만, 부상 17명, 사망 22명 정도 되는 것 같습니다."

"젠장, 정보부 녀석들의 판단이 빗나갔다는 증거로군."

남자는 단숨에 담배를 빨아들여 태워 버리고 뱉으며 투덜거렸다.

"혹시나 몰라서 3중으로 쳐둔 결계는 다 박살 나고 날씨까지 이 모양이라니, 이 정도면 두 팀 정돈 더 보내줬어야지. 빌어먹을."

"확실히 그렇긴 합니다. 그런데 일단은 뒤처리를 해야 할 것 같습니다만……."

"우리가?"

"예. 목격자를 놔둘 수는 없지 않습니까?"

"쯧, 목격자라……."

남자는 혀를 차며 무너진 언덕 아래쪽을 바라보았다. 토사에 묻힌 도로에 뒤집힌 승용차 한 대가 있었다. 그리고 그 속에서 네 명의 가족이 버둥거리는 것이 보였다.

"기억 지우고 치워."

"그게… 안 됩니다."

"뭐?"

남자의 눈썹이 꿈틀거렸다. 부하가 고개를 숙이며 설명했다.

"놈이 사멸할 때의 파장을 너무 가까이서 받아서 그런지 기억조작술이 통하지 않는답니다."

실제로 그 차 앞에 있는 마법사가 당혹스러워하고 있었다. 일반인에게 암시를 걸고 기억을 조작하는 데는 탁월한 능력을 가진 이가 그러고 있다니, 사태가 얼마나 고약한지 확실하게 느껴졌다.

"젠장, 그럼 죽여야 되나?"

남자는 머리를 벅벅 긁으며 언덕에서 뛰어내렸다. 가파른 비탈이었지만 그는 통통 튀는 듯한 움직임으로 가볍게 아래까지 내려가서 물었다.

"야, 진짜 조작 안 되는 거냐?"

"전혀 안 먹힙니다. 데려가서 파장을 중화시키고 찬찬히 정신 조작을 해야……."

"그럴 여유가 없다는 거 알잖아? 이 차까지 같이 들고 갈 수도 없는데. 게다가 공백이 커지면 그만큼 조작해야 될 기억의 양이 기하급수로 늘어날 텐데, 그거 다 네가 감당할 거냐?"

마법사는 입을 다물었다.

확실히 그들이 속한 조직은 그렇게 인의 넘치는 조직이 아니었다. 민간인 피해를 안 내는 것이 원칙이지만, 이렇게 된 상황에서 그 원칙을 위해 피해를 감수하는 것을 상부가 허락할 리 없다.

"그럼 그냥 죽입니까?"

다른 부하 중 하나가 물었다.

"그래야겠지만……."

안에 있는 가족들도 정신을 차리고 있는지라 이들의 대화를 다 듣고 있었다. 몇 번 대화를 시도했다가 위협사격이나 머리 바로 옆의 시트에 칼이 꽂히는 경험을 한 그들은 오들오들 떨 뿐, 말조차 못하는 상황이었다.

그런데 그때였다. 뒤쪽에 있던 두 아이 중 하나가 깨진 유리창을 통해 버둥거리며 밖으로 나오고 있었다.

"엥?"

그 모습을 신기하다는 듯 바라보고 있던 남자는 한 걸음 나서며 아이가 나오는 것을 도와주었다. 깨진 유리창에 긁혀서 팔다리가 상처투성이가 됐지만 아이는 애써 울음을 참고 있었다.

"뭐냐, 꼬맹아?"

남자가 고개를 갸웃거리며 물었다. 아이의 나이는 대여섯 살 정도 되었을까?

"우, 우리를 주, 죽이지 말아요."

아이는 덜덜 떨면서도 분명하게 말했다, 남자의 눈을 똑바로 쳐다보면서.

"왜?"

"그, 그건… 죽이는 건 나쁜 짓이잖아요."

"풋."

머뭇거리며 흘러나온 대답에 남자는 웃음을 터뜨리고 말았다.

"이거 어쩌나? 여기 있는 아저씨들은 다 나쁜 사람들인데. 네가 말하는 나쁜 짓을 너무 많이 저질러서 정상참작의 여지도 없거든."

"저, 정상참작?"

아이는 그 말을 이해하지 못하고 당황했다. 남자는 코웃음을 치며 물었다.

"만약 그렇게 해준다면… 네가 우리한테 뭘 해줄 수 있겠냐?"

"네, 네?"

"너희 가족을 살려주는 것은 우리한테는 굉장히 큰 피해를 감수해야 하는 일이거든? 그러니까 예를 들면 이런 거야. 네가 네 동생에게 빵을 주고 싶어. 하지만 그러려면 네가 빵을 먹지 말아야 해. 덧붙여서 그 빵은 네 식사거리였기 때문에 너는 밥까지 굶어야 하지. 그런 일을 너하고는 알지도 못하는 사이인 우리가 해줘야 한다면 뭔가 보답이 있어야 하지 않겠냐?"

얼토당토않은 논리였지만 이들의 입장에서는 진실이기도 했다.

사실 다들 남자가 이미 결론을 내놓고 장난을 치고 있다는 것을 알고 있었다. 남자는 시간이 아슬아슬해지면, 눈앞의 꼬마를 시작으로 저 가족을 모조리 죽여 버린 뒤 이 자리를 떠날 것이다.

"그럼… 나만 죽여요."

아이는 한참 생각하더니, 갑자기 결연한 표정을 지으며 말했다. 남자의 눈이 크게 떠졌다. 이것 역시 생각도 못한 대답이었기 때문이다.

"왜?"

"나만 죽이고 우리 가족은 다 살려줘요."

"허어?"

한마디로 자기가 희생할 테니 나머지는 살려달라? 이 자식, 꼬맹이 주제에 만화를 너무 많이 본 거 아닌가?

"유현아, 너 그런 소리 하면 못… 악!"

아이의 엄마가 황급히 말을 하다가 한 대 맞고 입을 다물었다. 손을 쓴 부하는 그냥 때리는 것에 그치지 않고 특별한 수를 써서 그녀가 돌처럼 굳어지게 만들었다.

유현이라 불린 아이는 그런 엄마를 두려움에 찬 눈으로 바라보았다. 그리고 다시 천천히 고개를 돌려 남자의 눈을 응시했다.

"어이어이, 너, 알고 있냐? 네가 죽든 말든 우린 아무런 이득도 없거든? 어차피 다 죽여야 되니까."

"……."

"그러니까 네 제안은 아무런 의미도 없어."

"그럼, 그럼 내가 당신들 편이 될게요!"

소년의 목소리는 절박했다.

남자가 눈살을 찌푸렸다. 이건 여섯 살짜리가 보일 만한 태도가 아니지 않나?

그렇게 생각하던 남자는 겨우 아이의 심리를 이해했다.

이 녀석은 아직 죽는다는 게 뭔지도 모르고 있다.

자기가 죽는다는 사실도 실감하지 못하니까 이럴 수 있는 거다. 정의의 사자놀이를 하고 있는 거지.

다만 아이들은 놀이도 굉장히 진지하게 하는 법이지. 남자의 입가에 미소가 그려졌다.

"재미있군. 좋아, 너희 가족을 살려주마."

그 말에 부하들이 술렁거렸다. 남자가 그런 결단을 내리리라고는 상상도 못했던 것이다.

"대신 네 목숨은 이제 우리의 것이다. 이제 두 번 다시 가족과 만날 수도 없고, 자유롭게 친구들과 만나 놀 수도 없다. 알겠냐?"

그 말이 가지는 무게를 조금은 느낀 것이었을까? 아이는 겁먹은 표정일 지으며 흠칫 몸을 떨었다. 하지만 곧 비장미마저 풍겨나는 얼굴로 고개를 끄덕였다.

"알았어요."

"좋아, 접수했다. 야, 뒤처리해. 이 녀석하고 가족들 다 재워서 업고 가고, 자동차 치워."

그 말과 동시에 남자의 손이 움직였다. 아이는 자신이 어떻게 당한 것인지도 모르는 채 정신을 잃었고, 가족들도 곧 정신을 잃은 채 축 늘어졌다. 부하들에게 그들을 업게 한 남자는 다시 담배 한 개비를 꼬나물고 불을 붙였다.

부하가 물었다.

"괜찮으시겠습니까?"

"흥, 뭐, 안 괜찮으면 어쩌게?"

"아니, 너무 의외라서 그렇습니다. 어쩌시려고 그럽니까?"

"뭐, 저 꼬맹이가 말하는 게 재미있어서 앞으로 어떻게 자라나 보려고. 윗선에 말해둘 테니까 훈련소에 처박아둬. 죽으

면 나한테 알려주고, 죽지 않고 제대로 된 전투원으로 일하게
되면 그때도 나한테 말해."

"알겠습니다."

부하는 고개를 숙여 보이고는 그 후로는 가타부타 토를 달
지 않았다.

남자는 담배 연기를 뿜어내며 먹구름 가득한 하늘을 올려
다보았다. 그 순간 빗방울이 그의 얼굴 위로 떨어졌다.

"이런, 슬슬 쏟아지나. 지저분한 날이군."

아이는 부하의 등에 업힌 채 무너진 언덕을 오르고 있었다.

그날이 그의 운명이 영원히 결정되어 버린 날이었다.

*   *   *

2년 전, 서울.

골목 사이로 비쳐 드는 햇살이 눈부시다. 찌를 듯이 솟아오
른 콘크리트의 산 위로 태양은 변함없이 빛난다.

그는 햇살을 향해 손을 뻗었다. 골목의 어둠 속에 있는 그
의 손이 햇빛에 닿아 선명한 음영을 만들었다.

이 햇살 너머에 그가 원하는 세계가 있다. 그것은 죽 꿈꿔
왔지만 이루지 못했던 일이다. 평범하게 사람들 사이를 걷고,
무기를 들고 다니지 않아도 되고, 누군가의 피를 보지 않아도

되는 그런 일상을 그는 동경했다.

그러나 그가 있어야 할 세계는 음지(陰地)였다. 수많은 그림자들이 얽히는 빛의 세계보다는 그 윤곽마저도 어둠 속에 묻혀 버리는 세계가 그가 숨 쉴 수 있는 유일한 곳이었다.

적어도 지금까지는.

"그나저나, 정말 그만두실 겁니까?"

등 뒤에서 조심스럽게 묻는 목소리가 있었다. 돌아보지 않아도 그 목소리의 주인이 누구인지, 어떻게 생겼는지는 확실하게 안다. 그보다 두 살 어린 열네 살의 소년이었다.

아마 저 소년은 자신이 이런 일을 하고 있다는 사실에 아무런 회의도, 거부감도 갖고 있지 않겠지. 다른 일을 하며 살아가는 자신을 상상해 본 적도 없을 것이다. 그렇게 만들어진 인간이니까.

그의 눈이 땅바닥으로 향했다. 축축한 그늘이 드리워진 골목길에는 검게 보이는 피가 사방에 흩어져 있었다. 그리고 그 중심에는 몸통이 갈가리 찢긴 남자의 시체가 하나.

"쓸데없는 질문은 작전 끝나고 해라."

그는 차갑게 대답하고는 훌쩍 뛰어올라서 벽을 박찼다. 그 반동으로 다시 비스듬하게 반대편으로 날아오르고, 다시 반대편 벽을 박차고 날아오르는 방법으로 20층 빌딩의 옥상에 올라섰다.

그곳에는 땅바닥에 못 박힌 채 허우적거리고 있는 인간이 있었다.

'못 박혔다'는 표현은 단순한 비유가 아니었다. 실제로 양 팔, 양다리에 기다란 칼이 꽂혀서 그의 움직임을 속박하고 있었다. 태양이 눈부시게 내리쬐는 가운데 상처로부터 퍼져 가는 붉은 피는 아찔할 정도로 선명하다.

"당신이 마지막이야."

그는 죽음을 목전에 두고도 발버둥치는 상대를 향해 속삭였다. 손에 들린 투척용 나이프가 햇빛을 받아 눈부시게 빛났다.

다음 순간 나이프가 정확히 상대의 목을 꿰뚫었다. 그때까지 이어지던 최후의 몸부림이 멈추며 동공이 허무하게 풀린다.

잠시 동안 번져 가는 피를 바라보던 그는 하늘을 올려다보면서 중얼거렸다.

"죽고 죽이는 일을 때려치우기엔 빌어먹을 정도로 좋은 날이군."

그것이 그의 마지막 일이었다.

Chapter 01

암살자

1

유흔 고등학교는 안산시에서는 질이 좋은 편에 속하는 인문고였다. 질이 좋다는 것은 딱히 성적이 손꼽힐 정도로 우수하다거나 혹은 학생들의 외모가 빼어나다는 말이 아니라 교내 폭력이 별로 없다는 소리였다.

그런 유흔 고등학교에서 진유현은 꽤 명물로 이름나 있었다.

사실 행실이 특출 난 것은 아니었다. 2학년 1학기에 대전에서 전학 온 전학생인 그는 지금껏 한 번도 문제를 일으키지 않았고, 중간고사에서도 좋은 성적을 거두었다. 대인관계도 원만해서 학생들과 교사, 양측 모두에게 평판이 좋았다.

그럼에도 불구하고 그가 유명한 이유는 항상 하고 다니는 안대 때문이었다.

시각장애인으로 등록되어 있는 그는 사고로 왼쪽 눈의 시력을 아예 상실했다. 그는 그것을 티내기라도 하듯 안대를 하고 다녔는데, 이 안대가 꽤나 눈에 띄는 것이라 종종 화제에 올랐다.

신체에 장애가 있는 만큼 체육 시간에는 빠지는 것이 보통이었다. 한쪽 눈이 보이지 않기 때문에 원근감이 부족해서 어떤 사고가 날지 알 수 없었기 때문이다.

"야, 유현아. 오늘 우리 집에 놀러 가지 않을래?"

그런 진유현에게 같은 반의 원준형이 물었다. 전학 온 이래 딱히 친구가 없는 유현에게 있어 원준형은 그럭저럭 가깝게 지내는 녀석이었다.

"너희 집? 가도 되냐?"

"응. 오늘 부모님 늦게 들어오시거든. 내일까지 안 오실지도 모른데. 나 이번에 게임기 새로 샀는데 구경이나 오라고."

"어, 그래? 뭐, 그럼 갈게."

유현은 별로 생각해 보지도 않고 승낙했다.

원준형은 반에서 손꼽히는 우등생이었다. 성적이 뛰어난 것은 물론이고, 운동에도 만능, 생긴 것도 티없이 잘생겨서 여자애들한테도 인기가 많았고, 집안이 좋아서 학교에도 많은 기부를 하고 있기에 선생들 사이에서도 함부로 할 수 없는 녀석이었다. 하지만 그것을 전혀 티내고 다니지 않기 때문에 평판이 아주 좋았다.

그런 녀석이 유현에게 친한 척 구는 이유는 알 수 없었지만 유현도 싫은 기색을 보이지 않았고, 그렇게 시간이 좀 지나보니 상당히 친한 것으로 인식되어 있었다.

'뭐, 그냥 사심없이 친한 척하는 건 아니겠지만.'

유현이 보기에 원준형은 뭔가 꺼림칙한 구석이 있었다. 다른 사람은 전혀 알아차리지 못하는 것 같지만 말이다.

어쨌든 유현도 원준형도 원래부터 각자의 사정 때문에 야간자율학습 열외 대상자였기 때문에 보충수업이 끝나자마자 집으로 향했다. 원준형네 집은 학교에서 좀 먼 곳에 있어서 자전거를 타고 30분 가까이 달려야 했다.

그 사실을 깨달은 유현이 의아해하며 물었다.

"준형이 너, 원래 자전거 통학하냐?"

"아, 원래는 차로 다니는데 가끔 일찍 일어나서 시간 남으면 자전거 타고 나와."

"그래? 자전거 산 지 얼마 안 됐나 봐? 비싸 보이는데?"

"얼마 전에 생일이었거든. 게임기랑 같이 선물로 받았어. 이거 몸체가 티타늄이래."

"뭐? 티타늄? 그럼 300만 원도 넘을 텐데?"

"그렇게 비싼 거였어? 난 고모부가 사주셔서 가격은 잘……."

유현이 놀라면서 묻자 원준형은 멋쩍은 듯 뒤통수를 긁었다. 부잣집 도련님이라고 광고하는 것도 아니고 학생 신분에 300만 원짜리 자전거를 타고 다니다니, 황당하다. 참고로 유현이 타고 있는 자전거는 국민 브랜드인 삼천리 자전거의 17만 원짜리 모델이었다.

　치안이 나쁜 도시로 이름난 안산의 좋은 점을 찾아보자면 역시 거의 대부분이 평지라서 자전거 타기에 정말 좋다는 것이다. 자전거 하나만 있으면 어디든지 못 갈 곳이 없었고, 그것은 원준형네 집도 마찬가지였다.

　안산 외곽에 위치한 원준형의 집은 이 아파트가 대부분인 신도시에서는 눈에 띄는 부자들의 동네라고 할 수 있는 곳이었다. 골목을 따라 늘어선 개인 주택들 중에서도 군계일학이라고 할 수 있을 정도로 넓고 호화로운, 저택이라는 말이 어울릴 것 같은 집이 원준형의 집이었다.

　'아니, 도대체 이 정도로 돈이 넘치면 강남에라도 갈 것이지, 도대체 왜 안산에 사는 거야?'

　일반적인 상식으로 생각하면 이해가 안 될 정도였다.

　하지만 집이 가까워지자 유현의 눈빛이 변했다. 약간 앞서 가고 있던 원준형은 보지 못했지만 한순간 얌전하고 원만한 성격의 유현이라고는 생각할 수 없을 정도로 날카로운 눈빛이 스쳐 지나갔다.

　'역시.'

유현은 보일 듯 말 듯 미소를 지었다. 하지만 그 미소는 원준형이 자전거를 멈추고 돌아볼 때쯤에는 말끔하게 사라져 있었다.

"다 왔다. 자전거는 집 안에 매두면 돼. 바깥에다 두면 도둑이 드니까."

"요즘 질 나쁜 놈들 너무 많더라. 나 지난번에 역 근처에다 매놨더니 펑크 내놓고 튀었다니까."

유현은 안산에 득시글거리는 자전거 테러범들을 떠올리며 투덜거렸다. 실제로도 사람들이 많이 다니는 곳이나 자전거 주차장에 두지 않으면 꼭 악질적인 장난을 해놓는 놈들이 많았다.

원준형네 집은 바깥에서 보이는 것만큼 으리으리했다.

대문을 열고 들어가자 안에는 정말 넓은, 애들 한 서른 명 정도는 풀어서 놀게 해도 넓다고 느낄 법한 정원이 펼쳐져 있었는데, 돈을 들인 티가 팍팍 나는 조경을 자랑했다. 정원에 질서정연하게 배치된 나무와 꽃들이 그랬고, 한구석에 있는 연못에는 인공 폭포와 분수까지 만들어져 있었다.

이런 정원을 만들려면 적어도 돈이 수억 원은 들어가지 않을까? 게다가 저 연못 유지비를 포함한 정원 관리비를 생각하면 서민들의 한 달 생활비 정도는 우스울 것 같았다.

"이야, 정원 멋진데?"

"볼만하지? 어머니께서 신경을 많이 쓰시는 편이거든."

왈왈!

그때 연못 반대편에 놓여 있던 개집에서 덩치가 크고 새하얀 개들이 뛰쳐나왔다. 그레이트 피레니즈를 두 마리나 키우고 있다니, 부티가 좀 난다.

"우와, 그레이트 피레니즈잖아?"

"응. 아기 때부터 키운 녀석들이야. 혈통서도 있고. 얘는 능리, 얘는 강진."

"헤에, 혈통서까지 있다니, 그럼 이건 개처럼 생긴 고급 차라고 불러야겠군. 만져 봐도 되냐?"

"성격 좋으니까 괜찮아."

유현은 조심스럽게 그레이트 피레니즈의 머리를 쓰다듬어 보았다. 이런 대형 견은 한번 잘못 물리면 대형 사고라 아무래도 무서워하는 게 정상이었고, 실제로 유현도 머뭇거리는 태도를 보였다. 하지만 동시에 유현과 눈을 마주한 그레이트 피레니즈도 묘하게 굳은 태도를 보이면서 얌전히 있었다.

그 모습을 본 원준형은 의아함을 느꼈다. 저 개가 저렇게 얌전한 녀석들이 아닌데? 사람이 쓰다듬고 있어도 계속 까불거려야 정상인데 왜 저렇게 얌전한 거지?

하지만 의문은 오래가지 않았다. 유현이 손을 떼며 고개를 돌리자 금방 까불거리는 태도로 돌아왔던 것이다.

"와, 굉장히 감촉이 좋네. 덩치는 큰데 귀엽다."

"그레이트 피레니즈가 원래 사람을 굉장히 좋아해. 우리

애들도 그런 편이야."

넓은 집에는 고용인들 외에는 아무도 없다고 했다. 이만큼 넓은 집이다 보니 정원 관리 겸 일꾼 역할을 하는 정원사들과 가정부가 있다나. 확실히 가족들만 살기에는 지나치게 넓은 집이고, 또 구석에 난 문을 보니 사람이 살며 출입한 흔적이 보였다.

'문제는 저 앞에 놓인 신발만 해도 한두 명의 것은 아니라는 점이지.'

유현은 그 사실을 알아채곤 피식 웃었다.

어쨌든 현관으로 가자 가정부가 기다리고 있다가 도련님 돌아오셨냐고 정중하게 인사를 했다.

'도련님이라……. 하여튼 대단하구만.'

요즘 세상에 도련님 소리를 들으며 사는 녀석이라니, 정말 돈 있는 집안은 뭐가 달라도 다르다.

집 안도 정말 부티가 팍팍 나서 눈에 들어오는 모든 것이 비싸다는 것을 알 수 있었다. 게임기도 무려 50인치 벽걸이형 디스플레이에 연결되어 있고, 또 돈을 억수로 들인 7.1채널 사운드가 구성되어 있어서 영상도, 소리도 끝내줬다. 이만큼 호화로운 환경에서 게임을 할 수 있다고는 상상도 못해봤는지라 두 시간 넘게 푹 빠져서 게임을 했다.

"우와, 이거 진짜 죽이는데! 근데 역시 화면이 크니까 해상도가 좀 튀어 보인다."

"풀 HD 해상도라고 해도 50인치 화면쯤 되니까 그렇더라. 그냥 화면 큰 맛을 즐기는 거지, 뭐."

게다가 이 기기들이 곧 홈시어터이기도 한지라 게임을 한참 하다가 DVD로 영화 한 편을 보고 중국집에서 저녁을 시켜 먹었다. 좀 배가 찼다 싶을 때 문득 원준형이 물었다.

"아, 저기 있잖아."

"음? 왜?"

"술 한잔하지 않을래?"

"술?"

갑자기 모범생답지 않은 이야기가 나오는 바람에 유현은 조금 당황했다. 원준형이 실실 웃으면서 말했다.

"헤헷, 사실 나, 아버지 와인은 자주 훔쳐 마시는 편이거든. 이번에 괜찮은 와인이 들어왔다고 해서……."

"어, 뭐, 술 좋지. 와인은 싸구려밖에 못 먹어봤는데……."

사실은 술을 정말 싫어한다. 왜냐하면 판단력을 흐리는 물건은 멀리하라고 철저하게 교육받고 자랐으니까.

하지만 겉으로는 그런 내색을 전혀 하지 않고 웃으면서 좋다고 말한다. 상대방에게 어떤 꿍꿍이가 있든 일단은 낚이는 척해줘야 일이 진행되는 법이니까.

"그럼 기대하라고. 가정부 아줌마도 돌아갔겠다, 한 병 따자."

거실 안쪽으로 사라졌던 원준형이 잠시 후에 들고 나온 것은 큼지막한 와인 병이었다. 프랑스 와인이라는데 이름은 들어봤자 당연히 모른다.

적당히 따라서 한 잔 마셔보니 와인이라는 이름에 기대했던 거창함은 없고 그냥 생각보다 마시기 편하고, 기대했던 것보다는 단맛이 거의 없었다.

"어때?"

"생각보다 별로 달진 않네?"

"와인 중에 달달한 건 생각보다 별로 없어. 그래도 마실 만하지?"

"그렇긴 하네. 이거 얼마짜리냐?"

"한 50만 원쯤 하나? 그렇게 비싸지는 않아."

"아, 안 비싼 거냐?"

아니, 고작 술 한 병에 50만 원이 넘는단 말인가? 와인이 비싸단 말은 귀에 못이 박히도록 들어왔지만 그래도 한 병에 50만 원짜리가 비싸지 않다는 소리를 들을 정도면 도대체 비싼 건 얼마란 거야?

그 의문은 원준형이 곧바로 풀어주었다.

"진짜 비싼 와인은 100만 원대, 200만 원대 막 이러니까. 천만 원짜리 와인도 있는걸."

"그런 걸 대체 무슨 정신으로 마시냐?"

"와인 애호가들이야 집착이 병적이니까 얼마가 들든 상관하지 않지. 우리 아버지도 꽤 와인을 즐기시는 편이야."

덕분에 나도 이렇게 훔쳐 마실 수 있으니 좋지 않아? 원준
형은 그렇게 말하며 킬킬거렸다.

두 사람은 이런저런 시시콜콜한 이야기들을 나누면서 와
인 한 병을 다 비우고 이번에는 스파클링 와인도 한 병 가져
다가 비워 버렸다. 유현이 이렇게 축내도 괜찮은 거냐고 묻자
원준형은 집 지하에 와인 저장고가 따로 있을 정도라 두 병
정도 사라진 걸로는 티도 안 난다고 으스댔다.

"아, 벌써 열시가 넘었네. 슬슬 가봐야겠다."

"그냥 자고 가지?"

"응?"

"자고 가. 어차피 우리 부모님 내일까지 안 오시니까 자고
내일 같이 나가자. 집에 전화나 해두고."

"아, 그래도 될까?"

"응. 방 하나 내줄 테니까 거기서 자. 난 공부방에서 자면
되니까 네가 침실에서 자면 되겠다."

"…너, 침실이 따로 있냐?"

"응. 따라와."

유현이 딱히 의사를 결정하기도 전에 원준형이 일어나면
서 그를 안내했다. 이렇게 나오는데 거절하기도 뭐한지라 유
현도 일단은 그의 뜻을 받아들이기로 했다.

원준형의 침실은 2층에 있었다. 불을 켜고 보니까 넓이가
네 평은 되는 것 같고, 침대는 아주 호사스러움의 극치인데다

가 화장실까지 따로 딸려 있어서 오밤중에 볼일 보러 방에서 나와야 할 일도 없었다.

"여기 화장실 딸려 있으니까 거기서 씻고 자면 될 거야. 아, 칫솔 필요하면 거기 새것도 있으니까 그거 뜯어서 쓰고."

"아, 그래. 알았어."

"그럼 내일 아침에 보자. 나도 잘 못 일어나니까 거기 옆에 있는 자명종 맞춰놓고 자."

"응. 잘 자라."

"잘 자."

원준형은 웃으면서 1층으로 내려갔다.

그가 사라진 복도를 잠시 동안 묘한 표정으로 바라보던 유현은 곧 어깨를 으쓱하며 침실로 들어갔다. 그리고 남들 앞에서는 항상 하고 있던 안대를 풀어서 베개 옆에다 두었다.

안대를 벗은 유현의 왼쪽 눈은 오른쪽 눈과 크게 다를 것이 없었다. 약간 색깔이 흐릿하고 초점이 없어 보이지만 그것도 자세히 보지 않으면 알아채기 어렵다. 하지만 유현에게는 대단히 큰 차이가 있었다. 특히 안대를 벗으면 그때는 특수한 조치를 취해둬야만 했다.

유현은 왼손을 들어 눈 가장자리 다섯 군데를 톡톡 두드리듯이 찍었다. 무슨 주술적인 의미가 있는 것 같은 움직임이었다.

몇 번 정도 그 일을 반복한 유현은 화장실에서 새 칫솔 포장을 뜯어서 이빨을 닦고 세수를 한 다음 잠자리에 들었다. 침대는 너무 푹신해서 몸이 잠겨드는 듯한 느낌마저 들었다.

'옛날에는 흙바닥에서도 잘 잤는데.'

문득 옛날의 기억이 떠오른다. 지금은 지은 지 얼마 안 된 아파트에서 싸구려 침대를 쓰고 있지만 1년 반 전까지만 해도 간이침대조차 사치스럽게 느낄 정도로 척박한 삶을 살았다. 적어도 곱게 자란 부잣집 도련님은 상상도 못할 그런 삶을……

처음 마신 비싼 와인 때문일까, 이런저런 생각을 하다가 금방 잠이 들었다.

하지만 꿈은 꾸지 않았다. 그 정도로 깊이 잠들었기 때문은 아니다.

갑자기 느껴진 기척 때문에 눈을 떴기 때문이다.

"……."

눈을 떴을 때는 웬 소녀가 매서운 눈빛으로 그를 노려보고 있었다.

그녀는 고양이처럼 기척을 죽이고 침대로 올라와서 오른손을 들어 올렸다. 그 손에는 열린 창문을 통해 스며드는 달빛에 반사되어 흉흉한 광택을 흘리는 칼이 들려 있었다.

그것만으로도 놀라운데 그 소녀는 아무런 주저도 없이 그것을 내려쳤다. 정확히 유현의 목줄기를 노리고.

하지만 그 순간 유현이 움직였다. 고개를 번개처럼 돌려서 내리꽂히는 칼날을 피하고 몸을 스프링처럼 튕겨서 침대 위에 올라탄 소녀의 중심을 흔들었다. 소녀가 당황한 짧은 순간, 아래쪽에서 빼낸 손으로 목을 후려쳐서 틈을 만들고 거칠게 밀어냈다. 그러면서 소녀에게서 칼을 뺏는 것도 잊지 않았다.

소녀는 나가떨어지면서도 비명조차 지르지 않았다. 정말로 고양이가 생각나는 유연한 움직임으로 낙법을 취해 충격을 줄이고는 곧바로 일어나서 빈틈없는 전투 자세를 취했다.

열린 창문을 통해 바람이 불었다.

유현은 잠시 동안 그녀를 바라보았다. 달빛에 모습을 드러낸 소녀는 유현과 비슷한 또래였다. 눈매가 날카로워 보이는 소녀로, 어느 학교에 있든 화제가 될 만큼 예쁜 용모를 갖고 있었다. 그런 얼굴에 몸매가 잘 드러나는 새카만 특수 섬유의 전투복을 입고 있는 모습이 묘하게 불균형한 매력을 자아냈다.

잠시 동안 그녀의 살기 어린 시선을 받던 유현은 고개를 갸웃하며 물었다.

"이봐, 왜 날 죽이려고 하는 거야?"

대답할 거라는 기대는 품지 않았다. 바보가 아니고서야 사람을 죽이러 온 녀석이 시시콜콜 이유를 알려줄 리가 있겠는가.

"설마 모른다고 말할 셈이야?"

"하아?"

유현의 얼굴에 황당해하는 표정이 떠올랐다. 설마 정말로 대꾸해 올 줄이야? 이럴 때는 문답무용으로 공격해 오거나 아니면 열린 창문으로 잽싸게 몸을 빼야 할 것이 아닌가. 암살자 주제에 이렇게 개념이 없을 수가!

유현은 황당한 한편 호기심이 이는 것을 느끼며 반문했다.

"모르겠는데?"

"흥! 그런 짓을 저질러 놓고도 이렇게 넓은 집에서 자신의 탐욕을 채우기에 여념이 없겠지. 그런 핏줄의 후계자니까 어련하시겠어!"

"아니, 잠깐."

유현은 손을 들어 올리며 그녀를 제지했다.

"그런 핏줄의 후계자라니, 무슨 소리야? 난 이 집 손님인데?"

"뭐?"

소녀의 눈이 휘둥그레졌다.

그 모습을 본 유현은 황당함을 금할 길이 없었다. 설마 자기가 죽일 타깃의 얼굴도 제대로 모르고 있었단 말인가?

유현은 통찰력이 뛰어난 편이라 암살자로서는 완전히 자격 미달인 그녀의 말로 대충 사정을 짐작해 볼 수 있었다.

요는 그를 초대해서 잘 놀고 술까지 마신 이 집 도련님께서 뭔가 다른 사람이 용서하지 못할 일을 저지른 모양이다. 겉으로 보기에는 전혀 그렇지 않아 보이지만 원래 열 길 물속은 알아도 한 길 사람 속은 모른다는 말이 괜히 생긴 게 아니다. 그러니 그에게 원한을 품은 상대가 이런 암살자 소녀를 고용해서 목숨을 노린 거겠지.

뭐, 이런 황당한 상황이 다 있나 싶지만 유현은 자연스럽게 받아들였다. 사실 유현도 일반인 입장에서는 상상도 못할 삶을 살아온 몸이다 보니 이런 상황에도 그리 이질감을 느끼지 않았다.

문제는 이 암살자 소녀가 형편없는 삼류라는 점 정도일까? 하는 짓을 보면 꽤 충실하게 단련되어 있는 것 같긴 한데, 암살자로서의 몸가짐이랄까, 정신적인 부분이랄까 하는 면에서는 완전히 실격이었다.

일단 타깃이 말을 건다고 느긋하게 그걸 받아주고 있는 것부터 시작해서 일에 감정을 개입시키는 것까지. 설령 일에 관련된 사정에 공감하고 감정이입했다손 치더라도 일을 할 때는 그런 것들을 완전히 몰아내고 킬링머신이 되는 것이 기본자세가 아닌가.

아니, 사실 암살자가 맞긴 한지 의심스러울 지경이었다. 기척을 죽이는 것이나 주저없이 목을 향해 칼을 내리꽂는 단호함은 높이 평가할 만했지만 그 외의 행동은 도무지 암살자 교육을 받은 자답지 않다. 적어도 유현이 알고 있는 암살자의 상식에 맞춰 생각해 보면 그랬다.

심지어 그녀는 주머니를 뒤적거리더니 사진을 꺼내서 살펴보기까지 했다. 두 사람 사이의 거리는 고작 3미터인데 그사이에 공격당하면 어쩌려고 이렇게 무방비한 모습을 보이는 것일까?

"지, 진짜 아니네?"

"죽일 사람의 얼굴 정도는 숙지하고 오시지? 잘못해서 아까 내가 죽었으면 어쩌려고 그랬어?"

"아, 그, 그게……."

"죽이고 나서 '오해다!' 해봐야 아무런 의미도 없다고. 나 참, 너무 한심해서 어떻게 할 마음도 안 든다."

유현은 손에 들고 있던 그녀의 칼을 빙글빙글 돌리다가 획 던졌다. 날아간 칼은 정확히 그녀의 오른발 끝에서 1센티 떨어진 곳에 꽂혔다.

"갖고 꺼져. 이 자리에선 눠줄 테니까. 다음에 또 나를 죽이려고 하면 그때는 가만 안 둔다."

"어, 어, 어……?"

"창문 닫아놓고 가라. 요즘 밤에는 춥더라."

유현은 당황하는 그녀를 무시하고 다시 침대 위로 올라가서 이불을 덮어버렸다.

그녀는 한참 동안이나 어찌할 바를 몰라 하고 있다가, 곧 행동을 결정하고 그곳에서 사라졌다. 유현의 말대로 창문은 잘 닫아놓고서.

유현은 그녀의 기척이 물러나는 것을 확인하고는 다시 상반신을 일으켰다.

"흠, 원준형 이 자식, 역시 꿍꿍이가 있었군. 아무래도 내 정체는 못 알아본 모양인데, 유감스럽게도 나는 네놈의 정체를 일찌감치 알아봤단 말이지. 뭐, 이렇게 악독한 녀석일 줄은 몰랐다만."

유현의 입꼬리가 사납게 치켜 올라갔다.

평소에 원준형에게서는 일반인에게서는 찾을 수 없는 이질감이 느껴졌다. 그것은 아주 특별한 세계의 지혜를 알고 있는 자만이 가질 수 있는 기척이었다.

원준형은 나름대로 그것을 잘 숨기고 있다고 생각했겠지만, 천만의 말씀! 일반인 상대라면 모를까, 같은 세계를 살아가고 있는 사람이 보기에는 수상한 냄새가 솔솔 풍겼다. 예를 들면 유현이 바로 그런 부류였고, 동시에 그보다 훨씬 교묘하게 그런 냄새를 감추고 있었다.

또한 유현은 이 집에 들어서는 순간 강렬한 이질감을 느꼈다. 필시 이 집에는 평범한 도둑 따위 들은 적도 없을 것이다. 일반인이라면 그런 마음조차 품을 수 없도록 특별한 조치가 취해져 있으니까. 그것은 말하자면 눈에는 보이지 않는, 영(靈)적인 영역에 가까운 조치였다.

그리고 개들도 마찬가지였다. 겉보기로는 평범한 그레이트 피레니즈로 보였지만 유사시가 되면 돌변할 것이다. 인간을 주저없이 물어 죽일 수 있는 흉견(凶犬)으로. 유현은 자신을 바라보았을 때 굳어버린 개의 눈 속을 들여다보며 그런 사실을 알아낼 수 있었다.

게다가 원준형의 말과는 달리 이 집에는 지금도 적어도 열 명 이상의 사람이 있었다. 가족들이 없다는 말이 사실이라면 그들은 모두 고용인일 터. 평범한 집안이라면 그렇게 많은 고용인을 데리고 있어야 할 이유는 없겠지.

"뭐, 일단 좀 자고 내일 아침에 조져야겠군. 귀찮다."

지금 당장 문을 박차고 나갈까 말까 고민하던 유현은 곧 그렇게 태평한 결론을 내리고는 누워버렸다. 이번에는 푹신한 침대의 감각 속에서 좀 더 편하게 잠들 수 있었다.

*   *   *

그리고 아침이 되었을 때, 유현은 자명종이 울리기도 전에 눈을 떴다. 대충 세수를 하고 안대를 다시 찬 다음 벽에 걸어두었던 교복을 다시 입었다.

유현은 행동을 결정하고 아래층으로 내려갔다. 상대가 일반인이 아니라는 것은 예전부터 알고 있었지만 자신에게 폐를 끼치려고 작정했다면 그만한 대가를 요구해야 한다. 안 그러면 세상을 너무 만만하게 보고 살지 않겠는가?

어젯밤의 일을 생각하니 절로 미소가 지어진다. 하지만 기분이 좋아서 짓는 미소가 아니고 사냥감을 앞에 둔 맹수처럼 흉흉한 미소였다.

원준형이 있는 방은 어딘지 몰랐지만 알아내는 것은 어렵지 않았다. 유현은 사람들의 기척을 잘 구분한다. 심지어 광장에 수천 명이 넘는 사람이 북적거리고 있더라도 그중에서 한 사람을 찾아낼 수도 있었다.

문은 잠겨 있었다, 그것도 일반인은 도저히 열 수 없는 특수한 방법을 사용해서. 단순히 열쇠를 끼워 넣고 돌리는 것만으로는 수십 년이 걸려도 이 문을 열 수 없다.

유현은 그 사실을 알아차렸기에 지극히 단순한 방법을 사용했다.

일단 문고리를 잡는다. 그리고 그대로 비틀어서 부순다.

콰작!

문고리가 무참하게 뜯겨져 부서졌다. 그의 체격을 생각하면 믿을 수 없는 힘이었다. 하지만 그는 태연하게 문고리를 던져 버리고는 문을 툭, 쳐서 열었다.

"여어, 좋은 아침이야."

방 안으로 들어서자 놀란 토끼눈을 하고 있는 원준형의 얼굴이 보였다. 그는 정말로 귀신이라도 본 것 같은 표정을 짓고 있었다.

유현은 손을 들어 안대를 한 왼쪽 눈을 쓸어내렸다. 머리에 두르는 띠와 귀에 걸치는 끈으로 고정된 안대에는 원형의 푸른 액정이 눈을 대신해서 박혀 있었다. 그 액정에 3차원의 도형과 수치가 어지럽게 표시되면서 기계적이고 기괴한 느낌을 더해주었다.

"어, 어떻게……."

"어떻게 살아 있냐고? 음, 그거 대답해 주기 전에 일단 좀 맞자."

퍽!

유현은 상대의 멱살을 잡고 시원스럽게 한 방 날렸다. 원준 형의 몸이 뒤로 날아가면서 피가 튀었다.

그리고 뒤로 날아가는 그의 멱살을 다시 잡고 또 한 방, 또 한 방, 또 한 방……

"아, 아으윽……"

구타가 멈추었을 때 원준형은 이미 비명도 지르지 못하는 상태가 되어 있었다.

"얼굴 꼴이 이래서야 오늘 학교는 못 가겠는데?"

자기가 그렇게 만든 주제에 킬킬 웃으면서 말하는 모습은 지나치게 뻔뻔스러웠다. 주먹에 묻은 피를 닦으며 태연스레 웃고 있을 때 부서진 방문을 통해 밖으로부터 살기가 느껴졌다. 유현은 그 즉시 뒤로 손을 뻗었다.

약간의 시간 차를 두고 빛이 폭발했다. 섬광탄이 터졌을 때처럼 눈이 멀어버릴 듯한 빛이. 하지만 유현은 그 빛을 등지고 있었기 때문에 폭발로 인한 후폭풍에 몸이 살짝 시달렸을 뿐이다.

그는 공격을 막아내자마자 즉시 행동에 들어갔다. 몸을 왼쪽으로 돌리면서 주먹을 날린 것이다.

걸렸다. 빛이 일어나는 틈을 타서 방 안으로 뛰어들던 인물이 유현의 왼 주먹을 맞고 주춤거렸다. 그리고 그대로 오른쪽 스트레이트가 작렬!

"쯧, 살벌하시군. 갑자기 칼 들고 덤비면 나도 적당히 못

봐준다고."

유현은 쓰러지는 습격자를 보지도 않고 말하고 있었다. 그런 그의 왼손에는 등 뒤를 노리고 칼을 찔러온 또 다른 습격자의 팔목이 잡힌 상태였다.

우드드득!

섬뜩한 소리와 함께 팔목이 부러졌다. 믿을 수 없는 악력이었다.

"아아아악!"

"시끄러워."

비명을 지르는 습격자의 입에 유현의 주먹이 틀어박혔다. 이빨이 와장창 나가면서 피투성이가 된 습격자가 나가떨어졌다. 유현은 주먹에 묻은 침을 보며 혀를 차더니 검지와 중지를 모은 채 손을 들어 올렸다.

"이쯤 해두지 않으면 너희 도련님 목숨은 책임 못 진다?"

동시에 유현의 안대에서 차가운 빛이 번뜩였다. 문 앞에는 더 이상 누구의 모습도 보이지 않았지만 유현은 싸늘한 미소를 지으며 손을 뻗었다. 뒤이어 보이지 않는 힘이 폭발했다.

공기가 터지는 소리가 울려 퍼졌다. 충격파가 주변을 휩쓸며 비명을 삼켜 버렸다.

보이지 않는 공격에 직격당한 무언가가 허공에서 노이즈와 함께 모습을 드러냈다. 공상 속에서나 존재하던 투명인간이 충격으로 자신을 감추는 능력을 잃고 햇빛 속에서 그 실체

를 드러냈다. 마치 그를 감싸고 있던 허공이 부서지며 내던져
지듯이 검은 정장을 입은 남자가 뒤로 날아가서 나뒹굴었다.

"투명화한 것치고는 제법 잘 움직이는데? 뭐, 그래 봤자 내
감각을 속일 순 없어."

눈앞에서 투명인간이라는 초현실적인 존재와 마주했으면
서도 유현은 태연하기만 했다.

지금까지 덮쳐 온 모든 것이 그에게는 결코 낯설지 않기에
가능한 반응이었다. 어떤 무기도 쓰지 않고 섬광을 뿜어내 무
언가를 파괴하는 힘도, 인간이 자신의 몸을 투명하게 만드는
것도 모두.

"하지만 계속 이러는 것도 귀찮겠지?"

유현이 주변에 앞서 쓰러진 두 남자를 흘끔 바라보았다. 그
들을 손가락으로 한 번 가리킨 다음 슥 들어 올리는 시늉을
하자 두 사람의 몸이 허공으로 두둥실 떠올랐다. 아무것도 없
는 곳에서 마치 보이지 않는 누군가가 그들의 몸을 들어 올리
기라도 한 것처럼.

그들은 그대로 허공을 둥둥 뜬 채로 이동해서 문밖으로 내
동댕이쳐졌다. 유현은 문을 향해 손바닥을 뻗었다. 그리고 손
바닥으로 허공에 색칠을 하듯이 시야에 문이 차지하는 공간
을 문지르자 문에 얇고 푸른 투명한 빛의 장벽이 생겨났다.

"약식으로 만든 결계(結界)지만 단숨에 뚫고 들어올 수는
없을 거야. 그리고 내 허락 없이 들어오려고 하면 이놈을 가

만 안 둔다. 게임의 규칙은 알겠지? 자, 그럼 대화를 해볼까?'

문밖에 있는 보이지 않는 자들에게 말한 다음, 얼굴이 피떡이 되어서 부들부들 떨고 있는 원준형에게 시선을 돌렸다.

"원준형, 혹시나 해서 물어보겠는데, 너 혹시 네가 지금 왜 맞았는지 모르냐? 참고로 거짓말하면 또 맞는다."

"도, 도대체 무슨 소리를 하는……."

유현은 주저없이 원준형의 얼굴을 후려갈겼다. 피투성이가 된 얼굴에서 튄 핏방울이 사방을 적셨다. 유현은 정확히 다섯 대 더 때린 다음 가만히 그의 눈을 들여다보았다.

"아, 알아."

원준형은 피투성이가 된 채 덜덜 떨면서 고개를 끄덕였다.

"그래, 난 솔직한 녀석을 좋아해. 그러니까 계속 솔직하도록 해. 그럼 왜인지 네 입 냄새 나는 입으로 나불거려 봐."

"너를… 미끼로 쓰려고 했어."

"그럴싸한 이야기인데? 어떤 의미에서의 미끼지?"

"그, 그러니까, 내 대신 암살자에게 당해줄……."

유현이 예상한 그대로였다. 정말 더러운 자식이다.

"좋아, 정리할게. 넌 모종의 이유로 암살자의 타깃이 되었어. 어쩌면 이미 몇 번 암살 시도가 있었는지도 모르지. 그러던 중 넌 단순히 암살을 막아내는 것과는 다른 방법으로 맞서야 할 필요성을 느꼈고, 그래서 나를 꾀어서 집에 놀러 오게 해서 암살자들이 네가 자고 있다고 알고 있는 방에서 자게 했다. 암살자들이 너 대신 나를 살해하도록. 그렇지?"

"마, 맞아."

원준형은 고개를 끄덕였다.

유현의 얼굴에 상큼한 미소가 떠올랐다.

"아무래도 나, 너를 죽여야겠다."

"자, 자, 잠깐! 난 네가 그냥 평범한 녀석인 줄 알았어! 너도 마법사인 줄은 몰랐다고!"

마법사.

생뚱맞은 단어였다. 적어도 21세기의 대한민국에서 상대방을 지칭하기 위해 사용할 만한 말은 아니다. 온라인 게임상에서라면 모를까.

하지만 원준형은 절박하게 그 말을 사용했고, 유현은 자연스럽게 받아들였다. 그것은 양쪽 다 마법사라는 존재의 실존을 인정하고 있으며, 심지어 서로가 마법사라는 것을 인정한다는 의미이기도 했다.

"흠, 일단 내가 마법사라는 말은 맞지도 틀리지도 않다만… 네놈의 그 머저리 같은 인식 때문에 내가 죽음의 위협을 당하는 것으로도 모자라 이렇게 불쾌한 기분을 알고 이런 귀찮음을 감수해야겠냐? 그냥 너만 죽으면 이 기분이 깔끔하게 해소되고 끝날 것 같은데?"

"제발 살려줘! 바, 바라는 게 있으면 뭐든지 줄 테니까!"

원준형은 허우적거리면서 애원했다. 피투성이가 된 얼굴로 눈물, 콧물 흘리면서 사정하는 모습은 한마디로 대단히 추했다. 자기가 이렇게 만들긴 했지만 참 심하다고 생각될 정도였다.

"나이도 어린 게 벌써부터 세상일을 죄다 돈으로 해결하려고 하는군. 아, 뭐, 나도 별로 다르진 않지만."

유현은 히죽 웃으면서 손가락을 꺾었다.

도대체 감정을 읽을 수 없는 한쪽 눈이 원준형은 무서웠다. 아버지의 친구들 중에도 이런 눈을 한 사람들이 있었는데, 그들은 정말 사람 죽이는 데 일고의 망설임도 보이지 않는 자들이었다. 좀 특이한 일반인으로 생각했던 녀석이 이렇게 무서운 존재였을 줄이야.

"좋아, 그럼 흥정을 해볼까?"

"흐, 흥정?"

"그래. 바라는 게 있으면 뭐든지 준다며? 내가 너한테 바랄 만한 건 솔직히 돈밖에 없거든? 그러니까 배팅해 봐."

"배팅이라니, 무슨……?"

원준형의 말은 끝까지 이어지지 못했다. 유현이 섬광처럼 손을 날려 따귀를 갈겼기 때문이다.

"컥!"

"네 목숨 값을 배팅해 보라고, 이 얼간아."

스스로의 목숨 값을 정해라.

유현은 원준형에게 잔혹한 결단을 요구하고 있었다. 그러나 자신의 보신을 위해 장난처럼 아무것도 모르는 타인을 희생시키려고 한 녀석에게는 이것조차도 너무나 자비로운 일이다. 서로 목숨을 빼앗는 살인 게임의 테이블에 올라온 이상 유현은 절대 상대를 동정하지 않았다.

"2, 2억?"

"풋, 정말 싸군. 네 목숨 값은 그 정도냐? 그래도 남들보다는 격이 높다고 생각하는 모양인데, 고작 그 정도였네."

유현은 입가를 일그러뜨리며 비아냥거렸다. 다음 순간 원준형의 입에서 나온 숫자가 팍 올라간 것은 싸구려 취급당한 자존심보다는 그 표정에서 느낀 공포가 강하게 작용했다.

"5억이면……"

"흠, 그 정도면 그럭저럭 적절한 배팅이 될 것 같군. 네가 책정한 네 목숨 값은 그 정도라 이거지?"

"……"

"그럼 지금 이 자리에서 현금으로 받아야겠어. 어때? 그 돈을 내놓을 수 있으면 조건부로 너를 살려주지. 못한다면 그냥 죽일게."

생긋 웃으면서 손가락 하나를 펴자 손가락 끝에서 시퍼런 광선이 칼처럼 뻗어 나왔다. 장난삼아서 원준형의 귀 옆을 푹 찌르자 푸딩을 찌르듯이 손쉽게 침대를 파고들어 간다.

"줄게! 줄 테니까 제발 살려줘!"

원준형은 이미 제정신이 아니었다. 하긴 제정신이었어도 방법은 없었을 것이다. 그의 방을 지키는 방어 마법이 간단히 파괴되고, 가문의 전투 병력이 어이없을 정도로 쉽게 당해 버리고, 눈앞에서 삶과 죽음의 이지선다형 문제를 출제하고 답을 고를 것을 강요하고 있으니 수작을 부릴 수가 없다. 진유현은 잔머리가 통하는 상대가 아니었다.

"바깥에 계신 양반들, 이놈 말 들었지? 딱 한 시간 줄게. 지금이 6시 38분이니까 7시 38분이 되기 전까지 현금으로 5억 원을 준비해서 가져와. 들고 가기 좋게 가방에 담아오는 것 잊지 말고. 참고로 거기에 뭔가 수작을 부리면 이놈 손가락부터 하나씩 자르고 시작하겠어."

바깥의 기척이 바쁘게 움직이는 것이 느껴졌다. 선택의 여지가 없다. 왜냐하면 원준형은 가문의 귀한 후계자였으니까. 물론 거래가 성사되기 전에 몇 번이고 수작을 부리겠지만 그 정도는 감수해야 할 일이다.

"전부 내뿜는 파장이 제각각인 걸 보니까 초반에 돌격해 온 얼간이들 빼면 용병인 모양이야?"

진유현은 책장을 뒤져 만화책을 꺼내면서 물었다.

"아, 아버지가……."

"하긴 뭐, 너희 집안만큼 돈이 많으면 용병 구하긴 쉬운 일이겠지. 어디하고 싸우는지는 모르겠지만 이번 일을 교훈 삼아서 일반인은 끌어들이지 말도록 해. 도의적인 이유를 떠나서 또 나 같은 녀석이 걸려들지 어떻게 알아?"

유현은 이런 녀석에게는 어차피 도의를 논해봤자 갱생될

가능성 따윈 없다는 것을 알고 있었기 때문에 그렇게 말했다. 덤으로 그 자신도 남들에게 설교를 늘어놓을 만큼 도덕적 우월성을 가지지 못한 상태이기도 하고.

더 이상의 대화는 없었다. 유현은 콧노래를 부르며 만화책을 읽기 시작했다. 아마도 원준형에게는 아주 길고 지옥 같은 한 시간이 될 것 같았다.

2

이 세상에는 여러 가지 세계가 존재한다. 사람들은 자신이 몸담고 있는 곳을 가리켜 업계, 혹은 세계라는 말을 쉽게 사용하곤 하는데, 사실상 그곳과 접점이 없는 사람들에게 있어서 다른 업계는 정말로 다른 세계나 마찬가지다. 자신이 모르는 상식과 힘이 지배하는 다른 세계.

자동차 판매업에 종사하는 당신은 의료업계에 대해서 얼마나 알고 있는가?

만화업계에 몸담고 있는 당신은 스포츠 업계에 대해서 얼마나 알고 있는가?

요리사로 일하는 당신은 인쇄업계에 대해서 얼마나 알고 있는가?

사람은 자기 주변의 세계밖에 모른다. 설령 다른 세계에 대해서 안다고 하더라도 수박 겉핥기 정도의 지식밖에 갖고 있지 못한 것이 보통이다.

물론 그 세계 간의 거리는 서로 다르다. 어떤 세계는 서로 가까워서 그곳에 몸담고 있지 않더라도 정보를 알 수 있는 반면, 어떤 세계는 아예 존재하는 것조차 모르는 경우도 있다.

그런 세계 중에 아주 독특하고 위험한 세계가 있었다. 일반인이 살아가는 세계와는 차원이 다른 흉포함을 자랑하는 존재들이 살아가고, 일하고, 싸우고, 죽이고, 공부하며, 마지막에는 하나의 지향점을 향해 허우적거리는 곳.

사람들은 그곳에 속한 자들을 마법사, 주술사, 초능력자 등등 다채로운 명칭으로 부른다. 그 명칭의 공통점이라면 하나같이 유치해서 어디 가서 맨 정신으로는 자기소개로 쓰기가 힘들다는 것이다.

'안녕하십니까. 마법사 아무개입니다.'

상식이 있는 사람이 그런 쪽팔림을 감수할 수 있겠는가.

다행히도 그런 명칭으로 자신을 치장해도 쪽팔리지 않은 세계가 있었으니, 그것이 바로 마법사, 주술사, 초능력자 등등이 모인 특수한 세계, 연옥(煉獄)이다. 정상적인 인간의 삶을 박탈당한 망자들이 온갖 비현실적인 괴물들과 싸운다 하여 고대로부터 그런 이름으로 불려왔다. 원래는 어둠의 세계, 암흑가 등으로 불렸으나 범죄 조직의 인지도가 미친 듯이 상승세를 타면서 그 이름을 빼앗기고 말았다.

어쨌든 그들은 일반인들과는 접점을 갖지 않도록 주의하

며, 세상에는 아예 존재하지 않는 것으로 되어 있다. 하지만 분명히 존재하며, 일반인들은 모르게 세상에 막대한 영향력을 끼치는 중이다.

유현도 그 업계에 속해 있는 존재 중의 하나였다. 별로 유명하지는 않지만 아무래도 이제부터는 유명해지지 않을까. 원준형이라는 겉 다르고 속 다른 소년을 후계자로 선정한 원 씨 가문은 그럭저럭 4대에 걸쳐 마법사 행세를 하면서 제법 부와 권력을 쌓아온 가문이었고, 그런 가문을 두들겨 놨으니 이건 완전히 벌집을 쑤셔놓은 격이었다.

물론 나름대로 뒤처리와 대비는 해두었지만 그들이 그냥 넘어갈 거라는 생각은 안 든다. 현명하게 생각한다면 그냥 굽히고 나오는 쪽이 좋았을지도 모르겠지만 유현의 성격상 절대 그럴 수가 없었다.

"아, 젠장. 하여튼 조용히 지내기가 세상에서 제일 힘들어."

유현은 무거운 루이비통 여행 가방을 자전거 뒤에 맨 채 투덜거렸다. 그 안에는 정확히 5억 원이 들어 있었다.

거금을 손에 넣은 이상 오늘은 학교에 가지 않을 생각이었다. 이 돈을 급히 처리해 두지 않으면 곤란해질 테니까.

문득 유현은 브레이크를 걸어서 자전거를 멈췄다. 항상 넓게 퍼져서 주변을 감시하는 그의 감각에 수상쩍은 기척이 감지되었기 때문이다.

"나한테 볼일이라도 있나?"

그 기척이 흠칫하는 것이 느껴졌다.

잠시 후, 옆쪽에 주차된 차 뒤에서 한 사람이 모습을 드러냈다. 검고 긴 생머리를 늘어뜨린 소녀였다.

"오호, 어설픈 암살자 소녀 아니신가."

유현은 과장되게 놀라는 시늉을 하며 말했다.

그의 말대로 어젯밤 유현을 죽이려고 한 소녀였다. 어젯밤에는 눈매가 칼날처럼 날카로웠는데 지금 보니 아니다. 안대를 하고 있지 않아서 착각했던 것일까? 소녀의 눈매는 날카롭기는커녕 유순한 강아지 같았다. 나이는 유현보다 두어 살 정도 아래 정도?

"눈… 멀쩡하지 않았어?"

소녀가 유현의 독특한 안대를 보며 물었다.

확실히 어젯밤에는 안대를 하고 있지 않았다. 자고 있을 때까지 안대의 압박감을 느끼는 취미는 없었으니까.

"유감스럽게도 멀쩡하진 않아. 뭐, 그런 걸 물어보러 온 것은 아닐 테고, 무슨 볼일이지? 목격자의 뒤처리라도 하러 온 건가?"

눈앞의 소녀가 정말로 사람을 죽이는 것을 생업으로 삼는 암살자라면 충분히 그럴 만했다. 자신의 얼굴을 본 존재가 멀쩡히 살아서 돌아다니는 것은 곤란하겠지.

"아, 아니, 그런 건 아니고……."

하지만 그녀는 고개를 저었다.

하긴 유현도 그녀가 그런 의도로 왔다고는 생각하지 않았다. 왜냐하면 그녀에게서는 한 점의 살의도, 적의도 느껴지지 않았으니까.

"어제는 좀 더 눈이 날카로워 보였는데."

"아, 그건……."

보통 사람보다 약간 밝은 색상을 띤 눈을 가만히 들여다보다가 말하자 그녀가 약간 당혹스러워했다.

"일할 때는… 화장을 하거든. 안 그러면 다들 나를 무섭게 안 봐서……."

"그 정도로 인상이 바뀌다니, 기가 막힌 화장술이네. 하긴 여자의 변신은 무죄라고 했지. 뭐 어쨌거나, 이런 상태로 이야기하기도 그런데 어디 들어가지? 시간 없어?"

"아, 사, 상관은 없지만……."

유현은 당황하는 그녀의 반응에 혀를 찼다. 생각해 보니까 이거 완전히 꾀는 것 같잖아? 손에는 5억 원이 든 가방을 든 채 학교에도 안 가고 여자애를 꼬이고 있다니, 뭐라고 형용할 수 없는 복잡 미묘함이 느껴진다.

어쨌든 두 사람은 근처에 있던 카페로 들어갔다. 유현이 교복을 입고 있었음에도 불구하고 카운터에 있던 점원은 별로 신경을 안 쓰는 눈치였다. 조금은 신경 써주는 편이 건전한 어른다운 자세가 아닐까.

"뭐 마실래? 난 카푸치노로 하지."

"그럼 난 코코아로……."

말끝을 흐리는 버릇이 있는 건가? 아까부터 뭔가 확실하게 말하는 법이 없는 것으로 보아 평소에는 기가 약한 성격인 것 같다. 하긴 저 순하기 그지없는 눈매부터가 강한 성격이랑은 거리가 멀어 보였다. 화장하고 일에 임하면 성격이 완전히 변하는 타입인가 보다.

음료는 금방 나왔다. 유현은 카푸치노를 한 모금 마신 다음 물었다.

"그래, 무슨 볼일로 온 거야? 설마 일하다 착오로 죽일 뻔한 것을 사과하기 위해 온 것은 아닐 테고."

"그, 그러려고 온 건데……."

"……."

"……."

두 사람 사이로 정적이 흘러갔다.

유현은 한 방 먹은 듯한 얼굴로 그녀를 바라보았다. 우와, 이거 해도 해도 너무하는 것 아닌가? 어떻게 하면 이런 암살자가 있을 수 있지? 노숙하다가 계약금 10만 원 받고 사람 찌르러 가는 일회용 킬러도 이렇지는 않겠다.

"그러니까… 웬만하면 내가 이런 거 안 물어보고 넘어가려고 했는데 말야, 너 도대체 어디 소속이야? 이러면 안 된다고 너 가르친 사람이 말 안 해주던?"

"아니, 그게……."

머뭇거리던 소녀는 갑자기 흠칫하더니 주변을 흘끔거리며
말했다.

"소리, 차단했네?"

"응. 남이 들으면 곤란한 이야기니까 만전을 기울이는 게
좋지."

유현은 태연스레 대꾸했다. 소녀와 말하는 동안 모종의 수
단, 즉 마법이라 불리는 힘을 사용해서 이야기 소리가 일정
범위 이상으로 흘러나가지 않도록 한 것이다.

"어쨌든 내 말에 대답 좀 해주지 않겠어? 거, 대놓고 전투
를 벌이는 타입도 아니고, 암살자 노릇하며 다닐 거면 좀 조
심하고 다니라고 말 안 해주든?"

"그게, 나는 암살자가 아니라서……."

"암살자가 아니라고? 근데 왜 한밤중에 고양이처럼 기척
죽이고 들어와서 사람 목을 따려고 한 건데?"

유현이 의아해하면서 매우 노골적인 표현을 사용해 묻자
소녀가 얼굴이 붉어져서는 고개를 푹 숙였다. 아무래도 간밤
의 일이 생각나서 부끄러운 모양이다.

"그냥… 내가 자, 자원했어. 원래 다른 사람이 맡기로 되어
있었는데……."

"흐음, 그러니까 네가 속한 조직의 암살조가 할 일을 가로
챘다, 이거군. 개인적인 원한이 있었던 모양이지? 덤으로 너
는 조직에서 꽤 높은 지위에 있는 모양이네. 그런 억지가 통

한 것을 보면."

유현은 고개를 끄덕이며 카푸치노를 한 모금 더 마셨다. 그리고는 등받이에 몸을 기대면서 지극히 자연스러운 어조로 말했다.

"그런 사실은 잘 알았으니까 주변에 있는 녀석들 좀 치워주지 않겠어? 나 솔직히 누가 몸을 감춘 채 보고 있는 것 별로 안 좋아해."

"어, 어떻게……."

소녀가 깜짝 놀라서 유현을 바라보았다. 있을 수 없는 일을 접한 사람의 반응이었다.

"그냥 감으로. 세 명 다 투명술도 잘하고 기척 감추는 것도 꽤 뛰어나군. 싸움 나면 적당히 할 자신이 없으니까 이 자리에선 물러나 달라고 해. 나하고 계속 대화를 하고 싶다면."

"그럴 순 없소."

고전적인 말투였다. 물론 그렇게 대답한 사람은 눈앞의 소녀가 아니었다. 아무것도 없는 허공에서 목소리가 들려온 것이다.

"그럼 됐어. 대화는 이걸로 끝내지. 사과는 받은 것으로 해둘게. 여기 찻값 정도는 내줄 수 있겠지?"

유현은 미련없이 몸을 일으키며 계산서를 소녀에게 건넸다. 5억 원이나 가진 놈이 쩨쩨하다는 말을 들어도 할 말 없겠지만 원래 이런 것은 사과하는 쪽이 내는 법이다.

"아, 저기, 그러니까……."

"무슨 말을 하고 싶어하는지는 알았으니까 됐어."

유현은 소녀의 머리를 살짝 쓰다듬어 주고는 몸을 돌렸다. 그때 소녀가 다급하게 말했다.

"아, 저기, 미안했어. 정말로."

"신경 쓰지 마. 흔히 있는 일이니까."

착오로 인해 누군가 죽는 일도, 오해로 인해 누군가를 죽이는 일도 말이지. 이 빌어먹을 세계에서는.

"나, 난 윤성아야. 앞으로는 절대 이런 일 없을 거야. 이, 이름 알려줄 수 있으면……."

"뭐, 적대자 리스트에서 빼준다면 고마운 일이겠지. 난 진유현이야. 다시 만날 일은 없을 것 같지만."

유현은 손을 한번 흔들어주고는 카페를 나섰다.

혼자 남겨진 소녀는 긴장이 풀린 듯 자리에 무너지듯 주저앉으며 한숨을 쉬었다.

"히, 힘들었어."

"그러게 그만두시라고 했는데요."

아무것도 없는 허공에서 대꾸가 들려온다. 아직 유현이 행한 마법의 효과가 지속되고 있기에 망정이지, 그렇지 않았더라면 소동이 일어났을지도 몰랐다.

"그치만… 내 실수로 주, 죽일 뻔했는걸."

"앞으로 그런 일은 암검단(暗劍團)에 맡겨두십시오. 그쪽이라면 그런 실수는 하지 않았을 겁니다."

"그야 그렇겠지만… 우, 알았어. 내 영역 아니면 함부로 나서지 않을게."

"그나저나 대단한 젊은이로군요. 오싹했습니다."

반성하는 윤성아의 말을 들은 보이지 않는 남자가 화제를 돌렸다. 윤성아는 코코아 잔을 두 손으로 잡고 그 온기를 음미하며 말했다.

"응. 설마 호위가 있는 걸 알아차릴 줄은 몰랐어. 절대로 평범한 사람은 아니야."

"뒷조사를 해볼까요?"

"부탁해."

윤성아는 고개를 끄덕이며 몸을 일으켰다. 그녀는 계산서를 들고 소리가 차단된 영역을 지나면서 말을 이었다.

"어떤 사람인지 궁금해졌으니까."

*   *   *

유현은 곧바로 번화가에서 벗어난 곳으로 자전거를 몰았다. 계획도시라 어딜 가도 도로와 아파트, 상가가 눈에 띄었지만 계속 외곽으로 가다 보면 제법 낡은 느낌이 드는 건물들도 만날 수 있었다.

그중 한 건물 앞에 자전거를 세워두고, 루이비통 가방을 풀어서 든 다음 건물과 건물 사이로 향했다. 그곳은 시장처럼 위쪽이 둥근 차창으로 둘러싸여 있고 입구는 거대한 철문으로 막혀 있었다.

유현은 그 철문에다 손을 대고 뭐라고 중얼거렸다. 그러자 문으로부터 희미한 빛이 나타나더니, 그의 몸을 훑고 지나갔다.

잠시 후 유현은 그대로 문을 향해 걸어갔다. 마치 눈앞에 있는 문이 보이지 않는 것처럼.

그리고 유현의 몸이 그대로 문을 통과했다.

데이비드 카퍼필드가 부럽지 않은 묘기였다. 사람이 두꺼운 철문을 그냥 통과하다니!

하지만 유현은 태연했다. 늘 겪는 일이었기 때문이다.

철문을 통과해서 도달한 곳은 사람이 많은 거리였다. 시장 바닥처럼 사람들이 북적거리는 그곳은 단순히 활기찬 게 아니라 어떤 독특한 분위기가 지배하고 있었다, 예를 들면 일반 사회에는 절대 얼굴을 내밀 수 없을 것 같은 존재들이 배회하고 있다는 점이.

척 봐도 자기는 도인이라고 주장하는 것 같은 차림새의 노인이 유현의 옆을 지나갔다. 삿갓을 쓰고 등에는 봇짐을 진 그의 어깨에는 한 마리의 햄스터가 올라타서 크래커를 갉아먹고 있었다. 하지만 털의 색깔은 멀쩡한데 눈만 붉은 햄스터라니, 게다가 사람을 저렇게 잘 따르는 것을 보면 누가 봐도 이상하다고 여길 것이다. 도인에게 주술로 사역당하는 요괴가 분명했다.

그리고 간판 아래를 새카만 철판으로 모든 것을 가리고 있는 수상쩍은 가게 앞에는 인간이 입으면 움직이지도 못할 것 같은 거대한 갑옷이 어슬렁거리고 있다. 그 속에 뭐가 있는지는 모르겠지만 어쨌든 의지를 갖고 움직일 수 있는 존재인 것만은 분명했다.

그 외에도 조금만 주의를 기울여 보면 수상쩍은 존재들이 즐비한 곳이 이 거리였다. 사실 유현 자신도 그들 중 하나이기도 하고.

유현은 태연스레 그들 사이를 지나 모퉁이에 있는 가게로 향했다. 그곳은 거리에 있는 다른 곳들에 비해 확연히 눈에 띄는 규모와 깔끔함이 돋보이는 곳으로써 '세라하 은행'이라는 간판을 내걸고 있었다.

─어서 오세요.

자동문이 열리고 안으로 들어서자마자 명랑한 목소리가 유현을 반겨주었다.

유현이 고개를 돌리자 요정이 있었다. 사람의 손바닥 위에 올라올 수 있는 사이즈로, 매미 날개 같은 투명한 날개를 파닥거리면서 날고 있다. 생김새는 인간 어린아이의 그것이었지만 흰자위가 없는 보석 같은 눈동자가 특징이었다.

요정이 재잘거렸다.

─안내해 드리겠습니다. 무슨 일로 방문하셨나요?

"돈 맡기려고."

—예. 계좌가 있으신가요?

"응, 있어."

—맡기실 돈이 천만 원 미만이면 기계를 이용하시는 편을 추천 드립니다.

"그거보다 많으니까 안내해 줘."

—예, 따라오세요.

요정이 뽀르르 날아서 은행 안으로 들어갔다. 유현이 그 뒤를 따라가 보니 안에는 사람이 별로 없었다.

하긴 당연한 일이었다. 연옥에서 살아가는 이라 해도 대부분 금융 활동은 민간 은행을 사용하니까.

왜냐하면 연옥을 주름잡는 금융업체 중 하나인 세라하 은행은 저축한 돈에 대해 전혀 이자를 지급하지 않기 때문이다. 참고로 신용카드는 아예 없고 체크카드도 연옥에 속한 곳에서만 사용이 가능하다. 대출 업무는 거의 안 한다고 봐도 과언이 아니다. 일반인 사회와는 접점이 아예 없기에 이용되는 것이지, 금융업체로서의 메리트를 따져 보면 도무지 쓸 이유를 찾기 힘들다.

그럼에도 불구하고 세상에는 출처를 알리기 곤란하거나 자신이 소유하고 있다는 사실 자체가 알려지면 안 되는 돈이 엄청난 액수로 흘러다니고 있었고, 그런 이들은 기꺼이 세라하 은행에 자신의 돈을 맡겼다. 정치가나 재계 인사들, 그리고 조직폭력배나 야쿠자 등의 범죄 조직들 중에도 연옥과 연이 닿아 있다면 뒤가 구린 돈은 전부 세라하 은행에 맡겨두고 있었다.

"어서 오세요."

요정의 안내를 받아 빈 창구로 가자 여성 은행원이 반겨주었다. 유현은 루이비통 가방을 올려놓은 다음 카드를 꺼내 그 위에 얹었다.

"전액 다 입금할게요. 5억 원입니다."

은행원은 그 액수를 듣고도 별로 놀라는 기색이 없었다. 단지 눈썹을 살짝 들어 올렸을 뿐이다.

역시 검은 돈이 굴러다니는 세라하 은행의 은행원다웠다. 거래 자체는 민간 은행에 비하면 거의 없지만 그 대신 액수가 엄청난 경우가 많아서 어지간한 액수로는 놀라지 않는다.

"잠시만 기다려 주세요. 금방 처리해 드리겠습니다. 명세표 필요하신가요?"

"아니, 됐어요. 나가면서 기계로 조회해 보죠."

5억 원이라는 거금이 입금 처리되는 데 걸린 시간은 5분이었다. 유현은 나가면서 현금자동지급기에 카드를 넣고 계좌 현황을 확인했다.

금일 500,000,000원 입금. 잔액 1,703,301,760원.

"꽤 모였네."

일개 고등학생이 갖고 있기에는 너무나도 어마어마한 액수를 보면서도 유현은 태연했다. 그야 자기가 벌어서 채워 넣은 돈이니 그럴 만도 했다.

"뭐, 이사야 언제든지 갈 수 있고… 일단 며칠 정도는 지켜
봐야지."

유현은 현실적인 문제를 떠올리며 중얼거렸다.

일단 제법 권력도 있고 전투력도 있는 원씨 가문을 건드려
놓은 이상 뒷일을 생각해야 했다. 만약 위험이 크다고 생각되
면 주저없이 이곳을 떠서 다른 곳으로 이사를 가면 된다. 지
금 저축해 놓은 돈이면 얼마든지 새 거처를 찾을 수 있었다.

유현은 다음으로 항상 찾는 마법 도구상으로 향했다. 이곳
의 주인 장씨는 대략 4개월 전부터 안면을 텄는데, 이미 유현
을 단골 취급해 주고 있었다.

"오, 어서 와라. 오늘 사고 쳤다며?"

장씨는 40대의 아저씨였다. 바닷가 출신인 듯 짙게 그을린
거친 피부에 근육질의 몸이 아주 인상적이었다.

"음? 벌써 소문이 퍼졌어요?"

"당연하지. 원씨 가문이 너한테 두들겨 맞았다고 아주 소문
이 자자하던데? 그렇게 안 봤는데 아주 위험한 녀석이었구만?"

"아니, 뭐, 별로 사고치고 싶진 않았는데, 일단 죽이려고 들
면 어쩔 수 없이 반격을 해야죠."

사실 조용히 넘어갈 수도 있는 문제였고, 그 편이 현명했을
것이다. 자신이 마법사임을 밝히고 조목조목 따지고 들었다
면 원씨 가문에서는 적당히 배상금을 주고 일을 묻으려고 했

을지도 모르지.

"널 죽이려고 했어? 무슨 원한 졌냐?"

"그랬으면 차라리 억울하지도 않게요? 나참."

유현은 고개를 설레설레 저으며 대략의 사정을 설명해 주었다. 다 듣고 난 장씨가 혀를 찼다.

"허참, 웃기는 녀석들이로군. 원씨 가문은 요즘 상당히 소문이 안 좋아. 흑마법에 손을 댔다는 이야기도 있고."

"흑마법이야 개나 소나 손을 대니까 문제될 것도 없잖아요?"

"그건 그렇지만, 확실히 악질인가 보더라고."

장씨는 비밀 이야기라는 듯 목소리를 낮추며 소문을 이야기해 주었다.

말인즉슨 원씨 가문에서 가문의 전력을 증강하기 위해 흑마법 연구에 손을 대면서 인간들을 희생시키고 있다는 것이었다. 노숙자들을 납치해서 인체 실험을 자행하고, 그것으로도 모자라서 고아원에서 아이들을 비밀리에 사들여서 산 제물로 쓴다는 것이 아닌가?

"그 말이 사실이라면 죽어도 싸군요. 괜히 암살 기도가 있는 게 아니네."

"그렇지? 심하다니까."

"역시 그냥 죽여 버렸어야 했는데, 실수했군."

유현은 살벌한 소리를 중얼거리면서 주먹을 쥐었다.

"아서라. 뒷일을 어떻게 감당하려고?"

"원래 사람 죽이는 건 뒷일 생각하면서 하는 게 아니죠. 여차하면 이 나라를 뜨던가 해도 되고. 뭐, 그건 그렇고, 지난달에 주문한 거 들어왔어요?"

"들어오긴 했는데, 환율이 폭등하는 바람에 선금 준 걸로는 한참 모자라는데?"

"끄응, 하긴 그사이에 엄청 올랐으니 어쩔 수 없군요. 얼마나 모자라요?"

"770만 원."

"우와, 날강도. 좀 깎아주시죠? 적당히 높게 부른 거 다 아는데."

"아니, 이 녀석이 사람을 어떻게 보고……."

"거, 단골 너무 무시하는 거 아녜요? 이 바닥에서 정직, 성실을 모토로 장사하라고까진 안 하겠는데 후려칠 땐 적당히 후려쳐야죠."

유현이 도끼눈을 뜨며 따지고 들자 장씨가 결국 태도를 굽혔다.

"쳇, 알았다, 알았어. 하여튼 눈치는 귀신같아서. 700만 더 받을게."

"진작 그러시지. 이걸로 결제해 주세요."

유현은 히죽 웃으며 세라하 은행의 체크카드를 내밀었다. 장씨는 투덜거리면서 카드를 긁고 700만 원 결제를 사인할 것을 부탁했다.

웃돈을 얹어주고 구입한 것은 가로세로 1미터짜리 커다란 나무 박스에 들어 있는 물품이었다. 표면에는 붉은 글씨로 '엘레멘탈 스톤(Elemental Stone)'이라고 적혀 있다.

유현은 무게를 가늠해 보더니 그냥 들고 가기에는 너무 무겁다고 판단했다.

"이거 진짜 200킬로그램도 넘겠네."

"그 정도는 되겠지. 그거 순도가 얼마나 높은데."

"경량화 주문을 걸면 들고 갈 수 있을 정도는 될 것 같은데… 에이, 이거 배달해 줄래요?"

"추가 요금 받는다?"

"쩨쩨하게 3,700만 원짜리 물건 샀는데 배송료를 따로 받아요? 보통 이 정도 사면 배송료 정도는 무료로 해줘야죠."

"네놈이 일반 택배를 쓸 것도 아니잖냐. 정령 택배 한 번 이용료가 5만 원부터 시작한다는 거 잊었냐?"

"알았어요. 그럼 5만 원 추가로 결제하죠. 정령들 붙여서 실시간으로 운송해 줘요."

"야, 이거 무게가 얼만데 달랑 5만 원으로……."

"에이, 거기까지 치사하게 굴지 말고요. 앞으로 얼굴 안 볼 사이도 아닌데."

유현은 강하게 나가 장씨가 돈을 더 받으려고 하는 것을 막았다. 그동안 유현이 사준 물건도 많고 또 이번 물건이 워낙 액수가 컸기 때문에 장씨도 더 뭐라고 하지 않고 투덜거리면서 정령 택배에 전화를 걸었다.

잠시 후 문이 열리면서 흐릿한 푸른색 실루엣 같은 정령이 들어왔다. 마치 구름이 뭉게뭉게 피어오르는 것 같은 형상을 하고 있는 정령이었다.

—안녕하세요. 정령 택배에서 나왔습니다.

마치 녹음된 기계음 같은 목소리였다. 성대에서 나오는 목소리는 아니고 아마 마법적으로 녹음되었던 소리를 내는 것이겠지.

—실시간 배달 요청하셨죠? 어떤 걸 배달해 드리면 되나요?

"이거야. 모습 감추고, 목소리도 내지 말고 우리 집까지 같이 가주면 돼. 운송료는 이 아저씨한테 청구하고."

—알겠습니다.

정령은 100킬로그램도 넘는 상자를 번쩍 들더니 치직거리는 스파크와 함께 순식간에 모습을 감추었다. 투명술이 발동하면서 정령과 짐의 모습을 함께 지워 버린 것이다.

"그럼 아저씨, 다음에 다시 오죠."

"그래, 잘 가라."

유현은 장씨에게 인사를 하고는 가게를 나섰다. 그 뒤를 정령의 기척이 따랐다.

유현이 자전거를 타고 좀 속력을 내도 정령은 쉽게 따라왔다. 빠른 배달로 유명하다더니, 정령의 힘이 범상치 않은 것 같다. 하긴 마법사들이 운영하는 업체이니 오죽하겠냐마는.

어쨌든 무사히 집까지 도착하고 나니 안심이 된다. 원씨 가문에서 뭔가 손을 쓰지 않을까 걱정했지만 아직은 움직이지 않는 것 같다.

유현의 걱정은 무서움이 아니라 귀찮음에서 비롯된 것이었다. 목숨을 노릴지 모르는 상황에서도 태평한 것은 다 이유가 있는 것이다.

유현의 집은 안산에 널리고 널린 고층 아파트 중 하나였다. 혼자 살기에는 다소 넓은 24평짜리를 구입한 것은 금방 짐이 쌓일 것이라고 생각했기 때문이다. 실제로 그 예상은 적중해서 벌써 모든 방이 활용되고 있었다.

"이 안으로 들여놔 줘."

—알겠습니다.

정령은 정중하게 대답하고는 집 안에다가 상자를 놓아두었다. 정령이 물러나는 것과 동시에 상자도 투명술이 풀려서 모습을 드러냈다.

"수고했어."

—그럼 다음에도 저희 정령 택배를 많이 이용해 주십시오.

"아, 응. 그래. 조심해서 가."

정령은 스르르 미끄러져서 문밖으로 나가더니 난간을 넘어서 사라져 버렸다. 계단이나 엘리베이터를 이용하는 대신 아파트 벽면을 타고 미끄러져 가는 모습을 본 유현은 문을 닫으며 중얼거렸다.

"정령을 하인으로 둬도 괜찮을 것 같은데… 나중에 하나 사볼까?"

마법가에서는 정령도 구입할 수 있는 대상이었다. 지능이 높고 쓸모도 많은 정령은 그만큼 값이 비싸지만 하나 있으면 확실히 편할 것 같긴 하다.

"아, 그럼 물건이나 확인해 볼까."

유현은 교복을 갈아입기도 전에 일단 정령석 상자부터 뜯어서 내용물을 확인했다. 사실 아까 장씨의 가게에서 해야 했던 일이지만 워낙 신뢰도가 높은 양반이라 집에 와서 하기로 한 것이다. 이런 상자는 일단 한번 뜯으면 다시 봉합하는 게 꽤 귀찮았으니까.

정령석은 테니스공보다 조금 작은 크기로, 파충류의 눈알 같은 생김새를 하고 있었다. 색깔은 어떤 속성이냐에 따라 가지각색이고 투명한 빛을 발하기 때문에 예뻐 보인다.

물건은 확실히 상등품이었다. 이걸로 당분간 촉매 걱정을 할 필요는 없을 것 같다.

위력이 큰 마법을 쓰기 위해서는 인간이 지닌 힘 이상의 것, 촉매라 불리는 매개체를 이용해야할 때가 있었는데, 이 정령석은 최고의 촉매 중 하나였다. 괜히 쉰 개 남짓한 숫자가 3,700만 원씩이나 하는 게 아니다.

뭐, 환율이 폭등하지 않았다면 훨씬 싸게 구할 수 있었겠지만 말이다. 이번에는 정말 운이 없었다.

유현은 정령석을 정리해 놓고는 사복으로 갈아입었다. 그리고는 컴퓨터를 켜고 웹 서핑을 시작했다. 정보화 시대라고 불리는 요즘, 마법사들도 인터넷으로부터는 자유로울 수 없었다.

*   *   *

원씨 가문은 단순히 네 명의 가족으로 이루어진 집단이 아니었다. 분가들을 포함해 수십 명의 친족과 거기에 소속된 수하들로 이루어진, 수백 명 이상의 규모를 자랑하는 집단이다.

그리고 원준상은 그 집단을 통솔하는 우두머리 되는 자, 즉 당주였다.

"어째서 그 애송이를 그냥 내버려 두라는 거지?"

수백 명 이상을 통솔하며 정, 재계에 상당한 영향력을 발휘하는 원준상은 지금 머리끝까지 화가 나 있었다. 그의 아들이 갑자기 재난을 당했기 때문이다.

얼굴이 시뻘개져서 흥분하는 그의 앞쪽에는 한 청년이 앉아 있었다. 머리를 붉은색으로 물들이고 선글라스를 쓴 그는 귀에는 해골 귀고리를 하고 목에는 부서진 십자가 목걸이를, 그리고 검은 옷에 각양각색의 그로테스크한 쇠붙이를 주렁주렁 달고 있는 펑크 스타일을 자랑하는 인물이었다. 당장에라도 일렉트릭 기타를 꺼내서 현을 튕기며 샤우트를 선보여도 위화감이 없을 것 같다.

"그야 건드려 봤자 이득이 없으니까요. 사태를 냉정하게 파악해야 합니다, 당주님."

"이득이 없다니! 그런 이유로 내 아들을 저렇게 만든 놈을 그냥 봐줘야 한다는 건가!"

"제가 그런 뜻으로 말씀드리는 게 아니라는 것을 아시리라 생각합니다만."

펑크 스타일의 청년은 냉정했다.

"지금 상황에서 건드려 봤자 혼내줄 수 있는 보장이 없다는 뜻입니다, 당주님이 보유하신 병력으로는."

원준상은 흠칫했다.

"우리 가문이 그 정도로 힘이 없어 보이나?"

"유감스럽지만 무벌 출신인 제 입장에서 보면 그렇습니다. 굳이 비교를 하자면 당주님이 혼내주고 싶어하는 타깃은 군 병력 출신이고, 현재 당주님이 휘하에 거느린 병력은 경찰 병력쯤 되지요. 단순히 사람의 능력을 놓고 말하는 것이 아니라 지난바 화력이나 과격성의 레벨이 다르다는 뜻입니다. 이해하셨습니까?"

"음… 그렇다면 역시 그놈도 무벌 출신이라는 말인가?"

원준상은 침음성을 흘리며 물었다. '무벌'이라는 말은 이 세계에서 살아가는 자들에게 있어서는 강력한 임팩트를 가진다. 왜냐하면 일반인들은 전혀 모르는 세계의 이면을 장악하고 있는 살육을 주관하는 존재들이므로.

"꼭 무벌 출신이라는 보장은 없지만 적어도 그와 관련된 세계에서 살아온 것만은 분명해 보이는군요. 도련님의 호위 병력이 당한 경위를 보면 그렇게밖에 생각할 수 없습니다. 도련님이 왜 그를 더미(Dummy)로 쓸 생각을 한 것인지 이해할 수 없을 정도입니다만……."

"아들 녀석은 그가 마법사인 것을 전혀 알아볼 수 없었다고 하고 있네."

"인상착의를 보니 눈에 한 안대부터가 엄청나게 수상한데요?"

"그것도 마법적인 물건은 아니라고 하더군. 오히려 그것 때문에 재미있어 보여서 더미로 쓰려고 했다는데……."

"다음부터 좀 튀어 보이는 상대는 건드리지 말라고 교육시키시는 편이 낫겠습니다. 설령 마법사가 아니더라도 강력한 전투력을 가진 존재는 많으니까요. 이 나라에만 해도 말이죠."

펑크스타일의 청년은 타깃, 즉 진유현에 대한 정보가 담긴 보고서를 읽으면서 의미심장한 미소를 지었다.

"뭐, 정히 그를 혼내주고 싶으시다면 어설프게 가문의 병력을 투입할 생각은 하지 마시고 외부의 힘을 빌리는 편이 낫겠습니다."

"외부?"

"돈이면 안 되는 게 없으니까요. 개개인으로 활동하는 용병을 이용해도 되겠고, 믿음직스럽지 못하다면 소규모 무벌에 의뢰를 하는 방법도 있죠."

"그렇군. 혹시 아는 곳이 있나?"

"제 인맥으로 닿는 곳은 다들 값이 너무 높고, 또 이번 일에 얽혀들면 곤란할 수도 있으니 부하들을 시켜서 마법가 쪽에 되도록 높은 수준으로 알아보시는 게 나을 것 같군요. 알선소가 있으니까."

"알겠네. 그렇게 하지."

원준상은 고개를 끄덕이고는 몸을 돌렸다. 문을 닫고 나가는 그의 뒷모습을 바라보던 펑크 스타일의 청년은 선글라스를 벗으며 중얼거렸다.

"오랜만이군, 진유현. 뭐 하고 사나 했더니 이런 데서 고양이처럼 숨죽이고 살고 계셨나?"

Chapter 02

전투 충동

눈을 떴을 때는 교실에 학생들이 가득했다. 아침 일찍 아무도 없을 때 등교한 유현은 하품을 하면서 몸 여기저기를 비틀었다. 한 시간 정도 책상에 엎드려 자서 그런지 우두둑거리는 소리가 났다.

"야, 유현아. 어제 왜 안 나왔냐?"

"몸이 좀 안 좋아서. 감기 걸렸는데 못 일어나겠더라고."

사실 열 살이 넘어간 이후 감기가 뭔지도 모르고 살았지만 적당히 둘러대기에는 가장 좋은 핑계였다. 유현이 혼자 사는 것을 아는 사람은 별로 없었다. 선생들 정도만 알고 있는 관계로 둘러대기도 쉬웠다.

"그럼 준형이는 왜 안 나왔는지 몰라?"

"모르겠는데?"

"너 걔네 집에 놀러 갔었잖아?"

"근데 그날 저녁때 돌아왔거든. 그 후론 연락을 안 해서 모르겠어. 어제 학교 안 왔어?"

"응. 너희 둘이 나란히 빠져서 무슨 일 있나 했어, 다들."

"그래? 이상하네. 이따 전화라도 해봐야겠다."

물론 원준형이 학교를 안 나온 원흉은 유현 자신이었지만 천연덕스럽게 학우를 걱정하는 모습을 연기했다.

원준형은 과연 다시 학교에 나올까? 부상 자체야 대수롭지 않겠지만—적어도 마법사들 기준으로는—유현의 존재를 감수하고 학교에 나올 만큼 간이 클 것 같지는 않았다.

뭐, 안 나오면 유현도 좋다. 신경 쓸 요소가 하나 사라져 주는 셈이니까.

그렇게 생각하고 있는데 진동으로 해둔 핸드폰이 부르르 떨렸다. 무슨 일인가 싶어서 폴더를 열어보니 문자가 와 있었다. 수신인은 처음 보는 번호기는 하지만 스팸 문자가 아니라는 것만은 확신할 수 있는 내용이었다.

오늘 방과 후부터 공격하겠다.

문자 메시지의 내용은 지극히 간결했다. 물론 유현은 그 의미를 모를 정도로 어리석지 않았다.

"또라이 주제에 이상하게 정중한데? 자체 병력은 아니겠군. 하긴 돈만 뿌리면 얼마든지……"

"뭐?"

옆에 있다 유현의 중얼거림을 들은 녀석이 돌아보았다. 유현은 아무것도 아니라고 말해준 다음 창밖을 바라보았다. 이럴 때 여자애들이 체육 수업이라도 하고 있으면 눈요기가 될 테지만 아침 보충수업 시간에 그럴 리가 없지.

유현은 피식 웃고는 문자를 한 번 더 봤다. 근데 이 녀석, 기초 교육도 제대로 안 받았나? 이런 걸 보낼 때는 착신 번호를 감추는 게 상식이잖아. 나중에 추적당하면 어쩌려고.

뭐, 나름대로 자신감이 철철 넘친다는 증거일지도 모른다. 그깟 핸드폰에 남은 문자 메시지 기록 따위, 나중에 얼마든지 없앨 수 있다는……

그렇다면 그 자신감에 응해주는 것이 공격받을 자로서의 도리겠지. 유현은 콧노래를 부르며 답문을 작성해서 전송했다.

"자, 그럼 어디 얼마나 굉장할지 기대해 볼까?"

고등학생의 하루는 길다. 왜냐하면 학교에서 보내는 시간이 거의 전부라고 해도 과언이 아니니까.

하지만 다른 아이들과 달리 야간 자율학습을 안 하는 유현이 보내야 할 시간은 앞으로 아홉 시간가량. 기대하는 시간은 그 후에 시작될 것이다.

*　　　*　　　*

"어쭈, 아주 건방진 자식인데?"

한편 학교에서 200미터 떨어진 지점에서는 한 남자가 눈살을 찌푸리며 있었다. 눈가에 흉터가 있는 살벌한 인상의 남자였다.

그 옆에서 망원경으로 교실의 상황을 살피던, 덩치가 우람하고 머리를 빡빡 민 남자가 물었다.

"왜 그러십니까, 형님?"

"아니, 이 자식이 내 정중한 경고에 이딴 답장을 보냈잖아."

"뭔데요?"

흉터의 남자는 궁금해하는 남자에게 자신의 핸드폰을 휙 던져 주었다. 그것을 받아 든 남자의 표정이 해괴해졌다.

"끝내주게 배짱 좋은 놈인데요?"

"지나치게 좋아서 죽여 버리고 싶어지는군. 뭐, 의뢰는 '죽을 경우 뒤처리만 잘할 것'이라고 했으니까……."

"뭐, 애당초 죽일 생각 아니었습니까?"

"난 솔직히 별로 내키진 않았어. 이제 겨우 고삐리잖냐. 애송이가 개념없는 건 당연한 거고 죽지 않을 정도로만 두들겨 놔야 개념 찾고 사회에 공헌하는 훌륭한 어른이 되지."

"즉, 우리 같은 어른이 안 되도록 바른길로 이끌 생각이었
다?"

"그렇다고도 할 수 있지. 하지만 이제 자비는 끝이다. 철저
하게 부숴놓은 다음 죽여 버리자고."

흉터의 남자가 맹수처럼 으르렁거렸다.

머리를 민 남자가 들고 있는 그의 휴대폰 액정에는 다음과
같은 문자가 표시되고 있었다.

당신들 묘비에 새길 말 좀 미리 알려주지 않을래?

오늘 진유현이라는 타깃을 처리하기 위해 투입된 인원의
숫자는 총 일곱. 도대체 고등학생 애송이를 상대로 프로인 자
신들이 이만큼이나 투입될 이유가 있나 싶었지만 원래 스폰
서는 신이다. 돈 내는 놈이 적어도 이만큼은 투입하라고 요구
했으면 그렇게 해주는 게 프로의 일이라는 것이다.

한 명만 투입되어도 고등학생 양아치 정도는 수십 명을 단
번에 전멸시킬 수 있는 살육의 프로가 일곱 명이나 배치된 이
상 진유현의 목숨은 없다고 봐야 했다. 이 허무맹랑한 자신감
은 그런 상황을 제대로 인식하고 나서 나온 것일까?

뭐, 의뢰주가 건네준 자료를 보니 나름대로 그런 자신감을
가질 만한 근거는 있어 보였다. 아무리 허약하다고는 해도 원
씨 가문에서 후계자를 보호하기 위해 준비한 병력을 쉽사리

물리쳤으니까.

그래도 그들과 자신들은 차원이 다르다. 누군가 비교한 것을 토대로 말해보자면 치안 좋은 동네의 한가한 경찰 병력과 매일같이 국지전이 벌어지는 분쟁 지역 군 병력의 차이인 것이다.

그런 살벌한 형님들을 도발하다니, 배짱이 좋은 것도 정도가 있다. 신경을 건드려 놓은 이상 절대 곱게 넘어가지는 않는다. 물론 곱게 넘어갈 생각 따윈 처음부터 없긴 했다마는.

"건방진 고삐리 새끼, 뼈와 살을 분리해 주마."

                    *   *   *

오늘따라 학교에서 보내는 시간이 아주 길고 지루하게 느껴졌다. 뭐, 사실 학교생활이라는 것은 항상 길고 지루했지만 오늘은 특히 그 정도가 심했다. 오랜만에 열기를 느끼게 해주는 사건이 기다리고 있기 때문일까.

어제 결석한 일로 담임한테 교무실로 불려갔지만 심한 감기에 걸려 일어날 수 없었다는 핑계는 평소 행실이 모범적이었고, 또 유현이 혼자 산다는 가정 사정이 교사들에게 알려져 있는 만큼 잘 먹혀들었다. 원준형에 대해서는 모른다로 일관했다.

점심시간에는 일부러 급식을 피해서 학교 뒤의 한적한 곳으로 가보았다. 혹시 혼자서 있으면 일찍 공격해 오지 않을까 하는 기대에서였다. 아마 학교 안에 들어와 있는 상태가 아닐 테지만 그래도 혹시나 해서…….

"야, 꺼져."

…기대했던 것과는 달리 한껏 불량스러움을 뽐내는 녀석들이 모여 앉아서 담배를 피우고 있었다. 사람이 잘 다니지 않는 곳이라고는 해도 야외에서, 그것도 얼마든지 다른 사람이 올 수 있는 곳에서 흡연 중이라니, 꽤나 당당하지 않은가?

뭐, 담배를 피우든 술을 마시든 마약을 주사하든 유현과는 상관없는 일이었다. 딱히 일반인과 시비를 벌일 마음도 없는지라 어깨를 으쓱하고 몸을 돌리는데 뒤에서 키득거리는 목소리가 들렸다.

"저 새끼 눈병신인가 봐. 희한한 액세서리 차고 있네?"

"야야, 장애인은 놀리는 거 아니다."

"뭐, 병신이 병신이지. 병신인 거 티내고 멋까지 부리고 다니면 그건 병신이라고 놀려달라고 하는 거 아냐?"

그들은 유현의 눈을 갖고 지저분한 말들을 토해내면서 웃었다. 그냥 가려고 했던 유현의 걸음이 멈췄다.

"야, 들었나 보다."

"오오, 화난 것 같은데?"

"지까짓 게 멈추면 어쩌게? 눈 병신 주…….'"

마지막 말은 끝까지 이어지지도 못했다. 갑자기 뭔가가 날아들어서 입속에 틀어박혔기 때문이다.

"아아, 더러워. 젠장, 뺨을 후려갈긴다는 게 그만… 썩어빠진 옥수수를 털어버렸네?"

마치 순간이동을 하듯 나타난 유현의 주먹이 입속에 틀어박힌 것이다. 물론 이빨이 와장창 부서져 나가면서 입속이 피투성이가 되었다.

"내 고결한 주먹에 너 같은 쓰레기의 피와 침이 묻다니, 이 것참, 그냥 석고대죄 정도론 수지가 안 맞겠는데?"

유현은 '어버버' 하고 고통인지 놀람인지 모를 것을 호소하고 있는 상대에게 싸늘한 미소를 지어 보였다. 그리고 상대의 손목을 잡고 힘을 주었다.

우두두두둑!

"어, 아아아아악!"

단숨에 뼈가 부러지면서 비명이 터져 나왔다. 그 광경을 보고 있던 다른 녀석들도 담배를 떨어뜨리면서 기겁했다.

"무, 무슨 짓이야?"

"무슨 짓이긴. 이런 짓이지."

유현의 양주먹이 섬광처럼 교차했다. 한 호흡에 여덟 방을 날린 유현은 곧바로 백스텝으로 다른 녀석과의 거리를 좁히고 잽을 날렸다. 하지만 그 위력이 너무나도 출중하여 코에 맞는 순간 코뼈가 주저앉았다. 물론 그것으로 봐줄 리가 없어서 로우 킥으로 다리뼈를 부러뜨렸다. 당분간 목발 신세를 져야 할 것이다.

"너희들, 이 녀석만 빼고 다 무사히 돌아갈 생각 버려라."

유현은 일어서 있는 다섯 명 중 한 녀석을 가리키며 말했다. 처음에 장애인은 놀리는 게 아니라고 말한, 머리를 적갈색으로 염색한 녀석이었다.

"이, 이 자식이!"

"너희들한테 사람 말로 떠들 권리 따윈 없어. 앞으로 뭔 소리든 내고 싶으면 개처럼 짖어. 멍멍 하고. 물론 그래도 계속 팰 거지만."

등골이 오싹해질 정도로 살벌한 기세가 유현으로부터 흘러나오고 있었다. 그것은 사람을 죽여본 자만이 가질 수 있는 살기였지만 평범한 불량 청소년들이 그 사실을 알 리 없었다. 다만 가슴속을 메우는 꺼림칙하고 불길한 느낌에 전율할 뿐이었다.

그러고 나서는 일방적인 학살이었다. 수적으로 월등한 데도 불구하고 그들은 유현의 옷자락 하나 건드려 보지 못했다.

사람이 간격 안에만 들어오면 주먹질을 하든 발차기를 하든 단 일격에 행동 불능으로 만든다. 뒤통수에 눈이라도 붙어 있는 것처럼 어디서 달려들어도 대응하는데다가 그 속도가 상상을 초월한다.

결국 한 사람만 제외하곤 어디 한 군데씩 뼈가 부러지고 피투성이가 되어 널브러지게 되었다. 도망치려는 녀석도 있었지만 어림없는 짓이었다. 유현은 전부 다 철저하게 두들겨 패서 쓰러뜨렸다.

"아, 으……."

"안심해. 너는 병원에 보낼 생각이 없으니까."

완전히 그 자리에 굳어서 덜덜 떨고 있는, 유일하게 무사한 한 명에게 다가가며 유현은 악마처럼 속삭였다.

"어차피 이 녀석들을 병원으로 보내줄 녀석도 필요하고."

유현은 이런 참상을 벌인 장본인이라고는 믿을 수 없는, 미소 띤 얼굴로 손을 들어 올렸다. 상대는 흠칫했지만 달아날 수는 없었다. 달아났다가는 어떻게 된다는 것을 이미 너무나 확실하게 보고 말았다.

그리고 그런 이유가 아니더라도 이상한 힘이 그로 하여금 그 자리에 못 박히게 만들고 있었다.

그 힘은 그의 육체에만 작용하고 있는 게 아니었다. 정신에도 작용하고 있었다. 하지만 그 사실을 깨달았을 때는 이미 정신이 어디론가 날아가기 시작했다.

'아…….'

안 돼. 이렇게 정신을 잃어버리면…….

생각은 끝까지 이어지지 못했다. 그의 의식은 먼 곳으로 날아가 버렸기 때문이다.

유현은 텅 빈 인형처럼 멍청한 표정을 짓고 있는 그에게 또박또박 말했다.

"여기에서 있었던 일들은 다 잊어."

태어날 때부터 지켜야 하는 규약, 숨을 쉬어야만 살아갈 수 있다는 사실처럼 절대적으로 뇌리에 박히는 명령.

"절대 기억하지 못한다. 너희는 사소한 일로 시비가 붙어서 서로 치고받은 끝에 이 모양 이 꼴이 된 거다. 알겠지?"

"네, 알겠습니다."

기계적인 대답이 흘러나온다. 유현은 만족스러운 듯 웃었다.

"그럼 이 쓰레기들을 데리고 꺼져. 움직일 수 있는 놈들은 걸어가고."

유현이 그렇게 말하고 몸을 돌리자 쓰러져 있던 녀석들 중 일부가 비틀거리며 일어나기 시작했다. 몸 여기저기에서 고통이 심할 텐데도 전혀 개의치 않는 그 모습은 제정신이라면 절대 있을 수 없는 모습이었다.

"아, 암시가 능숙하네."

유현이 녀석들이 앉아 있던 공사용 자재 위에 앉았을 때, 허공에서 갑자기 들려오는 목소리가 있었다. 물론 유현은 놀라지 않았다. 처음부터 알고 있었다는 듯 자연스럽게 목소리가 들려온 곳을 바라본다.

"너야말로 몸을 감추는 게 능숙하군. 나무를 잡고 뛰는데도 기척이 안 날 정도면."

그 말을 들은 상대가 신기루처럼 모습을 나타냈다. 나뭇가지 위에 옛날이야기 속의 소녀처럼 걸터앉은 채 약간 부끄러워하는 표정으로 유현을 내려다보는 인물은 윤성아였다. 이틀 전 밤에 바보 같은 오해로 인해 유현을 죽이려고 했던 소녀.

"뭐, 이런 일 하면서 살려면 암시야 필수 조건이지. 게다가 지금 내 모토는 조용하고 성실한 모범생이니까."

그것은 마법의 힘이었다.

마법의 존재를 모르는, 그리고 초현실적인 힘을 믿지 않는 인간의 정신을 쉽사리 장악하고 기억을 조작해 자신의 행동 증거를 없애는 것은 현대의 마법사라면 당연히 갖춰야 하는 기본 소양이었다. 그렇기에 현대 사회에서 연옥의 존재들이 활약하기 위해서는 반드시 마법의 힘이 필요하다.

하지만 그렇다곤 해도 유현의 능력은 상당한 것이었다. 눈앞에 있는 한 명 외에 여섯 명이나 되는, 시야에 들어오지도 않는 쓰러진 인원에게까지 단번에 암시를 걸어서 뜻대로 조종한 것이다. 어지간한 마법사라면 엄두도 못 낼 만한 능력이었다.

그런 주제에 육체적인 전투 능력까지 뛰어나다니, 고작 열여덟 살의 나이에 갖춘 능력치고는 지나치게 탁월하다는 느낌을 지울 수 없었다. 그런 존재가 없는 것은 아니지만 그 정도로 능력이 있으면 그만큼 이름을 얻기 마련이다. 하지만 윤성아는 아직까지 진유현에 대해 어떤 정보도 손에 넣지 못했다.

"그런데 오늘은 또 무슨 볼일이야? 할 말은 지난번에 다 한 것 아니었어?"

"그게… 경고를 해, 해주고 싶어서."

여전히 말을 잘 더듬는 소녀다. 마치 유순한 강아지 같은 면이 귀여워서 유현은 피식 웃고 말았다.

"무슨 경고?"

"지금 학교 밖에 공천(公賤)이라는 무벌 세력에서 파견한 일곱 명의 전투 병력이 와 있어. 너를 해코지하려고."

"공천이라니, 이상한 이름이군. 설마 천함을 드러낸다는 그런 뜻은 아니겠지?"

"마, 맞는데……."

"…도대체 무슨 센스로 지은 이름이야? 이름 지은 놈 얼굴을 보고 싶군."

설마 사람 조지는 일은 천박한 일이니 그런 것을 당당하게 드러낸다는 의미로 지은 건가? 만약 그렇다면 상당한 살육 변태다.

"하지만 내가 들어본 적도 없는 것을 보니 역사가 짧거나 인지도가 별로 없는 싸구려겠군. 하지만 그래도 무벌 세력이라고 자처할 정도면 얕보면 안 되겠지. 일곱 명이라고 했지?"

"으, 응."

"좋은 정보네. 고마워. 녀석들이 정중하게 문자 메시지로 경고까지 보내주긴 했는데 정작 정보는 없었거든."

"무, 문자 메시지?"

"응. 웬 또라이의 짓인지는 모르겠는데 방과 후부터 공격하겠다고 친절하게 문자 메시지를 보냈어. 자기들 번호까지 노출하면서."

"······."

윤성아는 황당해하고 있었다. 같은 업계에서 일하는 입장에서 도저히 이해할 수 없는 일이었나 보다.

그렇다면 역시 유현이 현장에서 떨어져 있는 사이 업계 상식이 변한 것은 아닌 게 분명했다. 단순히 문자 메시지 보낸 놈이 또라이인 것이다.

"근데 그냥 그거 알려주러 온 거야? 너무 신경 써주는데?"

"아, 그게, 그냥······."

"어쨌든 고마워. 이런 호의라면 앞으로도 고맙게 받지."

유현이 약간 장난 섞어 던진 말에 윤성아는 얼굴이 새빨개져서 고개를 푹 숙였다. 그녀는 괜히 안절부절못하더니 금세 투명술로 모습을 감추고 고양이처럼 나무를 박차고 담벼락 밖으로 사라져 버렸다.

홀로 남겨진 유현은 당황하면서 중얼거렸다.

"아니, 왜 또 저렇게 도망치는 거야?"

2

지루한 수업이 보충수업까지 끝나고 나서 유현은 지체없이 일어났다. 오늘은 청소당번도 아니었기 때문에 학교에 더 남아 있을 이유가 없었다.

무엇보다 거창한 이벤트가 기다리고 있지 않은가.

이런 일은 정말로 오랜만이다. 한때는 두 번 다시 이런 일이 없었으면 좋겠다고 생각했는데, 그런데 왜 가슴이 두근거리는지 모르지는 않았다.

이유는 아주 단순하다. 그는 이미 이런 일로 가슴 설레는 인간이 되고 만 것이다. 가족과 떨어져 살아온 10년 이상의 세월이, 파괴 충동을 키우고 살육 충동을 강요받으며 살아온 세월이 그를 이런 인간으로 만들었다.

본능은 압도적으로 인간을 지배한다. 아무리 이성이 강하고 의지가 강력한 인간이더라도, 육체가 내는 결론을 거부할 수는 없다. 다만 조금 돌아가고 지체할 수 있을 뿐이다.

그렇기에 인간의 정신 역시 결국은 시시한 뇌 내 화학반응의 부산물에 불과하다. 육신을 가진 존재는 거기서 벗어날 수 없다.

그 사실을 유현은 뼈저리게 알고 있었다. 그와 같은 존재는 모두 알고 있을 것이다. 그들의 몸에 각인된 본성이야말로 '운명'이라는 말이 어울린다는 것을.

'시시한 녀석들이 아니면 좋겠는데.'

기왕 싸울 거라면 시시한 녀석들이 아닌 편이 좋았다. 강한 상대라면 자신이 고전할지도 모르고, 심지어 죽을 수도 있겠지만, 그래도 기왕 피해갈 수 없는 운명이라면, 그렇다면 조금이라도 더 즐길 수 있는 편이 좋다.

게임에는 스릴이 필요하다. 적절한 난이도가 필요하다. 아무런 고난도 역경도 없이 앞으로 달릴 뿐인 게임은 재미가 없다.

유현은 콧노래를 부르면서 일부러 사람이 없는 장소로 향했다. 자전거는 학교에 놓고 온 채였다. 망가지는 게 싫었으니까.

과연 총을 쏠까, 안 쏠까?

아무리 무벌 세력이라고 해도 어지간하면 한국의 도심에서 총을 쏠 생각은 하지 않을 것이다. 사실 분쟁 지역에서도 총은 딱히 선호되지 않는 무기였다. 연옥의 비술을 터득해 인간을 초월한 존재들은 총기류보다는 원시적인 무기를 선호하는 경우가 많다.

그러니까 예를 들면, 15미터 밖에서 땅을 박차고 채 1초도 되지 않아서 유현의 코앞까지 들이닥칠 수 있는 능력을 가진 존재라면.

교차는 한순간이었다.

유현은 뒤로 물러나는 대신 몸을 흔들면서 앞으로 피했다. 상대의 섬광 같은 일격이 허공을 꿰뚫었다. 일반인은 상상도 할 수 없는 무시무시한 동체시력으로 유현은 상대의 손에 스위스제 컴뱃 나이프가 들려 있는 것을 포착했다.

좋아, 이 정도면 순발력은 합격이군.

미소를 짓는다. 첫 번째 공격에서 상대가 보여준 능력은 무벌 세력의 병사라 자칭하기에 합당한 것이었다.

그럼 다른 능력은 어떨까?

자연스레 상체를 회전시키며 꼬인 듯한 스텝을 두 번 밟자 순식간에 그의 몸이 상대의 배후를 잡았다. 동작을 취하면서 가방을 내던지고 주먹을 질렀다.

상대는 피했다. 한 호흡에 열 방 이상 들어가는 유현의 주먹을 피하며 뒤로 도약한다. 사자나 호랑이 같은 맹수가 도약하듯 강렬한 기세로 상대의 몸이 멀어진다. 발이 지면에서 5센티도 채 떨어지지 않는 초저공 도약이지만 그 거리는 10미터가 넘었다.

반응속도도 합격이다. 조금 전의 공격은 보통 인간의 반응속도로는 도저히 피할 수 없는 것이었다. 인간의 반응속도 한계는 0.1초라고 한다. 신경 전달 속도가 그 이상으로 빨라질 수는 없다는 것이 최신 연구 결과다.

하지만 그런 상식 따윈 어차피 일반인의 것이다. 연옥에 속한 자라면, 그것도 살육을 삶으로 삼는 무벌 세력에 속한 자가 그 정도를 뛰어넘지 못하면 그저 삼류로 그칠 뿐이다.

그래서 유현은 웃었다. 동시에 상대를 향해 상대가 뛰는 것의 두 배 이상의 속도로 따라서 뛰어들었다.

순식간에 거리가 좁혀졌다. 상대의 험악한 얼굴에 경악이 떠올랐다. 하지만 그 표정이 미처 완성되기도 전에 유현의 공격이 작렬했다.

시원스러운 소리가 울려 퍼졌을 때는 이미 일곱 방의 공격이 들어간 후였다. 몸을 보호하기 위한 최신 소재의 전투복을 옷 안에 입은 것을 때리면서 확인했지만, 그렇다고 하더라도 콘크리트 벽도 부수는 유현의 주먹을 맞고 무사할 수는 없었다.

상대가 날아가는 것을 확인하며 몸을 돌렸다. 전신의 힘이 격발되었다. 배후에서 달려드는 상대가 없는 것을 확인한 뒤 지체없이 땅을 박찼다.

마치 폭탄이 터지는 것 같은 기세로 그의 몸이 상승했다. 단숨에 10미터 이상 뛰어올라 3층 건물의 옥상에 내려선다. 인간의 신체 능력으로는 있을 수 없는 일이었다. 인간의 육체, 그리고 인간의 체중을 가졌으면서 그 근육은 호랑이의 그것과 비슷하다면 또 모를까.

옥상 위에 있던 존재가 깜짝 놀란다. 하지만 놀라는 것과 반응하는 것이 동시에 이루어졌다. 그가 들고 있던 석궁의 방아쇠를 당기자 짧은 화살이 시속 150킬로미터를 넘는 스피드로 날아들었다.

근거리에서 이런 공격을 피한다는 것은 불가능하다.

물론 보통 인간이라면 그렇다는 말이다. 유현은 회전하며 날아드는 화살의 측면을 수도로 쳐서 꺾어버리고는 상대방에게 달려들었다. 상대방은 그사이 앞차기를 날려오고 있었다.

훌륭한 반응이다. 하지만 유현에게는 하품 나도록 느려 보였다.

빠악!

앞차기를 피하며 내지른 킥이 정확하게 상대의 안쪽 허벅지에 작렬하면서 시원스러운 격타음이 울렸다. 물론 맞은 입장에서는 시원스러운 게 아니라 악마의 소리로 들렸을 것이다. 단숨에 다리 근육이 파괴되면서 뼈까지 부러졌다.

하지만 유현은 거기에서 그치지 않고 가차없이 추가타를 넣었다. 자세가 무너져 쓰러지는 상대의 안면에다가 주저없이 주먹을 날려서 옥상 바닥에다가 내리꽂아 버린 것이다. 뭔가 터지는 소리와 함께 부서진 바닥의 파편이 튀었다.

"두 명."

유현은 천천히 일어나며 중얼거렸다.

"재미있는데? 이 정도 반응이면 중급 정도는 되겠어."

지금 쓰러뜨린 두 명 다 죽이지는 않았다. 충격과 유현이 마무리 타격을 넣을 때 흘려 넣은 마력 때문에 당분간 의식을 회복하지는 못하겠지만, 그래도 손속에 사정을 두고 상대해도 괜찮은 레벨이었다.

이들보다 좀 더 수준이 높다면 그때부터는 전혀 봐줄 수가 없다. 그냥 죽이는 것을 전제로 싸우지 않으면 안 된다.

"제법이군."

그때 반대쪽 옥상에서 중저음의 목소리가 들려왔다. 눈가에 흉터가 있는 험악한 인상의 남자가 말을 걸어오고 있었다.

"어라? 노선 바꿨어? 계속 기습하는 게 나을 텐데?"

"두 명을 단숨에 조져 놓고 할 소리냐, 그게?"

"뭐, 둘 다 죽이진 않았으니까 오늘 일 실패하더라도 너무 원한 갖지는 마. 나로선 최대한 봐주고 있는 거라서, 아저씨."

"아저씨는 아니지만… 원한은 갖게 될 것 같은데? 뭐, 안 가지려면 너를 죽이고 상쾌한 기분으로 돌아가면 되겠지."

"아하하, 주제파악을 하시는 게 어떨지? 보아하니 군대 출신 같은데 고작 이 정도 실력으론 내 머리털 하나 자르는 것도 어려울걸?"

"애송이 주제에 너무 자신만만한데?"

그가 씩 웃는 순간 유현은 너무나도 자연스럽게 앞으로 고개를 숙였다. 그리고 0.1초 차이로 그의 머리가 있던 공간을 한 대의 화살이 꿰뚫고 날아갔다. 사각에서 저격을 한 것이다.

"저격수 아저씨, 제법이군. 가속 마법도 다 쓰고."

콘크리트 바닥에 박혀 버린 화살을 보면서 유현이 긴장감 없는 태도로 감탄했다. 방금 전에 날아온 화살은 적어도 시속 300킬로미터에 가까운 속도였다. 현존하는 활 중에 가장 빠른 화살을 쏘아 날릴 수 있는 컴파운드 보우를 써도 도저히 그 정도 속도는 나오지 않는다. 하물며 석궁이라면 시속 200킬로미터도 힘들다.

마법이 개입되고 있다. 저격수는 말하자면 마탄의 사수인 것이다.

화살이 두 방향에서 연달아 날아들었다. 석궁의 장점은 연발이 가능하다는 것이다. 그 대신 위력이 떨어지지만 마법으로 보충한다면 충분한 살상력을 가진다.

그러나 유현은 바람에 흔들리는 버드나무 같은 움직임으로 화살을 모조리 피하고는 바닥을 박찼다. 그리고 즉시 흉터의 남자를 향해 날아들었다.

"흥!"

흉터의 남자는 코웃음을 치며 요격할 태세를 취했다. 유현이 간격 안으로 들어오는 것과 동시에 몸을 낮추면서 올려 차기를 날린다. 과감한 공격이었지만 유현은 발을 뻗어 그의 발차기를 맞받아쳤다.

그다음은 그야말로 순식간이었다.

유현의 발이 그의 발과 맞닿는 순간, 유현이 발을 뻗는 힘을 죽이며 방향성을 바꾸었다. 섬전처럼 날아드는 발차기를 마치 평지를 밟듯이 밟고 상대의 머리 위를 뛰어넘은 것이다.

놀란 흉터의 남자가 유현의 착지점을 노리고 달려들었다. 하지만 그는 3미터 간격까지 달려드는 순간 눈앞이 번쩍했다.

'뭐, 뭐야?'

시간이 얼마나 지났지? 1초? 아니면 2초?

그는 비로소 자신이 공격을 받았다는 사실을 알았다. 어떤 공격이었는지는 모르겠지만 잠시 시야가 마비된 것은 얼굴을 맞았다는 증거다.

다행스럽게도 유현은 그가 정신을 놓은 동안에 공격하지

는 않았다. 하지만 그보다 더더욱 치욕스러운 결과가 그를 기다리고 있었다.

"이럴 때 보통 체크메이트라는 말을 쓰는 것 같던데, 어떻게 생각해?"

한쪽 무릎을 꿇고 주저앉은 그의 뒤에 선 유현이 목을 잡고 있었던 것이다. 고작해야 고등학생 애송이, 그것도 체격도 그리 크지 않은 녀석에게 무슨 힘이 있겠냐고 생각하긴 쉽겠지만 방금 전까지의 전투를 떠올려 보라. 한 손으로도 사람의 목 정도는 우습게 꺾어버릴 수 있을 것이다.

"정말 그렇다고 생각하나?"

흉터의 남자는 코웃음을 쳤다. 그리고 그와 동시에 세 방향에서 화살이 날아들었다. 정확히 유현의 머리가 있는 지점만을 노리는 신기와도 같은 저격이었다.

"대단하군."

유현은 솔직히 감탄하며 물러났다. 사실 다른 대응을 하는 것도 가능했지만 여기서는 적당히 수준을 맞춰주기로 했다.

윤성아가 알려준 정보에 의하면, 적의 숫자는 총 일곱 명. 그중에서 두 명은 전투 불능으로 만들었고, 우두머리는 눈앞에 있고, 세 명은 저격수다. 그렇다면 나머지 한 명은 어딘가에 숨어서 기회를 노리고 있겠지.

그걸 아는 이상 저격수의 견제를 각오하고 눈앞의 우두머리를 쓰러뜨리는 게 최선이겠지만, 여기서는 얌전히 적의 노림

수에 걸려주기로 했다. 유현은 그대로 옥상에서 뛰어내렸다.

3층 건물 옥상에서 뛰어내렸으면서도 거의 충격이 느껴지지 않는, 고양이 같은 움직임으로 바닥에 내려섰다. 그리고 그 순간 두 개의 기척이 느껴졌다.

'두 개?!'

이건 계산 밖이었다.

어째서 접근하는 기척이 두 개지? 설마 윤성아의 정보가 빗나간 것인가?

'이런 젠장, 바보 같은 짓을 했잖아!'

일선에서 물러나 있은 지 오래됐더니 정신이 무뎌졌다. 감각은 그럭저럭 유지되고 있었을지도 모르지만 마음가짐은 확실하게. 신뢰할 수 있다는 보장도 없는 상대가 준 정보를 덥석 믿고 그에 맞춰 행동을 결정해 버리다니!

하지만 재빨리 몸을 돌린 순간 유현은 자신이 착각을 했다는 사실을 알았다. 다가오는 기척 중 하나는 자신의 적이 아니었다.

놀랍게도 그 기척의 주인은 교복을 입고 있는 여학생이었다. 그것도 무척이나 작은, 유현보다도 두세 살은 아래로 보이는 소녀였다. 아마도 중학생인 것 같았다.

유현은 놀라면서도 순식간에 그녀를 관찰했다. 일반인인가, 아니면 자신의 방심을 유도하기 위해 변장한 자객인가.

그리고 순간적으로 판단한 결과 소녀는 일반인이 확실했다.

'뭐야? 어째서 이런 곳에······?'

이 자식들, 사람들을 물리는 조치도 제대로 안 해놓은 건가! 시내에서 전투를 벌일 거라면 일반인이 다가오지 못하게 결계를 치는 건 기본이잖아!

유현은 적들의 개념없음에 분노했다. 하지만 지금은 그것보다도 급한 일이 있었다. 하필이면 골목에서 튀어나온 소녀가 있는 곳 바로 뒤쪽에서 암습을 노리고 있던 작자가 일본도를 들고 튀어나온 것이다.

타깃 외의 존재, 그것도 일반인 소녀가 있는데도 주저없이 공격을 가해오다니! 그것도 저 자세로 보아 소녀와 함께 유현을 꼬치처럼 꿰어버리겠다는 의도가 명확해 보였다. 일반인이 죽든 말든 신경 안 쓰겠단 뜻인가!

'이 자식이!'

유현의 눈에서 불꽃이 튀었다.

유현은 피해를 감수하고 소녀의 뒤로 돌아가며 그녀를 감쌌다. 그 찰나의 순간 적은 이미 코앞까지 닥쳐 있었다.

원래대로라면 여유있게 처리할 수 있는 적이겠지만 이만큼 타이밍을 빼앗긴 이상 손해를 감수해야 했다. 유현은 이를 악물며 반격에 나섰다.

적이 찔러오는 일본도를 최소한의 움직임으로 피했다. 방어구도 없는 오른쪽 어깨가 뭉텅이로 베어져 나가면서 핏방울이 튀었다. 그 핏방울이 뒤로 날아가 떨어지기도 전에 유현의 반격이 쏟아졌다.

공격은 찰나에 완성되었다. 일본도를 찔러온 적은 뭐가 뭔지도 모르고 안면이 피투성이가 되어 쓰러졌다. 하지만 유현은 그것으로 그치지 않고 쓰러지는 상대의 턱을 무릎으로 쳐올리고 시원스러운 돌려차기로 날려 버렸다. 뼈가 부서지는 섬뜩한 파열음이 나면서 상대의 몸이 공처럼 땅바닥을 튀어서 나가떨어졌다.

"큭, 무개념한 놈 같으니."

유현은 어깨를 쥐며 내뱉었다. 상처 부위로부터 확 하고 퍼져 가는 기분 나쁜 느낌으로 보아 독을 바른 것이 틀림없었다. 확실히 죽일 생각을 하고 왔군, 이 자식들.

유현은 일단 의기강체술(雲體風身術)이라 불리는 비술을 이용, 체내의 혈류를 조종해서 독이 퍼져 가는 것을 막은 다음 마법을 걸었다. 해독을 위해서는 차분히 시간을 들여야 하는데 그럴 여유는 없고, 일단 면역성과 저항성을 높여서 이 싸움이 끝날 때까지 버틸 수 있도록 하기 위한 조치였다.

"이번에는 우리 쪽에서 체크메이트를 외칠 차례인 것 같은데?"

흉터의 남자가 옥상 난간에 발을 올린 채 이죽거렸다. 유현은 조금 전까지의 여유는 온데간데없는, 살벌한 표정으로 그를 노려보았다.

"민간인이 말려들든 말든 상관하지 않겠다, 이거냐?"

"뭐, 한두 명 정도 휘말려서 죽을 수도 있지 뭘 그래? 전쟁을 한다는 게 다 그런 것 아니겠어?"

"닥쳐! 밑바닥에서 노는 찌질이들이 도리를 지킬 것을 기대한 내가 너무 안이했군. 그렇다면 나도 더 이상 봐주지 않겠어."

"호오, 아직도 입만은 살아서 나불대는구나. 하지만 얼마나 버틸 수 있을까? 네가 맞은 그 칼에 발라져 있던 독은 상어도 10초면 죽일 수 있는 독이거든?"

"난 사람이지 상어가 아냐. 멍청한 놈."

"아, 저, 저기……."

그때 겁에 질린 목소리가 들려왔다.

유현은 흠칫하며 자신의 뒤에 있는 소녀를 바라보았다. 빈틈이 보이지 않도록 충분히 주의를 기울이면서.

그곳에는 다리에 힘이 풀려서 주저앉은 앳된 모습의 소녀가 있었다. 이 교복은 유흔 고등학교에서 멀지 않은 미양여중의 교복이었던 것 같은데. 생긴 지 얼마 안 된 학교라 그런지 자주색 교복에 감색 리본이 꽤 예쁘다는 평이 자자했던 것 같다.

'아, 이런 생각 하고 있을 때가 아닌데.'

벌써부터 몸 컨디션이 급속도로 저하되는 것이 느껴진다. 감각이 둔해지고 머리가 어질어질하다. 빠르게 조치를 취하긴 했지만 워낙 치사성이 높은 독이라서 벌써 퍼져 나갔나 보다. 마법을 걸지 않았더라면 쓰러졌을지도 모르겠다.

그때 저격이 날아들었다. 유현은 더 생각할 것도 없이 소녀를 끌어안고 몸을 날렸다.

"쳇, 아직도 반응이 잽싸군."

흉터의 남자는 혀를 찼다. 저격을 피한 유현은 곧바로 저격의 사각지대인 골목으로 숨어들었다. 물론 그럴 경우를 대비해서 골목에도 여러 가지 트랩을 깔아두기는 했다. 하지만 보아하니 골목 벽을 타고 옥상 쪽으로 날아오르고 있는 것 같았다.

'그나저나 저 여자애는 어떻게 들어온 거야?'

유현이 이들 공천의 무도함을 욕했지만 사실 이들도 최소한의 개념은 갖추고 일하는 사람들이었다. 전장이 될 장소에 일반인이 접근하지 못하도록 하는 정도의 배려는 한다. 실제로 이 구획에는 저 소녀 외에는 아무도 없었다. 공천이 무벌이라 마법이 약한 조직이기는 했지만 외부의 마법사를 고용해서 격리를 시행했기 때문에 조치가 허술했을 리가 없는데…….

어쨌든 들어와 버린 것은 어쩔 수 없다. 살아남으면 운이 좋은 거고, 그렇지 않다면 죽여서 은폐해야지. 상처 입은 유현의 약점이 될 것만은 확실하니 철저하게 이용해야겠다.

"그전에 독 때문에 죽어버리는 게 그 애를 살리는 길이 될 거다."

흉터의 남자는 코웃음을 치며 몸을 날렸다.

 *   *   *

"하아, 하아……."

상황은 최악이었다.

유현은 골목에 들어서자마자 트랩이 발동하는 것을 느꼈다. 마법의 전기 폭뢰가 터지면서 유현의 신체 기능을 엉망으로 만들려고 했다. 일단 방어 마법을 펼쳐서 막아내긴 했는데, 품에 안은 소녀에게 보호를 집중하느라 정작 자신은 약간 감전되고 말았다.

그리고 다음 트랩이 발동하는 기척을 느낀 유현은 곧바로 땅을 박찼다. 좁은 벽과 벽 사이를 대각선으로 박차면서 단숨에 옥상으로 올라갔다.

그의 머리가 건물들 사이로 솟구치는 순간, 두 방향에서 화살이 날아들었다. 소녀를 끌어안은 왼팔 대신 다친 오른팔을 휘둘러 화살 두 대를 흘려내자 그 순간 시간 차 공격으로 또 하나의 화살이 날아들었다. 간신히 고개를 틀어서 피하기는 했지만 곧바로 흉터의 남자가 뛰어들며 강맹한 발차기를 날렸다.

"크윽!"

거의 무방비로 맹타를 맞은 유현은 공처럼 날아가서 반대쪽 옥상에 처박혔다. 그 와중에도 소녀를 위쪽으로 해서 상처 입지 않도록 한 것은 감탄할 만한 대응이었다.

"빌어… 먹을……."

"슬슬 끝이 보이는데? 질문 좀 해도 될까?"

흉터의 남자는 승리를 확신하는지 여유를 부리기 시작했다.

프로로서는 실격이야. 유현은 마음속으로 그렇게 비아냥거리면서도 그의 허술함이 반가웠다. 여유를 얻을 수 있다면 네놈의 궁금증 정도는 얼마든지 풀어주마.

"하시지."

"너, 도대체 어디 소속이었냐? 지금은 혼자인 것 같긴 한데 그 실력, 아무리 봐도 무벌에 속해 있던 것 같거든?"

무벌에서는 어린 소년소녀들을 데려다가 병사로 육성하는 경우도 많기 때문에 나이가 어리다고 해서 얕볼 수는 없었다. 당장 흉터의 남자 자신부터가 열 살 때 소규모 무벌에 팔려서 병사로 육성된 다음 산전수전 다 겪고 나서 독립한 케이스였다.

"하아, 그런 게 궁금한가?"

"응, 아주 궁금해."

"그건 직접 알아봐. 지옥에 가면 나한테 죽은 놈들이 친절하게 대답해 줄 거야. 내가 오기만을 기다리면서 말야. 당신도 그 대열에 끼면 궁금증은 확실하게 해결이지."

"정말 입놀림 하나는 끝내주는 녀석일세."

흉터의 남자는 기가 막힌다는 듯 어깨를 으쓱했다. 그리고 그 앞에서 유현은 소녀를 놓고 몸을 일으키고 있었다.

"움직이지 마. 네가 움직이면… 그 애를 쏜다."

"……"

"비겁하다고 말하고 싶지? 뭐, 상관없어. 프로페셔널의 조건은 의뢰를 완벽하게 수행하는 거니까."

"멍청하긴. 그래서는 삼류밖에 안 돼. 최소한의 룰조차 지키지 않으면서 프로페셔널이 뭐 어쨌다고?"

유현은 가차없이 대꾸하면서 얼굴에 손을 가져갔다. 떨리는 손으로 안대의 잠금쇠를 풀고, 그것을 벗었다.

안대를 벗은 유현은 다시금 소녀를 끌어안았다. 그 순간을 노리고 다시 세 방향에서 저격이 날아들었지만 그 순간 유현의 몸이 사라졌다.

"어?"

남자는 자신의 눈을 의심했다. 인간이 갑자기 눈앞에서 사라지다니, 도대체 무슨 술수를 부린 거지?

"이제부턴 사정 못 봐준다."

목소리가 들려온 곳은 뒤쪽이었다. 남자는 깜짝 놀라서 뒤를 돌아보았지만 그 순간 등을 관통하는 충격이 느껴졌다.

콰작!

"이, 이런 말도 안 되는……!"

유현의 손이 등뼈를 부수고 내장까지 파고들어 있었다. 믿을 수 없는 속도로 뒤를 잡고 한순간에 그의 목숨을 취한 것이다.

"살 수 있다면… 운이 아주 좋은 거겠지."

유현은 가쁜 숨을 몰아쉬며 피로 물든 손을 그의 몸에서 빼냈다. 흉터의 남자는 믿을 수 없다는 표정으로 바닥으로 추락했다.

쿵!

남자가 떨어지는 것과 동시에 유현이 몸을 날렸다, 남자가 떨어진 저격의 사각지대 안으로. 그는 급작스러운 움직임 때문인지 구토가 올라오는 것을 필사적으로 참고 있는 소녀에게 말했다.

"여기 서 있어……. 절대로 나오면 안 돼. 알았지?"

"……."

소녀는 입을 열지 못했다. 양손으로 입을 막은 소녀의 안색은 파리했고, 눈가에는 눈물이 그렁그렁한 채 몸을 심하게 떨고 있었다. 완벽한 패닉 상태였다.

"이런 일에 휘말리게 해서 미안하다. 이것 좀 갖고 있어줘."

유현은 자신의 안대를 소녀에게 쥐어주며 씹어뱉듯이 말하고는 다시 골목 밖으로 나갔다.

남은 것은 세 명.

전부 저격수다. 그들이 이동해서 소녀를 확보하려고 들기 전에 끝을 내야 한다.

지금 유현의 눈에는 세상이 완전히 다르게 보였다. 평소 보던 광경 대신 빛으로 그려진 윤곽이 시야를 가득 메웠다. 안대를 풀고 왼쪽 눈으로 세상을 보고 있기 때문이었다.

유현의 특이한 안대에는 아무런 의미도 없는 게 아니었다. 사실 유현의 왼쪽 눈은 멀쩡하게 시야를 확보하고 있었다. 비록 기계로 측정해도 결과가 실명된 것으로 나오긴 하지만 실제로는 보였다. 다만 남들과는, 그리고 오른쪽 눈과는 보이는 게 다를 뿐이다.

이 눈으로 세상을 보는 순간 유현의 전투력은 극단적으로 올라간다. 힘이 강해지거나 감각이 뛰어나게 되는 것과는 다르다. 남들이 있다는 것조차 모르는 존재를 인지하고 조작할 수 있게 된다.

다만 문제가 있다면 이 시야를 오래 개방하고 있으면 돌이킬 수 없는 문제가 생긴다. 특수한 능력을 얻는 대신 몸에 막대한 부담이 걸리기 때문이다.

그래서 특수 제작한 안대로 왼쪽 눈의 상태를 안정시키고 있었던 것이다. 현대 의학으로는 전혀 설명할 수 없는 그 상태는 오로지 마법사들만이 이해하고 납득할 수 있었고, 그래서 안대를 만들어준 것도 마법을 다룰 줄 아는 기술자들이었다.

'잡는다.'

유현은 이미 저격수 세 명의 위치는 물론이고, 그들의 상태까지 파악했다. 하지만 몸 상태로 보나 눈의 상태로 보나 허용된 시간은 그리 많지 않다. 빨리 처리하지 않으면 독이 퍼져서 죽거나, 아니면 눈 때문에 돌이킬 수 없는 상황에 빠지거나 둘 중에 하나가 될 것이다.

"최악이군."

단순히 전투를 오락으로 즐겨보려고 했던 안이함의 대가치고는 너무 크잖아. 그래도 죽이려는 놈들 상대로 전혀 죽이지 않고 끝내려고 한 것인데.

뭐, 현실은 언제나 부조리하고 배려 따윌 모르는 가차없음을 자랑한다. 세상이 어떻게 생겨먹었는지는 여섯 살 때부터 알고 있었으니 새삼 원망하는 쓸모없는 짓거리를 하지는 않겠다.

유현은 저격수들이 전율하고 있음을 읽어내고 있었다. 그들은 당황하고 있었다. 설마 절대적인 우위를 점하고 있던 상황이 순식간에 반전되면서 우두머리가 당해 버릴 거라고는 생각하지 못했겠지? 이렇게 된 이상 나머지 녀석들도 곱게 돌려 보내줄 생각은 없다.

하지만 그때 새로운 존재들이 나타나기 시작했다.

유현의 눈썹이 꿈틀거렸다. 새롭게 나타난 인물들이 정확히 저격수들의 위치를 파악하고 덮쳐서 신속하게 목숨을 끊어버렸기 때문이다.

"또 너냐……."

그리고 골목의 입구를 통해서 한 소녀가 걸어오고 있었다. 흰색과 검은색으로 이루어진, 한복과 서양 드레스를 합쳐 놓은 듯한 원피스를 입은 그녀는 소맷자락을 펄럭이면서 조심스럽게 유현에게 다가왔다. 마치 빠르게 다가오면 그가 상처 입을 것을 걱정하는 듯한 표정으로.

"괜, 괜찮아?"

"…일할 때는 화장한다며?"

유현은 어이가 없어서 피식 웃었다. 그녀가 머뭇거리며 대답했다.

"그건 그렇지만 지금은 일하는 게 아닌걸."

"하긴, 너, 그 화장 안 하는 쪽이 더 나은 것 같아……."

유현은 그렇게 말하며 무너져 내렸다. 적이 제거됐다는 사실을 안 순간 긴장이 풀려 버렸다.

나도 완전 폐물이 다됐군. 스스로가 얼마나 무뎌졌는지를 자각하고 그 사실을 한심해하며, 유현의 의식이 어둠 속으로 잠겨들어 갔다.

3

제일 처음 맡았던 임무를 생각해 냈다.

그것은 유현이 열 살 때의 일이었다. 여섯 살 때부터 비슷한 또래 아이들과 함께 혹독한 훈련을 받은 유현은 열 살이 될 무렵에는 간단한 임무에 투입해도 된다는 판정이 난 상태였다. 세상에는 분명히 아이들만이 할 수 있는 일이라는 것이 있는 법이었고, 조직에서는 그 점을 철저하게 이용해 먹었다.

처음 맡은 임무는 목표가 되는 집단의 전초기지 중 하나로 활용되는 마을에, 그곳의 아이들 중 하나로 가장하고 들어가서 폭탄을 매설하는 것이었다.

당연하지만 발각되면 죽는다.

시간 내로 탈출하지 못해도 죽는다.

여태까지 첫 임무에 투입된 아이들이 죽었다는 소식을 수도 없이 들었기에 죽음에 대한 공포는 극심했다. 발각되면 어쩌지? 저 마을에는 아이들이 별로 없다고 들었는데, 전부 다 서로의 얼굴을 기억하고 있는 게 아닐까?

그런 공포 속에서 일을 처리했다.

결과적으로 적의 허술함 덕에 일은 맥 빠질 정도로 쉽게 성공했지만 그때의 공포는 아직도 생생하게 남아 있다, 지금도 바로 어제 일처럼 실감나게 떠올릴 수 있을 정도로.

그리고 그때 그는 첫 살인을 했다.

직접 자신의 손으로 사람을 죽인 것은 아니었다. 그가 속했던 조직에서 병사를 육성할 때는 차근차근 단계를 밟는다. 열 살에 첫 임무에 투입된 유현은 아직 직접 사람을 죽일 단계가 아니었다. 다만 여러 가지 동물을 죽이고 해부하게 하면서 생물을 해체하고 죽이는 것에 익숙해지는 과정을 밟고 있을 뿐이었다.

잔혹하다고?

물론 그렇다. 하지만 전투 기계를 육성하는 데 잔혹함이 없을 수는 없는 법이다.

심지어 사람은 다른 사람을 살리기 위해서도 잔혹함에 익숙해져야 하지 않던가?

외과의가 되기 위해 동물을 해체하고, 사람의 몸을 가르면서도 동요가 없는 정신을 만들어야 한다.

약사가 되기 위해 죄없는 동물들에게 약을 투여하고 그 몸에 어떤 작용을 일으켰는지 보기 위해 해부를 한다.

거기에 적의는 없다.

거기에 악의는 없다.

다만 필요에 의해 잔혹함을 수행하고, 익숙해지고, 마침내는 아무런 감흥도 없게 될 뿐이다.

무벌이 병사들에게 가르치는 것도 그런 것이었다.

살육을 즐기는 자는 필요없다.

살육을 두려워하는 자도 필요없다.

다만 효율적으로 살육을 수행할 수 있는 자만이 필요하다. 그것이 무벌이 바라는 완벽한 병사였다.

그래서 유현은 첫 살인을 했다.

자신이 매설한 폭탄이 터지고, 그 안에서 적들이 죽어가는 것을 보았다. 모든 것이 끝난 후에 마을로 들어가서 처참하게 죽은 시체들을 보고, 혹시 살아 있는 자가 있다면 죽이는 것을 지켜보았다.

유현은 그들을 죽이지 않았다. 직접적으로는 단 한 명도 죽이지 않았다.

하지만 그때 유현은 첫 살인을 했다. 유현이 첫 경험으로 죽인 사람의 숫자는 열다섯 명이었다.

*　　　　*　　　　*

웅성거리는 소리가 잠들었던 의식을 끌어올리고 있었다. 많은 사람들, 예를 들면 회관에 모인 사람들이 잠시의 휴식 시간 동안 긴장을 풀며 저마다 다른 말을 떠들어대고 있는 것 같은 분위기였다. 그 속에서 유현은 천천히 눈을 떴다.

눈을 뜸과 동시에 소리가 그쳤다. 마치 영화의 한 장면처럼 서서히 꺼져 들어가는 소리 속에서 유현은 그것이 현실의 소리가 아니라는 사실을 깨달았다.

'반동이 좀 크군.'

한참 동안 의식을 잃고 있었을 텐데 아직까지 이 세상의 것이 아닌 소리가 들리다니.

이 세상의, 현실의 소리가 아니면 환청이냐고 하겠지만 그것도 아니었다. 그것은 분명히 존재하는 소리였다. 다만 일반인들이 들을 수 없는 소리일 뿐이다. 마치 동물들이 내는 소리 중에 인간의 귀로는 들을 수 없는 소리가 있듯, 분명 같은 공간을 울리는 소리인데도 이 세계 생명의 청각으로는 포착할 수 없는 소리가 존재한다.

세계는 겹쳐 있지만 사람에 따라서 인식할 수 있는 것이 다르다. 모든 사람은 같은 세계에서 살아가고 있지만 동시에 다른 세계에서 살아가고 있다. 그 세계가 서로 만났을 때 잠시 겹칠 뿐이지.

방은 정적에 휘감겨 있었다. 천천히 몸을 일으킨 유현은 자신이 낯선 방 안에 있다는 사실을 알았다. 꽤 넓은 방이다. 한 열 평 정도 될까? 썰렁한 책장과 덩그러니 놓인 고급 침대, 그리고 왠지 모르지만 베갯머리에 커다란 곰 인형이 놓여 있었다.

'설마 이거 끌어안고 자라는 건 아니겠지?'

적어도 열여덟 살 된 남자에게 던져 줄 물건은 아닌 것 같은데.

어쨌든 유현은 이내 자신의 눈이 붕대로 감겨져 있다는 사실을 알았다. 안대는 찾지 못한 것인가? 그 여자애가 갖고 있으니 되찾아야 할 텐데…….

기억은 또렷했다. 자신이 기억을 잃을 때까지의 상황을 확실하게 기억하고 있었다.

결국 자신은 그때 독 기운을 이기지 못하고 쓰러졌다. 거기서 쓰러져 버렸다는 것은 그만큼 의지력이 약해졌다는 반증일까? 아니, 사실 예전에도 의지력 따윈 없었다. 병사로서 교육받은 기계적인 마음이 육신을 움직였을 뿐.

그리고 현재 유현은 윤성이라는 소녀를 신뢰할 수 있는 대상으로 생각하고 있었다. 마음속에서는 반신반의하고 있었지만 적어도 그때 마음을 놓았을 때, 무의식중으로는 그녀를 인정하고 있었다는 것이 증명되고 만 것이다.

'그나저나 제법 괜찮은 마법사가 있나 보군. 내 상태를 파악하고 조치를 취해놓다니…….'

독 기운을 치료한 것이나 붕대를 감아놓은 것까지는 놀라울 것이 없다. 하지만 왼쪽 눈의 상태를 파악하고 시력을 봉하는 특수한 마법적 처리가 된 붕대를 감아놓은 것은 감탄할 만했다. 살짝 풀어서 표면을 살펴보니 먹으로 고대 언어를 빼곡하게 적어놓은 것이 보였다.

사실 이 처치에 별 의미는 없다. 그의 눈은 마법이나 주술로 봉할 수 있는 것이 아니었으니까. 오로지 유현 자신의 의식을 전환하는 것으로만 제어가 가능하다. 그러나 어쨌든 마법적인 힘에 익숙한 그의 몸이 반응해서 눈을 봉해놓은 것이다.

몸 상태를 체크한 유현은 침대에서 내려왔다. 붕대를 감기 위해서인지 교복 상의는 벗겨진 상태였다. 하의는 그대로고 신발은 보이지 않는다. 뭐, 어딘가에는 있겠지.

혹시 문이 잠겨 있지 않을까 생각했는데 생각 외로 쉽사리 열렸다. 그리고 문 바로 옆에 잘 훈련된 자세로 서 있는 남자를 발견할 수 있었다.

"아, 깨어나셨습니까?"

남자는 군인처럼 절도있는 움직임으로 유현을 돌아보며 물었다. 한복에 양복 정장 스타일을 도입한 듯한 묘한 옷을 입고 있었는데, 그게 아마 이들의, 그러니까 윤성아가 속한 조직의 유니폼이 아닌가 싶었다.

"네. 혹시 지금 날짜랑 시간이 어떻게 되었죠?"

남자는 선선히 대답해 주었고, 유현은 자신이 42시간 동안 쓰러져 있었다는 사실을 알 수 있었다.

'어쩐지 한밤중이더라.'

이렇게 되면 또 결석을 하게 된 셈인데, 뭐, 목숨이 오락가락한 놈이 학교생활을 걱정하는 것도 지나치게 사치스럽다. 지금 살아 있는 것만으로도 고마워해야겠지.

게다가 이틀이 지났으니 내일부터는 주말이다. 뒷일은 월요일이 된 다음에 걱정해도 늦지 않다.

이곳은 아무래도 전통적인 한옥인 듯싶었다. 방 안쪽의 인테리어는 별로 한옥이라는 느낌이 안 들었지만 복도로 나와보니 그런 느낌이 든다. 집 전체에 빈틈없이 주술적인 처리가 되어 있어서 영적인 힘이 주변에 흐르는 것을 느낄 수 있었다.

"죄송한데, 잠시 안에서 기다려 주시겠습니까?"

"아, 그러죠. 그런데 혹시 제 옷은 어떻게 됐는지 몰라요? 이러고 사람 만나기도 좀……."

"그 옷은 독이 퍼져서 파기한 것으로 알고 있습니다. 사람을 시켜서 입으실 만한 옷을 준비해 드리겠습니다."

"고마워요."

유현은 순순히 감사 인사를 하고는 다시 방 안으로 들어왔다.

잠시 후 남자가 노크를 하고 들어와서는 자기가 입은 것과 비슷한 디자인의 옷을 건네주었다. 입어보니 제법 촉감도 괜찮고 움직이기도 편했다. 원래 제복 스타일이라 그런지 교복 바지하고도 별 위화감 없이 어울린다는 점이 조금 놀라웠다.

"곧 아가씨께서 오실 겁니다."

남자는 그렇게 말하고는 고개를 숙이고 나갔다. 그 움직임이 워낙 절도가 있어서 정말 훈련이 잘되어 있구나 싶었다.

'무벌 세력 같기는 한데 좀 애매하네. 주변에 흐르는 느낌을 보니 마법보다는 동양 계열의 술법을 쓰는 것 같은데… 그쪽의 명가인가?'

무벌이 연옥을 대표하는 것처럼 말하기는 했지만 사실은 워낙 다양한 세력들이 있어서 한마디로 뭉뚱그려서 말하는 것은 불가능했다. 그 세력들은 다 제각각 성향과 역사를 갖고 있어서 서로 상부상조하면서, 혹은 서로 다투면서 현대에까지 명맥을 이어오고 있었다.

느긋하게 머리를 굴리고 있을 때 다시 노크 소리가 났다. 들어오라고 말하자 문이 열리면서 의식을 잃기 전에 봤던, 한복과 서양 드레스가 혼합된 듯한 스타일의 원피스와 비슷한 옷을 입은 윤성아가 들어왔다. 하지만 그녀는 혼자가 아니었다.

"몸은 좀 괜찮아?"

수줍어하며 묻는 그녀의 뒤쪽에는 한 노인이 서 있었다. 그녀보다 지위가 낮다는 것을 은연중에 나타내고 싶은 듯 살짝 허리를 굽혀서 존재감을 낮췄지만 유현이 보기에는 풍기는 기도가 상당했다.

"응, 고마워. 목숨을 빚졌네."

"부, 부담 갖지 않아도 돼. 내가 죽이려고 했던 것도 있으니까."

"그게 그렇게 되나? 하지만 그건 나한테 정보를 알려준 시점에서 충분하다고 생각해. 뭐, 목숨을 빚졌으니까 약속하지. 혹시라도 네가 나를 필요로 하는 일이 생긴다면 일반인과 얽히지 않는 일이라는 조건하에 그 일을 도와주겠어."

유현은 이런 문제는 확실하게 해두고 싶었다. 어쨌든 생존 확률을 반반으로 잡고 있던 상황에서 살아날 수 있도록 도와줬으니 은혜를 갚지 않고서는 성이 차지 않는다.

"그, 그럼……."

"뭐, 필요하면 언제든지 불러. 아, 그런데 혹시 내 안대 못 봤어? 그 현장에 있던 여자애가 갖고 있었는데."

"아, 아직도 그 여자애가 갖고 있어."

"음? 여기서 보호하고 있는 거야? 안 돌려보내고?"

유현이 의아해하며 묻자 성아는 고개를 끄덕였다. 보통 이런 때는 기억을 지우고 돌려보내는 게 보통이 아닌가? 그런 뜻을 담은 시선으로 그녀를 바라보자 그녀가 설명해 주었다.

"그게, 절대 놓으려고도 하지 않고 암시도 걸리지 않아서… 무슨 말을 들어도 대답도 하지 않고. 혹시 너와 관련이 있는 게 아닐까 싶어서 일단 이곳으로 데려왔어."

"나랑 관련있는 애는 아냐. 그냥 한창 싸우고 있을 때 거기 나타나서 말려들었을 뿐이지. 젠장, 그놈들, 개념없게 일반인이 전투 구획에 들어오게 만들다니. 결계 정돈 쳐둬야 할 것 아냐?"

"그땐 결계가 쳐져 있었소."

유현이 투덜거릴 때, 그때까지 잠자코 있던 노인이 끼어들었다. 카랑카랑한 목소리를 듣자 하니 성미가 보통이 아닐 것 같았다. 하긴 유현을 가만히 바라보는 눈매부터가 칼날처럼 날카롭다.

"그놈들이 결계를 쳤다고요?"

"그렇소. 아무리 막돼먹은 놈들이라도 그 정도 개념은 있었던 것 같더군. 다만 저 소녀가 특이체질일 뿐인 것 같소. 암시도 먹히지 않는 것을 보니. 좀 더 강제적인 수단을 사용하면 기억 조작이 가능할 것 같은데 그랬다가는 후유증이 남을 것 같아서……."

노인이 말끝을 흐렸다.

그의 말투는 지극히 고풍스러운 것이었고 또 웃어른이 새파랗게 어린 소년에게 쓸 것은 아니었지만 유현은 굳이 그 점을 이야기하지는 않았다. 원래 연옥의 상식은 일반인들의 그것과는 다르게 돌아가는 법이다. 그리고 이 조직의 '아가씨'인 윤성아가 유현을 평대하는 이상 아랫사람이 함부로 말을 낮출 순 없다고 판단해서 저런 말투를 쓰는 것일 터.

"그럼 제가 한번 만나봐야겠군요. 그래도 괜찮겠어?"

"응, 괜찮아."

"특이한 영적 체질을 가진 애 같은데, 골치 아프게 됐군. 일상으로 돌려보내기 힘들겠네. 너무 강력한 조치를 하기도 그렇고… 아, 그러고 보니 또 물어볼 게 있는데."

"뭘?"

"아, 그러니까 네가 속한 이 조직에 대해서. 자세한 정보는 비밀이더라도 이름 정도는 알려줄 수 있겠지?"

"그 정도는 괜찮아. 우리는 망혼(望魂)이야."

"망혼이라면 상당히 메이저한 조직이잖아? 어쩐지."

유현이 알기로 망혼은 300년 이상의 역사를 자랑하는 조직이었다. 무벌은 아니고 주술사들이 중심인 조직이지만 그 강력함은 정평이 나 있고 정, 재계에 막강한 영향력을 갖고 있어서 함부로 건드리지 못한다.

"너는?"

"음?"

"너는 어디에 소속되어 있어?"

"나는 무소속이야. 안 그러면 언제든 도와주겠다는 약속은 할 수가 없지. 뭐, 내 뒷조사는 대충 끝났으리라 생각하고 있었는데, 아닌 건가?"

"……"

성아는 약간의 당혹감을 드러내며 침묵했다.

"우리는 공자가 무벌 세력 소속이었을 거라고 판단했소."

"고, 공자?"

답답하게 머뭇거리는 성아를 대신해서 불쑥 끼어든 노인의 말에 유현이 마침내 당황해하는 기색을 드러냈다. 그럴 수밖에 없는 것이, 아무리 고풍스러운 말씨를 쓴다고 해도 사람을 가리켜 공자가 뭐냐, 공자가? 지금이 조선시대도 아닌데!

하지만 노인은 유현의 반응은 싹 무시하고 말을 이었다.

"아니면 그 나이에 그런 힘을 갖는 게 납득이 안 되기 때문이지. 필시 어릴 적부터 조직적인 단련을 받았으리라 생각했소만."

"그에 대해서는 노코멘트로 해두죠. 적어도 지금은 확실하게 소속이 없다는 것 이상은 말해줄 수 없어요. 웬만한 것은 다 대답해 주고 싶긴 한데, 이건 대답할 수 없는 게 원칙이라……."

"하지만……."

"괘, 괜찮아. 그런 문제라면 안 들을게."

노인이 눈살을 찌푸리자 성아가 허둥거리며 나섰다. 노인은 좀 못마땅한 기색이었지만 성아가 그렇게 말한 이상 더는 나설 수 없다고 생각했는지 얌전히 물러났다.

"그건 그렇고, 일단 그 여자애를 만나게 해줄 수 있을까? 말을 들어보니까 상태가 별로 좋지 않은 것 같은데, 일단 어떻게든 해주는 게 좋겠어."

"으, 응."

성아는 고개를 끄덕였다.

＊　　＊　　＊

한시애는 어둠 속에서 혼자 떨고 있었다.

낯선 사람들이 자신을 낯선 곳으로 데려왔다.

그들은 시간이 지나면 집에 보내준다고 말했지만 시애는 무서웠다. 고등학생 정도로 보이는 소녀도 한 명 끼어 있었고, 분명히 태도도 친절하긴 했지만 이것은 엄연한 납치가 아닌가. 자신은 벌써 납치당해서 하루 이상 감금되어 있었던 것이다.

게다가 납치당해서 이곳으로 오기 전에 겪은 일이 뇌리에서 떠나질 않았다.

시애에게는 옛날부터 남들과는 다른 능력이 있었다.

그것은 초능력이라고밖에 할 수 없는 능력이었다. 예지에 가까운 능력은 감각적이다. 다른 사람에게는 없는 감각, 굳이 비슷한 것을 찾자면 확신이랄까? 누구나 어떤 순간에 '이거다! 이게 확실해!' 하는 절대적인 예지를 손에 넣은 것 같은 감각에 사로잡힐 때가 있다. 시애는 그런 감각이 남들보다 훨씬 강했다.

그것은 이 세상에 존재하는 이상한 흐름을 느끼는 능력이었다. 자신의 주변에 좋은 느낌과 나쁜 느낌이 어떤 식으로 흘러가는지 느끼고, 그 느낌에 따라 자신의 행동을 결정하면 보통은 좋은 결과로 이어졌다. 특히 가도 좋은 장소와 그렇지 않은 장소를 판별하는 능력은 거의 백발백중이었다.

하지만 이번에는 판단이 틀렸던 것 같다.

그때 시애의 감각을 엄습해 온 것은 실로 기묘한 느낌이었다. 좋다고도 나쁘다고도 할 수 없는, 피부를 스치며 감각을 찌릿찌릿하게 자극하는 듯한 느낌이라 호기심을 참지 못하고 다가갔던 것이 실수였다.

기이할 정도로 사람이 없는 골목에서 시애는 피투성이가 된 채 쓰러진 사람들을 보았다. 너무 놀라서 얼어붙어 있을 때 건물 위쪽에서 누군가가 떨어져 내렸다. 자신도 모르게, 거의 반사적으로 떨어져 내린 사람에게 다가갔을 때……

생각해 보면 진짜 악몽은 그때부터 시작된 것 같다. 그가 눈에 보이지도 않는 속도로 자신의 뒤로 돌아가 끌어안으면서부터 그녀가 알고 있던 현실은 산산이 부서졌다.

'싫어. 무서워……'

이곳은 싫다.

단지 모르는 곳이라서 싫은 것이 아니다. 이 공간을 타고 흐르는 느낌은 숨을 쉴 수도 없을 정도로 무거웠다. 마치 굶주리고 난폭한 개들이 자신을 둘러싸고 노려보는 것 같은 압박감이 느껴졌다.

똑똑.

문득 방문을 두드리는 소리가 들리는 바람에 시애는 화들짝 놀라서 고개를 들었다. 그녀는 겁을 먹고 이불을 뒤집어썼다. 그래 봤자 아무런 의미도 없다는 것은 알고 있지만 그렇게라도 하지 않으면 견딜 수 없었다.

바깥에서 뭐라고 말하는 소리가 들렸지만 이불을 뒤집어쓰고 있어서 알아들을 수 없었다. 잠시 후 말소리가 그치더니 문이 열리는 소리가 났다.

"뭐야, 여기 불 나간 거야?"

"그, 그런 거 아닌데."

"근데 왜 불을 꺼놓고 있어? 자나? 아, 그건 아닌 것 같군."

남자의 목소리였다. 그 목소리를 듣는 순간 시애는 전율했다. 자신의 기억 속에 칼로 새긴 것처럼 똑똑하게 박혀서 잊혀지지 않는 목소리였기 때문이다.

그녀는 깜짝 놀라서 몸을 일으켰다. 그리고 갑자기 눈을 찌르는 빛에 비명을 질렀다.

"앗!"

"이런, 불 켜지 말 걸 그랬나?"

시애가 조심스럽게 눈을 뜨자 한 소년이 자신을 내려다보고 있었다. 상냥한 표정을 지은 그는 한쪽 눈을 이상한 글자들이 잔뜩 적혀 있는 붕대로 가리고 있어서 기묘한 인상을 주었다. 하지만 시애는 놀란 토끼눈으로 그를 빤히 바라보았다.

"내버려 둬서 미안. 그동안 쓰러져 있었거든."

"아, 우……."

그를 빤히 바라보던 시애는 곧 덜덜 떨면서 알아들을 수 없는 목소리를 토해내기 시작했다. 그리고 그것은 잠시 후 울음소리로 변했다.

"우와아아아앙!"

"어, 어, 어?"

유현은 당황해서 새로 입은 자신의 옷을 붙잡고 눈물 콧물을 묻히는 소녀를 바라보았다. 여태까지 살면서 이런 경험은 또 처음이었다.

하지만 그는 곧 할 수 없다는 표정을 지으며 시애의 머리를 가만히 안아주었다. 달리 할 수 있는 일이 생각나지 않았기 때문이다.

시애가 울음을 그치기까지는 꽤 오랜 시간이 필요했다. 완전히 빨갛게 되어서 팅팅 부은 눈으로 유현을 올려다보는 시애의 모습은 솔직히 약간 괴기스럽기까지 했다.

"흠흠, 아, 그래도 무사했다니 다행이다. 혹시 무슨 일 당했으면 어쩌나 싶었는데."

"그, 오빠는… 괜찮아요?"

"응, 뭐, 그럭저럭 여기 사람들이 치료해 줘서 괜찮아졌어."

"하지만 칼에, 칼에 찔렸잖아요."

"뭐, 칼에 찔려도 총에 맞아도 목숨만 붙어 있으면 괜찮아."

"……."

시애는 선뜻 믿을 수 없다는 듯 불신에 찬 눈빛을 보내고 있었다. 이것이 빨갛게 충혈되고 팅팅 부은 눈과 합쳐지자 엄청난 위압감을 발산했다. 유현은 살짝 시선을 돌리면서 물었다.

"아, 그나저나 서로 통성명도 안 했네. 난 진유현이야. 유혼 고등학교 2학년이지."

"저, 전 한시애예요. 미양여중 2학년이에요."

"미양여중? 아, 거기였구나. 교복 예쁘더라?"

미양여중은 유혼고교에서 별로 멀지 않은 곳에 위치한 학교로, 자주색 교복에 커다란 감색 리본이 잘 어울린다는 평판을 듣는 학교였다. 듣자하니 생긴 지 얼마 안 된 학교라 유명한 디자이너에게 의뢰해서 교복을 만들었다나.

"고, 고맙습니다."

시애는 괜히 얼굴이 빨개져서 고개를 숙였다.

그녀는 지금 이곳으로 올 때 입고 있었던 교복 대신 다른 옷을 입고 있었다. 옷의 전체적인 윤곽이나 형태는 현대의 것이고 디자인만 한복의 그것을 취한, 개량 한복이라고 할 수 있는 옷이다.

이 납치범(?)들은 친절하게도 그녀가 씻을 수 있는 작은 샤워실과 갈아입을 속옷까지 마련해 주었는데, 유현이 이리저리 안고 휘둘러 대는 동안 너무 놀란 나머지 오줌을 지려 버리고 말았던 그녀에게는 눈물 나게 고마운 배려였다. 물론 이런 사실은 죽어도 아무한테도 말하지 않을 생각이지만.

"이런 일에 휘말리게 해서 미안한데… 혹시 내 안대 아직 갖고 있어? 갖고 있으면 돌려주면 좋겠는데."

"아, 그, 그거라면 여기 있어요."

시애는 당황해서 품에 넣어두었던 안대를 꺼내 들었다. 이곳 사람들이 몇 번이나 가져가려고 했을 때도 완강하게 버티면서 갖고 있었던 안대이다. 아마 이 사람의 목소리 때문이었을 것이다. 갖고 있어달라고 했던 그 작은 부탁 때문에.

"고마워."

유현은 미소 지으며 그녀에게서 안대를 받아 들었다. 그리고 그녀의 앞에서 눈을 가리고 있던 붕대를 끄르기 시작했다.

치직.

시애는 갑자기 이상한 잡음을 느끼며 인상을 찡그렸다. 이게 도대체 무슨 소리지?

치지직.

또다. 아주 강렬한 소리, 아니, 소리라고 생각했던 것은 착각이다. 몸 전체로 느껴지는 것 같은 진동, 그런 형태를 취한 노이즈가 그녀의 신경을 타고 흐르고 있었다.

치직, 치지직, 치지지지지이이이익!

"아… 아, 으… 아아아아……."

"왜 그래?"

갑자기 머리를 감싸 쥐며 괴로워하는 그녀를 본 유현이 놀라며 물었다. 그때 시애가 고개를 들었다. 두 사람의 마주쳤다. 시애는 마침내 유현의 왼쪽 눈을 볼 수 있었다.

'눈이…….'

분명 평범한 눈이었다. 약간 초점이 이상하다는 것을 제외하면 오른쪽 눈과 별로 다르지 않은 평범한 눈.

하지만 그 눈을 바라보는 순간 시애는 자신이 그 속으로 확 빨려들어 가는 것을 느꼈다. 뒤돌아봤을 때는 이미 눈의 한가운데 존재하는 동공의 무저갱 속으로 끌려들어 간 뒤였다.

'뭐야?'

엄습해 오는 공포로 비명을 지르려고 할 때, 눈앞이 환하게
밝아지며 어떤 형상이 나타났다.

그 형상이 무엇이었을까.

알 수 없다. 하지만 압도적인 힘이 그녀의 정신을 찍어 눌
렀다. 시애는 머릿속이 하얘지는 것을 느끼며 비명을 질렀다.

"…려!"

뭐지? 무슨 소리가 들리는 거지?

"정… 차……!"

뚜렷해진다. 조금씩 소리가 뚜렷해진다.

"정신 차려!"

그리고 마침내 의식이 현실로 돌아왔다.

"꺄아아아아아아아아!"

그 순간 시애는 자신이 찢어져라 비명을 지르고 있다는 사
실을 깨달았다. 압도적인 공포가 온몸을 뒤흔들고 있었다. 자
신이 무엇을 하고 있는지조차 모른 채 소리 높여 비명을 지르
고 있다니.

시애는 비명을 그치며 자신을 붙잡고 소리치던 유현을 바
라보았다. 그는 어느새 안대를 해서 왼쪽 눈을 감추고 있었다.
그 사실을 깨닫자 자신도 모르게 짙은 안도감이 찾아왔다.

"흐윽!"

비명이 그치는 대신 이번에는 딸꾹질이 나오기 시작했다. 울고 불다가 비명을 지르다가, 이번에는 딸꾹질을 해대는 그녀를 본 유현은 잠시 어안이 벙벙해졌다가 곧 웃음을 터뜨리고 말았다.

"아, 뭐, 뭐랄까……."

"그, 그게… 흐윽! 그러니까, 흐윽!"

시애는 당황해서 어쩔 줄 몰라 하고 있었다. 그런 그녀를 웃으면서 바라보던 유현은 문 쪽에 서 있는 성아에게 물었다.

"저기, 여기 따뜻한 물 한 잔만 갖다줄 수 없을까? 꿀물이면 더 좋고."

역시 흥미진진해하면서 상황을 보고 있던 성아는 고개를 끄덕이고는 부하를 시켜서 따뜻한 꿀물을 가져오게 했다. 꿀물을 가져와서 건네줄 때까지도 시애는 딸꾹질을 하고 있었다.

"딸꾹질을 멎게 하는 주문이라도 알고 있으면 좋겠는데 유감스럽게도 내가 마법에 그리 조예가 깊질 못해서. 이거나 마시고 좀 진정해."

꿀물을 마시고 한참 심호흡을 한 끝에 시애의 상태는 겨우 진정되었다. 정말이지, 손이 많이 가는 아이다. 뭐, 일반인이 그런 일을 당하고 나서 납치 감금된 셈이니까 패닉에 빠지는 것도 이해할 만하지만. 게다가 고작 열다섯 살이지 않은가.

"조금 전에는 왜 비명을 질렀지?"

"……."

유현이 부드럽게 물었지만 시애는 선뜻 대답하지 못했다. 대답하기 싫어서가 아니고 자신이 경험한 것을 표현할 말을 잘 찾지 못하는 것 같았다. 한참 동안 머뭇거리는 것을 끈기 있게 지켜보며 기다렸더니 겨우 입이 열렸다.

"갑자기, 오빠의 눈에 빨려들어 가서……."

시애는 더듬거리면서 불분명한 표현들을 사용해서 말했다. 하지만 잘 듣고 있다 보니 무슨 의미인지는 알겠다. 일반인이라면 무슨 소릴 하는지 모르겠지만 유현은 일반인이 아니다. 그리고 자신의 눈에 대해서도 잘 알고 있다.

"공자의 눈에 동조한 것 같군. 내가 보기에 이 소녀는 특수한 능력의 소유자 같소. 그게 단순한 영력과는 다른, 뚜렷한 지향성을 가진 능력인 듯한데……."

노인이 성아와 함께 다가오면서 감상을 피력했다.

"이능력이라는 건가요?"

"그렇소. 공자의 눈은… 정확히는 잘 모르겠지만 뭔가 다른 세계와 연결되어 있소. 단순히 영능력자처럼 일반인은 보지 못하는 것들을 보는 것이 아니지. 아예 채널이 달라. 영능력자의 눈이 두 개의 채널을 겹쳐서 수신한다면 공자의 눈은 아예 다른 채널을 수신하고 있는 거요. 그렇지 않소?"

"이 붕대를 만든 것이 당신인가 보군요."

유현은 아까 전까지 자신의 눈을 감고 있던 주술 붕대를 보며 말했다. 노인이 고개를 끄덕였다.

"그렇소. 지금 이 소녀는 능력의 근원이 외계에 존재하는 것이지. 거기서부터 수신되는 전파를 받아서 능력의 성향이 정해지듯이… 모르는 사이 TV로 교육방송을 보고 본능이 교육을 받은 것처럼."

"재미있는 비유로군요. 그럼 내 눈을 보는 건 굉장히 안 좋은데."

유현은 반사적으로 손을 들어 안대를 쓸었다.

그의 왼쪽 눈은 인간 외의 존재, 영적 영역에 속한 이형의 존재들을 자극하는 경향이 있었다. 한시애가 본질을 들여다볼 수 있는 능력을 가졌다면 아마 상상도 할 수 없는 광경을 보았을 것이다. 그것이 득이 될지 실이 될지 지금 시점에서는 확신할 수 없지만 후자가 될 가능성이 압도적으로 높았다.

"일단 최소한의 조치는 우리 쪽에서 준비하도록 하겠소. 기억 조작이 불가능한 이상 나머지는 공자에게 맡기고 싶소만……."

"그렇게 하죠."

유현이 고개를 끄덕이자 노인은 성아에게 눈짓을 하고 같이 방을 나섰다. 뒤에서 문이 닫히는 소리가 나자 유현은 그제야 시애를 바라보았다.

"부탁할 게 있어."

"뭐, 뭐죠?"

시애는 솔직히 두 사람이 나누는 이야기를 전혀 이해할 수 없었다. 자기를 두고 이야기하는 것은 알겠는데 마법이니 초능력이니 하는 이야기는 전혀 따라갈 수가 없었다.

그렇다고 이 사람들이 정신병자라고 생각하기에는 지금까지 체험한 일들이 너무도 강렬했다. 처음 유현과 만났을 때부터 방금 전에 겪은 일까지, 뭔가 그녀의 상식으로는 재단할 수 없는 사정이 그 속에 있다는 것만은 인정할 수밖에 없었다.

"원래 우린 네 기억을 조작하고 돌려보낼 생각이었어. 우린 보통 그런 방법을 쓰거든. 우리에 대한 기억, 네가 본… 그래, 원래 대한민국 한복판에서 일어나서는 안 될 것 같은 일들에 대한 기억을 지워 버리고 일상으로 돌아갈 수 있도록 하지. 그건 우리를 위한 일이기도 하고, 휘말려 든 민간인을 위한 일이기도 해. 당장 옆에서 서로 죽고 죽이는 싸움이 일어나고 있다는 것을 알면서 제정신을 유지할 수는 없을 테니까."

"……."

"하지만 유감스럽게도 우린 네 기억을 조작할 수 없구나. 너는 특이체질이야. 원래 네가 들어왔던 그곳은… 특별한 방법을 통해서 일반인은 자기도 모르는 새 그곳을 피해가게 되어 있었어. 그런데 너는 거길 들어왔지."

"나, 나는……."

당황해서 유현의 설명을 듣고 있던 시애가 하도 울고 비명을 질러서 팍 잠겨 버린 목소리로 말했다.

"옛날부터 주변에 흐르는 기운 같은 것을 느끼는 능력이

이, 있었어요. 다른 사람한테는 말하지 않았지만……."

"아마 그게 네가 가진 능력일 거야. 세상에 귀신을 볼 수 있는 사람이 있는가 하면 전혀 볼 수 없는 대부분의 사람들이 있고, 먼 옛날에 죽은 사람과 소통할 수 있다고 말하는 사람이 있는가 하면 손을 안 대고 물건을 움직일 수 있다고 하는 사람도 있지. 그런 사람들처럼 너도 특별한 능력의 소유자였을 뿐이야."

"오빠도… 그런가요?"

"난 선천적으로 그런 능력을 타고나지는 않았어. 후천적으로 그런 능력을 가진 사람들의 세계에 끼어들게 됐을 뿐이지."

'전혀 바라지 않았지만 말이야' 라고 덧붙이는 유현의 미소는 어쩐지 쓸쓸해 보였다.

"앞으로 이쪽과 다시 연이 닿지 않는 게 너를 위한 일이야. 그러니까 부디 지금까지 겪은 일은 잊어줘. 여기 사람들이 요 며칠 간의 실종에 대해서는 적당한 핑곗거리를 마련해 줄 테니까."

"아……."

"약속해 줄 수 있겠어?"

"네, 그럴게요……."

결국 시애는 고개를 끄덕였다. 사실 이런 일을 겪었다 한들 다른 사람들이 믿어줄 거라는 생각도 들지 않았다. 그리고 그의 말대로 이런 일에는 두 번 다시 연관되지 않는 것이 좋으리라.

"다시 한 번 사과할게. 이런 일에 휘말리게 해서 정말 미안해. 나중에 내 개인적으로 보상할게. 그게 네 마음을 보상해 줄 수 있을지는 모르겠다만……."

유현은 씁쓸한 미소를 지으며 몸을 일으켰다. 시애는 뭔가 말해야 될 것 같은 압박감을 느끼며 입을 벙긋거렸지만 그뿐, 결국 아무 말도 하지 못했다.

"오늘은 푹 쉬어. 내일은 돌아갈 수 있을 거야."

망연해져 있는 그녀의 앞에서 방문이 조용히 닫혔다.

Chapter 03
돌아오는 과거

전투라고 부를 수 있는 싸움의 기억을 가진 사람은 그리 많지 않다. 21세기의 대한민국이라면 더더욱.

하지만 시선을 돌려서 국외를 보면 그런 기억을 가진 사람은 많을 것이다. 총칼을 들고 싸우는 전사든 혹은 전쟁의 폐해로 굶주려 죽어가는 아이들이든 간에, 이 세상에는 풍요로운 나라에서는 상상도 할 수 없을 정도로 많은 전쟁의 기억들이 있다.

그런 기억을 공유하는 사람들이 일반 세상의 이면에 숨어서 암약하고 있었다. 납치하고, 협박하고, 싸우고, 죽이고, 은폐하는 일을 숨 쉬는 것처럼 자연스럽게 여기는 그들은 조직

폭력배 등과는 완전히 차원을 달리하는 위험성을 지닌 존재들이었다.

오지윤도 그런 인물 중 하나다. 철들기 전부터 어둠 속에서 살며 싸우고 죽이고 파괴하는 것밖에 배우지 못한 킬링머신.

"여어, 또 음악 듣고 있냐?"

그런 오지윤에게 말을 걸며 다가오는 이가 있었다. 아무래도 흑인과의 혼혈인 듯 피부색부터 약간 이질감을 풍기는 소년이었다. 나이는 10대 후반쯤 되는 것 같지만 키가 190센티에 육박하는데다가 탄력있는 근육을 가져서 가까이 가면 상당한 위압감이 느껴졌다.

"아무리 생각해도 MP3의 개발은 인류 문화의 혁명이야. 그렇게 생각하지 않아, 이현종."

오지윤은 이어폰을 빼면서 대답했다. 이어폰에 연결되어 있는 것은 그 유명한 MP3 플레이어 아이팟 나노였다.

이현종이라 불린 소년은 피식 웃으며 오지윤의 아이팟 나노를 가리켰다.

"야, 너, 코원 D2 썼잖아?"

"물에 빠뜨리는 바람에 고장 났어. 이 기회에 나도 더러운 세계의 추세에 동참해 보고자 아이팟 나노를 샀지."

"나참, 차려입은 건 당장에라도 스테이지 올라가서 기타줄 튕길 것처럼 하고서는 왜 만날 듣고만 있냐?"

"배워야지 배워야지 하는데 시간이 안 난단 말야. 대충 일이 다음 단계까지 진행되면 여유가 생기니 그때부터나 생각해 봐야지."

오지윤은 머리는 붉은색으로 물들이고 귀에는 은제 해골 귀고리를 하고 목에는 부서진 십자가 목걸이를, 그리고 소파에 걸쳐 놓은 외투에는 각양각색의 그로테스크한 쇠붙이를 주렁주렁 달아놓고 있었다. 그리고 옆에 스탠드가 놓인 테이블 위에는 선글라스까지 있는 게 그야말로 펑크 스타일 패션이다.

"뭐, 그건 그렇고, 내가 알아봐 달라고 한 건 어떻게 됐어?"

"그 진유현이라는 녀석의 눈에 대한 것 말이지?"

"응. 내가 알기로 그 녀석 안대 같은 거 안 하고 다녔거든. 패션인 것 같지는 않은데."

"아무래도 사고로 눈을 잃은 게 아닐까 싶어. 알아보니까 왜 그런지는 전혀 자료가 없는데 6급 장애인으로 등록되어 있더라? 왼쪽 눈은 완전히 시력이 없대."

"흐음, 다른 놈도 아니고 진유현이? 어지간한 일이 아니면 그런 부상을 입을 놈이 아닌데, 무슨 일이 있었는지 궁금하군."

"꽤 하는 놈인가 보네?"

"아니, 뭐, 그렇게까지 대단한 건 아니고 그냥 당시의 나랑 똑같은 축생 급 전투원이었거든. 현역에서 2년이나 물러나 있었으니 실력이 좀 떨어졌겠지만 그래도 '육도(六道)'의 인원을 제외하면 적어도 국내에서는 보기 드문 일류지."

"육도의 축생 급 전투원? 그럼 꽤 하겠네. 그런 놈이 우리하고 좋지 않은 일로 얽혔단 말야?"

"지금 단계에서 원씨 가문이 박살 나는 건 곤란하니까 적당히 해야지. 되도록 우리 편으로 끌어들이면 좋겠고."

"은퇴했다며?"

"응. 그렇게 미련없이 그만둬 버리는 놈은 또 처음 봤어. 2년 전에 '빚 다 갚았으니 그만하겠습니다' 하고 나가 버리더라고. 육도의 원칙이 또 가는 놈 안 붙잡는다는 거라 정보 프로텍터 조치만 받고 선선히 나갔지. 그 후에도 육도가 개입하지 않은 것을 보면 비전을 흘리거나 하진 않은 것 같고."

"그런 녀석이 같은 편이 되어줄까?"

"글쎄, 일단 말은 해봐야지. 안 되면 적어도 적대하지 않도록 설득하려고."

그때 진동으로 해둔 오지윤의 핸드폰이 부르르 떨었다. 오지윤이 번호를 확인하고 나서 받자 익숙한 목소리가 그가 기다리던 소식을 전했다.

"아, 알겠어. 오케이."

전화를 끊은 오지윤은 곧바로 몸을 일으키며 겉옷을 걸치고 선글라스를 썼다. 이현종이 물었다.

"지금 나가게?"

"응. 녀석이 나타났다는군. 그동안 어디 가 있었는지는 모르겠지만……."

"행운을 빌도록 하지."

"고맙다."

오지윤은 이현종에게 손을 한번 흔들어주고는 방을 나섰다. 주머니에는 아이팟을, 그리고 귀에는 이어폰을 꽂은 채.

*   *   *

유현은 주말을 망혼에서 보냈다. 마음 같아서는 곧바로 돌아가고 싶었지만 성아가 말렸기 때문이다. 원씨 가문이 그를 그냥 둘 리도 없고 분명히 다시 공격해 올 것이다. 그런데 부상 입은 몸이 치료되기도 전에 어슬렁어슬렁 나갔다가는 목숨을 보장할 수 없지 않겠는가?

그 태도가 워낙 완강해서 유현은 잠자코 그 말을 따르기로 했다.

"그러고 보니 공천은 어떻게 됐어? 일단 내가 죽인 건 단한 명이었는데."

"다 처리했어. 우리가 개입했다는 게 알려지면 뒷일이 귀찮아지니까."

"역시."

살벌한 말을 아무렇지도 않게 하는 성아에게 유현은 어깨를 으쓱했다.

어차피 예상한 결과였다. 성아도 피를 피로 씻는 세계에서 자라난 인간, 적으로 규정한 존재에게 발휘할 자비심 따윈 갖고 있지 않다.

그리고 유현도 돈을 받고 자신의 목숨을 노리는 자들이 죽든 말든 상관없었다. 어차피 그렇게 살아왔고, 그렇게 죽어갈 존재들이었을 뿐이다.

칼을 쥔 자 칼로 망하리라.

그것은 그들이 칼에 피를 묻히는 순간부터 시작된 숙명이었고, 반드시 각오해야만 하는 결말이기도 했다.

유현이 그들의 목숨을 붙여놓은 것은 그들이 자신보다 한참 하수라는 점에서 나온 여유에 지나지 않았다. 단 한순간의 변수로 인해 이 꼴을 당한 것을 보면 그것이 얼마나 그릇된 오만이었는지 알 수 있다.

"그 외에 몇 명이나 있었지?"

"감시자가 두 명, 마법사가 한 명."

그것까지 파악했다는 것은 완전히 다 처리했다는 소리다. 즉, 성아는 유현을 구하기 위해 열 명의 인간을 매장시켜 버린 셈이다. 그중 하나는 유현이 숨통을 끊었지만 엎어치나 메치나 다를 것은 없지.

"심한 것 같아?"

"아니, 당연한 귀결이지. 다만……."

"다만?"

"망혼에 열 명의 무벌 세력을 처리하는 것을 의뢰하기 위해서는 얼마나 돈이 들까 생각해 봤을 뿐이야. 그때 투입된 인원도 상당했던 것 같은데."

"…넌 정말 특이해."

성아는 유현을 빤히 바라보며 말했다.

"어디가?"

"그냥. 처음 만났을 때부터 그렇게 생각했어. 죽을 뻔했는데 초연한 태도도 그렇고."

"별로 초연했던 건 아닌데……."

유현은 멋쩍어하면서 볼을 긁적였다. 그게 그렇게 보였나? 사실은 그냥 귀찮을 뿐이었는데.

그리고 그건 절대 윤성아가 자신을 죽일 수 없을 거라는 자신감에서 나온 행동이기도 했다. 그때 마음만 먹었다면 윤성아는 목이 분리된 시체가 되어 썩어가고 있을 것이다.

무벌의 병사 일에서 은퇴하고 나온 후로는 그냥 조용히 살고 싶었다. 어떻게 살아야 될지는 전혀 몰랐지만 그래도 적어도 매일 전쟁터 한복판에서 사는 것 같은 삶에서 해방되기만 하면 만족할 수 있을 거라고 생각했다.

그렇게 생각한 것치고는 은퇴한 지 반년도 안 되어서 거창한 사건에 휘말려 드는 바람에 안대를 하고 다니는 신세가 된 데다가, 이번에는 또 순간의 격정을 못 참아서 마법사 집안과 원수를 지게 됐지만 그래도 전처럼 매일매일 피를 보고 죽음

을 곁에 두는 게 당연한 삶과는 거리를 두고 싶은 게 본심이
다.

하지만 이번 일로 새삼스레 깨달았다.

한 번 수라도(修羅道)를 걷기 시작한 인간은 절대로 거기서
벗어날 수 없다.

어떤 식으로든 세상은 지금까지 살아온 삶에 대한 대가를
요구한다. 그렇다면 그가 바랄 수 있는 것은 그저 지금까지
혼이 빠진 껍데기처럼 살아왔던, 그럼에도 불구하고 너무나
도 눈부셨던 그 시간을 지키는 것뿐이다.

일상을 지키기 위해 전쟁터로 뛰어든다. 진부하지만 멋진
삶의 자세라고 생각된다. 적어도 그저 누가 명령하니까, 자신
의 판단이나 의지는 전혀 없이 누군가와 싸워서 죽이고 부수
는 것보다는 훨씬 낫지 않은가.

"넌 여기서 정확히 뭘 하고 있어?"

"난 신관이야."

"신관?"

"응."

"그럼 신내림 받은 거야?"

"아니. 우리는 그런 방법을 쓰진 않아. 하지만 우리가 모시
는 신령(神靈)님께 대가를 바치고 힘을 구하지. 그리고 그 소
통의 역할을 내가 맡고 있고."

"무슨 판타지 게임 속의 신과 성직자 같은 관계를 구축하

고 있군."

유현은 고개를 갸웃거렸다.

대한민국의 무속(巫俗)은 거의 신령에게 인간이 종속되어서 신내림을 받는 것으로 성립한다. 멀쩡하게 정상인의 삶을 살고 있던 사람이 어느 날 귀신이 들리고 신내림을 받아서 무당의 삶을 강요받는 이야기는 TV에도 나올 정도로 정형화된 경우가 아닌가.

여기서 벗어난 것이 주술사들 중에 불교—보통 밀교—에 기반을 둔 주술을 사용하는 이들이나 도교에 바탕을 둔 선술사 등인데, 망혼은 그쪽 계통은 아닌 것 같고 아무래도 독자적인 역사와 체계를 갖고 있는 모양이었다.

"비슷할지도 몰라."

"그런 신관이 특정한 인물한테 접근하고 있어도 되는 거야? 신들은 질투심이 많잖아?"

"우리 신령님께서는 도량이 넓으셔서 괜찮아. 별로 신경도 안 쓰시는걸. 나 말고도 신관이 두 명 더 있는데 그중 하나는 만날 사방팔방 돌아다니면서 연분 났니 어쩌니 하고 있어."

"헤에, 재미있군."

이쯤 되면 그 신령님을 한번 만나서 이야기를 나눠보고 싶을 정도다. 물론 조직의 최고 기밀인 그런 존재를 외부인이 만날 수 있을 리가 없겠지만.

유현은 천성적으로 영적인 소질을 타고난 것은 아니지만

무벌의 병사로 육성되면서 그런 능력을 갖게 되었다. 선천적인 영매에 비하면 감이 모자라지만 그래도 전문가로 불리기 위한 최소한의 조건은 갖추고 있다.

어쨌든 이걸로 성아가 어째서 이 조직에서 공주님처럼 받들어지고 있는지는 알았다. 말하는 뉘앙스를 보아하니 성아보다 윗사람이라고 할 수 있는 존재는 그리 많지 않은 것 같았다.

그런 것치고는 너무 자유분방한 게 아닌가 싶었지만 부하들도 별로 터치를 안 하는 것으로 보아 망혼의 분위기 자체가 그런 것 같았다. 혹은 성아가 보기와는 달리 자기 권한을 제대로 휘두를 줄 알거나.

의외로 후자의 가능성도 높다. 유현 앞에서는 맹한 모습을 보이고 있었지만 그녀가 지금까지 보여준 행동으로 보아 유능하고 과감성도 있는 것 같았다. 그리고 처음 만났을 때의 일을 생각해 보면 자기 권력을 휘둘러서 남의 일을 가로채기까지 하지 않았나.

그녀의 경우, 눈에 보이지는 않지만 항상 호위하기 위해 따라다니는 인물들이 있었다. 본거지 안이라 그런지 어느 정도는 거리를 두고 호위하고 있었지만 그래도 자연스럽게 투명화와 기척 차단을 실행하며 따라다니는 전투원이 세 명, 그리고 그녀의 시중을 들기 위해 항상 근거리에서 대기하는 여성 수행원이 두 명 있었다. 이쯤 되면 진짜 현대의 귀족 같은 느낌이다.

"넌 학교는 안 다녀?"

유현은 혹시나 해서 물어보았다.

무벌도 그랬지만 이런 세력에 속한 자들은 의무교육만 이수하고 나머지는 무시하는 경우가 많았다. 내부에서 가정교육을 시키는 것만으로도 의무교육보다 훨씬 출중한 지식을 쌓게 할 수 있을뿐더러 사회적으로는 존재하지 않는 인간이 되는 게 편하니까.

"응. 초등학교 이후론 안 나갔어."

"몇 살이야?"

"몇 살로 보여?"

성아는 눈을 반짝반짝 빛내며 물었다. 유현은 잠시 생각하는 척하다가 말했다.

"한 열여섯 살 정도?"

"열여섯 살이면… 중학생이지?"

"중 3이지."

"그 정도로밖에 안 보여?"

"응. 뭐, 그 시애라는 애보다는 조금 언니처럼 보인다만. 그 반응을 보아하니 사실은 그것보다 위겠네. 나랑 동갑이거나 아니면 연상?"

"동갑이야."

냉큼 대답하는 성아의 표정은 약간 뾰로통했다. 성숙하게 보이길 바랐나 보다. 하지만 눈매는 강아지처럼 유순하지, 생긴 것도 귀엽지, 어딜 봐서 성숙미가 있겠는가? 10년 후쯤이라면 모르겠다만.

주말은 그렇게 성아하고 노닥거리거나 아니면 방 안에서 책을 보면서 지나갔다. 아무래도 망혼 역시 연옥의 조직이다 보니 아무 데나 돌아다닐 수는 없었고, 제한된 구역만을 다니면서 답답함을 감수해야 했다.

그리고 월요일이 되자 유현은 돌아갈 것을 결심했다. 주말을 보내면서 상처는 거의 다 나았다. 일반인이라면 두 달은 요양해야 되는 상태였지만 그는 체내의 기운을 자유자재로 조작하는 도가의 의기강체술과 마법을 동시에 사용할 수 있는 존재였다. 회복력 자체가 일반인과는 차원이 다른데다가 망혼의 주술사가 치료를 해주었기 때문에 월요일이 되었을 때는 상처가 거의 다 아물어 있었다.

"정말 괜찮겠어?"

"아아, 이젠 걱정 안 해도 돼. 다음에 또 공격받는다면 그땐 내가 알아서 해결할게."

걱정하는 성아에게 웃으며 대답한 유현은 이들이 새롭게 마련해 준 교복 상의를 입고 망혼의 아지트를 나섰다. 그곳은 안산 외곽에 있는 한옥 저택이어서 성아가 차로 데려다 주겠다고 했지만 거절했다. 자신이 망혼과 관계된 것이 알려질 여지를 조금이라도 줄이고 싶어서였다.

버스를 타고 학교 앞에서 내린 유현은 오늘도 학교를 결석하게 될 것임을 직감했다. 그도 그럴 것이, 버스 정류장 앞에서 한 남자가 그를 기다리고 있었던 것이다.

"여어, 오랜만이야."

그렇게 말하며 히죽 웃는 남자는 머리를 빨갛게 물들이고 선글라스를 포함해 펑크 스타일 패션으로 강렬한 개성을 발산하고 있었다. 홍대 한복판이라면 모를까 여기서는 지나가는 사람들이 다 한 번씩 쳐다볼 정도로 눈에 띈다.

잠시 동안 그를 바라보던 유현이 입을 열었다.

"너, 누구냐?"

"……."

잠시 썰렁한 기류가 두 사람 사이에 흘러갔다.

펑크 스타일의 남자는 유현의 이런 반응은 상상도 못한 듯 당혹스러운 기색을 드러내고 있었다. 하지만 그는 곧 미소를 지으며 선글라스를 벗었다.

"이런, 내가 못 알아볼 정도로 스타일이 변했나? 오지윤이다."

"오지윤?"

유현의 얼굴에 비로소 놀란 기색이 드러났다. 그는 오지윤이라는 이름을 알고 있었다.

"그래. 은퇴한 지 고작 2년 지났는데 벌써 애꾸 됐다는 소리 듣고 놀랐다, 진유현."

"정말 오지윤이야?"

"그럼 정말이지. 왜? 너무 많이 변해서 놀랐어?"

"아니, 뭐랄까, 요즘 '육도'에서는 밴드 활동도 인정해 주나 싶어서. 스타일 자체야 뭐 어떻게 하고 다니든 상관없지만, 어쨌든 옛날하곤 확 변했네. 까까머리였던 녀석이 그러고 나타나면 도대체 누가 알아봐?"

"하하! 그런 이야기는 하지 말라고. 어쨌든 얘기 좀 했으면 싶은데, 시간 좀 있어?"

"원래는 학교를 가야 되지만… 뭐, 옛 동료가 찾아왔는데 그 정도 짬은 내줘야겠지."

"고마워. 자리를 옮기자. 학교에서 먼 곳이 낫겠지?"

"그래."

지윤은 길가에 세워놓은 오토바이에 올라타더니 뒤에 타라고 했다. 오토바이 운전 정도는 유현도 철저하게 교육받은 바 있었기 때문에 딱히 놀라거나 의외라고 생각하지는 않았다.

"헬멧 써야 되나?"

"필요없어. 인식을 흐리는 마법이 걸려 있으니까."

말인즉슨 그냥 달려도 경찰은 눈뜬장님이 될 거란 소리다. 일반인은 결코 마법의 힘을 거스를 수 없으니까.

"그럼 출발할게."

오지윤이 스로틀을 당기자 오토바이가 빠른 속도로 도로

를 질주하기 시작했다.

*　　　　*　　　　*

두 사람은 역 부근의 번화가로 향했다. 오토바이를 주차시
킨 그는 갑자기 유현에게 무언가를 건넸다. 유현이 받아 들고
보니 해골과 부러진 십자가를 귀엽게 SD화시킨 그림이 그려
진 천 주머니였다.

"뭐야, 이건?"

"사람들 이목을 피해주는 아이템. 갖고 있어. 학교 빼먹었
으니까 교복 차림으로 번화가에서 다니는 것도 곤란할 거 아
냐?"

"눈물 나는 배려군."

유현은 미처 생각하지 못했던 부분을 배려받자 당혹감을
느꼈다. 이 녀석은 학교도 다니지 않는 것 같은 놈이 어떻게
이런 걸 배려한담?

어쨌든 그걸 주머니에 넣자 다른 사람들의 시선은 걱정하
지 않아도 되었다. 월요일 아침, 당연히 학교에 가야 할 시각
에 이런 펑크 스타일의 녀석과 함께 번화가를 두리번거리고
있으면 사람들이 뭐라고 생각하겠는가?

두 사람은 롯데리아로 들어갔다. 옆에 스타벅스가 있었지
만 오지윤이 양해를 구했다.

"아, 난 밥을 안 먹고 나왔거든. 롯데리아 괜찮지?"

"나야 상관없어. 나도 음료수랑 양념 감자나 시키지. 네가 쏘는 거겠지?"

"나 때문에 학교도 빠졌는데 그쯤이야."

학교를 빠지게 만든 것치고는 너무 약소하지 않나 싶었지만 그걸 일일이 따질 유현은 아니었다. 오지윤은 한우 불고기 버거 세트를 시켰고, 유현은 콜라와 양념 감자, 오징어 링을 시켜서 와작거렸다.

"햄버거 안 먹는 걸 보니까 밥은 먹고 나왔나 보네?"

"응. 간만에 진수성찬으로 잘 먹었지."

오지윤의 물음에 유현은 고개를 끄덕였다.

지난 며칠간은 정말 호화판으로 먹었다. 망혼에서 그냥 가정 요리가 아니고 전통 한식집에서 한상 차려 먹는 것 같은 느낌으로 계속 식사를 하다 보니 앞으로의 식생활이 상당히 초라하게 느껴질 것 같았다.

뭐, 가정 요리 운운하기 전에 유현의 식생활은 실로 자취생의 그것이었기 때문에 영양 문제가 심각했지만 말이다. 그나마 돈이 있어서 밖에서 사 먹고 다니니까 영양 밸런스가 유지되는 것이지, 그렇지 않았다면 매일매일 라면만 먹고 앉아 있었을지도?

"호오, 뭐, 여자라도 생겼어?"

"그랬으면 오죽이나 좋겠냐마는 나도 연애 운은 별로 없는 것 같다. 너는 어떠냐? 그렇게 차려입고 다니는 걸 보니 청춘을 만끽하고 있는 느낌이다만."

"유감스럽게도 Me Too다."

"……."

"……."

두 사람은 서로 침묵했다. 한때 잘나가던 킬링머신이었으면 뭐 하나. 지금은 대한민국 청소년으로서 여자 손도 한 번 못 잡아본 불쌍한 신센데.

"뭐, 그건 그렇고, 외부인인 내가 물어봐도 되나 모르겠다만 그쪽은 요즘 어때?"

"음, 글쎄, 나도 외부인이 되어버렸기 때문에 딱히 말해줄 게 없는걸?"

"너도 은퇴했어?"

유현은 의외라는 듯 물었다.

2년 전, 유현이 10년도 넘게 몸담고 있던 연옥의 조직 '육도'에서 은퇴해서 나왔을 때 오지윤은 이제 승진을 앞두고 있는 전도유망한 전투원이었다.

육도라는 이름은 불교에서 기인한 것으로, 조직 내에서는 그 개념을 왜곡시켜서 인간의 위계를 정하고 있다.

지옥(地獄)은 아무것도 모르고, 아무런 재주도 가지지 못해 한 사람의 전투원으로 인정받지 못하는 존재를 일컫는다.

아귀(餓鬼)는 전투 기술을 전수받고 실전에 투입한 햇병아리들을 가리킨다.

축생(畜生)은 경력이 쌓이고 능력을 인정받아 정식 병사로 취급되는 이들을 가리킨다.

수라(修羅)는 전투의 스페셜리스트로서 단순한 병사를 넘어 소중한 재산으로 취급되는 기량의 소유자를 부르는 이름이다.

인간(人間)은 윗자리에 앉아 조직을 상징하고 움직이는 자들을 지칭한다.

천상(天上)은 이 모든 것을 굽어보며 운명을 조율하는 자들을 의미한다.

육도에 소속되어 있을 때 유현과 오지윤은 축생의 계급에 속해 있었다. 그리고 2년 전 두 사람은 드물게도 어린 나이에 수라로 승급하는 건에 대한 논의가 윗선에서 이루어지고 있었는데, 이때 유현이 돌연 은퇴를 표명하고 조직을 나와 버렸던 것이다.

육도의 윗선에서는 아까워하며 몇 번 설득하려는 시도를 했지만 결국 순순히 유현을 놓아주었다. 몇 가지 조건이 붙긴 했지만 원래 계약을 완수하면 나갈 때 붙잡지 않는 게 육도의 스타일이다. 그리고 유현은 피비린내 나는 전장에서 벗어나 일반 사회의 공기를 마실 수 있었다.

"내 경우는 은퇴는 아니고 퇴직, 아니, 퇴사라고 해야겠지. 지금도 비슷한 일을 하고 있으니까. 나온 지는 반년 정도 됐어."

"프리랜서로 뛰는 건가? 하긴 뭐, 그런 경우도 많지. 육도 출신이라고 하면 대우가 엄청 좋겠네."

"그런 편이야. 그건 그렇고, 이번에 보니까 너, 기량이 아직 녹슬지 않은 것 같던데. 솔직히 놀랐어. 일처리가 아주 깔끔하더군. 은퇴한 지 2년이나 된데다 한쪽 눈은 실명, 거기에 제대로 된 장비도 없이 그런 결과를 낼 줄은 상상도 못했어."

"…뭐?"

순간 유현은 자기가 뭘 잘못 들었나 싶었다.

하지만 곧 정신을 차리고 오지윤을 노려보았다. 지금 말인 즉슨 유현이 지난주에 어떤 일을 겪었는지 알고 있다는 소리가 아닌가?

"그거, 무슨 의미지?"

"음, 너무 돌려서 말했나? 그러니까 그 공천이라는 시답잖은 녀석들의 배후에 내가 있었다, 그 비슷한 의미야."

분위기가 싸늘해졌다.

롯데리아 안에 있던 사람들은 갑자기 기온이 3도는 내려간 느낌에 몸을 흠칫 떨었다. 이유도 모르게 갑자기 몸이 조금씩 떨리고 있었다.

뭔가 위험한 것이 자신들과 같은 공간에 있다. 뭔지는 모르지만 그게 너무나도 무섭다.

그 공포의 진원지는 바로 유현이었다. 그가 발산하는 강렬한 살기가 다른 사람들의 신경을 압박하고 있었던 것이다. 하지만 정작 살기를 정면으로 받고 있는 오지윤은 태연했다.

"야, 다른 사람들이 무서워한다고. 그만해라. 오늘은 싸우러 온 것도 아니니까."

"흠."

뻔뻔한 오지윤의 태도에 유현은 일단 살기를 거두었다.

"내가 원씨 가문에 고용되어 있는 몸이다 보니까 할 수 없었다고. 아들내미가 맞았다고 길길이 날뛰는데 어떻게 해? 그렇다고 원씨 가문 전투원들 보내서 붙여보자니 이거 완전 수지타산이 안 맞고, 대충 마이너한 무벌 세력 중에 하나 골라서 보내보세요 했지."

"직접 나서지 않은 걸 고마워하라, 이건가?"

"그런 의미는 아냐."

오지윤은 고개를 저었다.

그의 태도에서 유현은 어느 정도 필요한 정보를 얻을 수 있었다. 일단 오지윤은 유현과 공천의 전투 전말을 전부 알고 있는 것은 아니다. 둘이 붙었고, 공천이 후방 요원들을 포함해서 전멸했다는 사실만을 전달받은 듯하다. 하긴 감시 요원들까지 처리됐으니 정보가 제대로 전달됐을 리가 없겠지.

즉, 그는 망혼의 존재를 모른다. 어디까지나 유현이 전성기의 실력이 녹슬지 않은 상태라 공천을 깔끔하게 정리했다고 여기는 듯했다.

하긴 합리적인 추리이긴 했다. 다른 세력이라면 모를까, 육도에 속한 자라면, 그것도 수라의 이름을 받을 자격을 가졌던 자라면 공천의 일곱 명 정도는 전혀 적수가 되지 못한다.

"오늘은 네 얼굴도 볼 겸 권유도 할 겸해서 온 거야."

"권유?"

"나하고 같이 일하지 않을래? 대우는 충분히 잘해줄 수 있는데. 아, 물론 원씨 가문에 고용되라는 이야기가 아니고 내 개인적으로 꾸린 팀에 들어와 달라는 이야기야. 장기적으로 같이 일하자는 거지."

"거절하겠어."

유현은 생각할 것도 없다는 듯 단박에 거절했다. 너무 단호한 그 태도에 오지윤이 조금 의외라는 표정을 지었다.

"어째서지?"

"난 너하곤 달리 확실하게 업계에서 은퇴한 몸이라고. 이번 일은 어쩔 수 없이 얽혀 들어간 경우고 다시 프로로 돌아갈 마음은 없어."

"단호하구나."

"애당초 그런 일에서 손을 끊고 싶어서 육도에서 나온 거니까."

손에서 피비린내가 풍기는 인간이 이제 와서 깨끗하게 일반인으로 살아가는 게 불가능하다는 것은 알고 있다. 이번 일로 더더욱 잘 알았다.

하지만 그럼에도 불구하고 처음부터 포기하고 다시 그 세계로 돌아가는 것과, 거기서 한발 떨어져 있다가 말려들어 가는 것은 완전히 다른 이야기였다. 이번 일 때문에 당분간 귀찮아지지 않을까 싶지만 원씨 가문에서 뜯어낸 5억 원을 그 대가라고 생각하면 감당할 수 있겠다는 생각도 하고 있다.

"그럼 어쩔 수 없군. 그런 명분이 없다면 나도 원씨 가문이 귀찮게 하는 걸 막을 수 없는데, 괜찮겠어?"

"그거야 뭐, 5억이나 뜯어냈으니 감당할 만하지. 정 뭣하면 쳐들어가서 끝장을 볼까 했었는데 네가 버티고 있다면 그건 그만두는 편이 낫겠군."

유현은 솔직한 마음을 말했다.

2년 전, 두 사람의 실력은 동급이었다. 수라의 계급에 오른다는 것은 나이도, 인종도, 성별도, 신체 조건도 상관없이 전투의 스페셜리스트로 인정받는다는 것이다. 그렇게 되면 전장에서 단순한 병사를 뛰어넘은 일종의 전술 병기 개념으로 운용이 되게 된다.

하지만 2년이 지난 지금 어느 쪽의 기량이 위일지는 객관적으로 명백하다.

유현은 2년 동안 업계에서 물러나 있었고 오지윤은 계속해서 수라장을 거쳐 왔다. 한창 성장기에 최전선에서 2년을 버텼다는 것은 그만큼 기량이 일취월장했다는 소리다. 게다가 육도에서 나왔다고는 해도 그곳에서 터득한 지식, 2년 전과는 한 차원 다르게 발전했을 장비와 기술에 대한 지식을 가졌다는 점도 오지윤에게 승산이 기우는 이유가 된다.

물론 그럼에도 불구하고 유현은 자신의 패배를 확정짓지는 않았다. 그라고 해서 2년 동안 퇴보만 하고 있었던 것은 아니니까. 아무리 객관적인 전력이 차이가 난다고 해도 유현에게는 한순간에 모든 것을 뒤집을 히든카드가 있다.

그리고 오지윤의 입장에서도 유현은 적으로 돌리기 싫은 상대였다. 공천을 깔끔하게 처리한 시점에서 유현의 기량은 정확히 파악하기 어려운 것이 되어버렸다. 그런 상대와 적이 되는 것은 그리 바람직하지 않다.

"옛 정이다. 너를 치는 건 되도록 말려보겠어. 어차피 원씨 가문도 밑도 끝도 없이 손해를 보길 원하진 않을 테니까."

"눈물 나도록 고맙군. 하지만 다음번에 누군가를 보낼 거라면 조금은 기본 개념이 있는 놈들을 보내도록 종용해."

"기본 개념?"

"공천이라는 놈들, 순 양아치였어. 상관없는 일반인이 휘말려 들었는데 눈 하나 깜짝하지 않고 죽이려 했다고."

"……"

오지윤은 침묵했다. 선글라스 안쪽의 눈동자가 한순간 착 가라앉는 것을 유현은 느낄 수 있었다.

잠시 후 오지윤이 말했다.

"다음부터는 주의하지. 그 정도 원칙도 지키지 못하는 녀석들은 확실히 곤란할 테니까."

두 사람은 이야기가 끝났다고 판단하고는 롯데리아를 나섰다. 오지윤이 오토바이로 다시 태워다 주겠다고 했지만 유현은 사양했다. 주머니에 넣고 있었던 마법 아이템을 돌려주려고 하자 오지윤이 고개를 저었다.

"가져. 어차피 비싼 물건도 아니니까."

"어째 내가 너무 불쌍해져서 적선받는 기분이다?"

"마음대로 생각해도 좋지만 그 차림으로 다른 데 가려면 내 호의를 받아들이는 편이 좋지 않겠냐?"

"아니. 마법은 나도 쓸 수 있다는 걸 잊지 말아줬으면 좋겠는데……."

어차피 유현은 이 아이템이 없어도 똑같은 마법을 쓸 수 있다. 하지만 고집부리는 것도 귀찮아서 그냥 주머니에 넣어두었다.

오지윤은 그런 유현에게 미소를 한번 짓고는 오토바이에 시동을 걸었다.

"그럼 나중에 여유 나면 또 보자고."

"적으로 만나지 않길 기도하지."

유현이 재미없다는 표정으로 손을 흔들어주자 오지윤은 스로틀을 당기고 오토바이를 출발시켰다. 순식간에 도로 한복판으로 달려나온 오지윤은 불어오는 바람을 느끼며 중얼거렸다.

"일반인의 희생은 안 된다~라니, 거참, 결국 잘라내는 수밖에 없나?"

2

'어떻게 할까?

잠시 고민하던 유현은 그냥 학교에 나가기로 결정했다. 며칠이나 빠졌으니 좀 늦었더라도 그냥 등교해서 얼굴을 비추는 게 나을 것 같았다. 망혼의 도움으로 핑곗거리도 다 마련해 두었으니까 1교시 아침 보충수업 빼먹은 정도론 크게 문제되지 않을 것이다.

결국 버스에 타고 학교에 가자 시선이 집중되었다. 뭐 하느라 며칠 동안 안 나왔냐는 질문이 쏟아졌고, 곧바로 교무실로 호출을 받았다.

"무슨 일 있었냐? 전화도 안 받고."

담임선생은 딱히 청렴하거나 교육열이 높은 타입은 아니었지만 자기가 담당하고 있는 학생들 사이에서 문제가 일어나는 것에 꽤 민감한 타입이었다. 물론 딱히 민감하지 않더라도 멀쩡하게 학교생활 잘하던 녀석이 며칠 동안 말도 없이 학교를 빠지면 신경을 쓰는 게 당연하겠지만.

"죄송합니다. 며칠 동안 전화를 받을 수 있는 여건이 안 되었거든요."

유현은 고개를 숙인 다음 준비해 온 서류를 내밀었다. 처음에는 이게 뭔가 하는 표정이던 담임은 곧 표정이 진지해졌다.

"어깨 한번 보여줄 수 있겠니?"

유현은 잠자코 옷을 벗어서 허리와 오른쪽 어깨를 보여주었다. 붕대가 정교하게 감겨져 있었다.

"움직이는 데는 지장 없고?"

"좀 아파요. 그래서 얌전히 있으려고요."

"알았다. 청소 같은 건 전부 빠지고, 몸조심해라."

"감사합니다."

유현은 다시 한 번 고개를 숙이고는 교무실을 나섰다.

유현이 내민 서류는 진단서였다. 망혼이 보유하고 있는 종합병원의 의사들을 동원해서 만들게 한 서류라서 법적으로 아무런 문제가 없었다. 고작 고등학교에 결석한 이유를 만들기 위해 그렇게까지 공을 들일 필요가 있나 싶기도 하지만 매사에 치밀하게 대처하는 게 제일이다.

어쨌든 그 진단서에 의하면, 유현은 자동차 사고를 당해서 어깨와 허리 부상을 당했고, 신경에 이상이 생겨서 자칫하면 큰 수술을 해야 할지도 모르는 상태였다. 당분간 통증과 마비 증상으로 몸을 움직이지 못하거나 하는 상황이 일어날 수도 있으니 주의를 기울이라고 적혀 있었다.

즉, 이번뿐만이 아니라 한동안 학교를 빠질 수 있는 구실을 만들어준 것이다. 학교는 되도록 나올 생각이긴 하지만 원씨 가문에서 계속 가만히 내버려 둔다는 보장이 없으니 보험을 들어둘 필요가 있긴 했다.

교실로 돌아가서 보니 원준형은 오늘도 결석이었다. 아이들에게 물어보니 그동안 죽 나오지 않았다고 한다. 전학 간 것 같다는 이야기도 있었고, 가족이 단체로 일이 생겨서 해외로 나갔다는 이야기도 있었다.

어느 쪽이든 간에 유현이 처리되기 전까지는 학교에 나오지 않을 것이다.

유현은 그 사실을 확신했다. 일단 전학을 갈 가능성이 높다고 봐야 하지 않을까?

앞으로 어떤 공격을 가해올지는 모르겠는데 상대편 쪽에 오지윤이 있는 이상 간단히 넘어갈 수 있을 것 같지는 않다. 오늘 오지윤이 만나러 온 것은 분명히 최후통첩의 의미를 담고 있었고, 유현은 그가 만들어준 구제책을 거절했다.

그래도 옛 동료였으니까 어느 정도 사정을 봐주지 않겠냐고?

그건 이 바닥의 생리를 모르고 하는 소리다. 그런 하찮은 감정은 적대 관계라는 비정한 현실 앞에서는 없는 것이나 마찬가지다.

게다가 솔직히 2년 전의 오지윤을 생각해 보면 그에게 옛 동료로서의 정 운운할 감성이 있기나 할지 의문이었다. 그는 정말 기계적으로 살육을 수행했고, 남들과도 그리 친하게 지내지 않던 인물이니까.

그리고 그것은 유현도 마찬가지였다. 매일 그곳에서 벗어날 생각만 하고 있던 유현이 영혼까지 그곳에서 정련된 이들과 친하게 지낼 수 있을 리가 만무하지 않은가.

그렇다면 오지윤은 사실상 적으로 돌아섰다고 봐야 한다.

그를 적으로 돌렸을 때 승산은 얼마나 될까?

그가 직접 나설지, 아니면 끝까지 유현과 직접 부딪치는 것을 피할지는 모르겠지만 골치 아파진 것만은 분명했다.

"아, 젠장. 고양이인 줄 알고 건드렸더니 호랑이더라 하는 상황이네."

유현은 점심시간에 나무에 앉아서 중얼거렸다. 지난주에 불량한 녀석들을 두들겨 패고 확보한 그곳은 아직도 비어 있었다. 그들이 피투성이가 되었다는 게 소문나서 그런가?

인식을 흐리는 아이템을 갖고 담 쪽에 자라난 나무 위에 앉아 있으니 누가 알아볼 걱정이 없어서 마음이 편했다.

"나도 요즘 장비를 좀 갖춰두는 편이 낫겠군. 좀 뒤떨어지는 장비라도 없는 것보다야 낫겠지."

유현이 한숨을 쉬고 있을 때 그에게 접근해 오는 기척이 느껴졌다. 그것도 아주 익숙한 기척이었다.

"아, 안녕."

이제 말은 그만 더듬을 때도 되지 않았나?

유현은 문자 그대로 허공을 날아서 자기 앞에 나타난 성아를 보면서 생각했다. 날다람쥐, 혹은 스파이더맨 같은 움직임으로 3차원적인 이동 루트를 지나 도착한 그녀가 신관이라는 게 좀 납득이 가질 않았다. 저 움직임은 누가 봐도 전투원이잖아?

"안녕. 무슨 일이야? 오늘 아침에 헤어졌는데 벌써 만나러 올 일이 생긴 거야?"

"아, 그, 그게……."

성아는 나뭇가지 위에 선 채 부끄러워했다. 볼이 발갛게 물든 모습이 귀엽긴 하다만 왜 이렇게 부끄러워하는지는 전혀 짐작 가는 바가 없었다. 무슨 말을 하려는 걸까?

"이, 이거."

잠시 후 성아는 마음을 굳힌 듯 무언가를 내밀었다.

유현은 그것이 어떤 공연을 관람하기 위한 티켓이라는 것을 알아볼 수 있었다. 인터넷 예매를 통해 구한 표인지 꽤나 멋대가리없는 디자인을 하고 있었으니까.

"이거, 같이 보러 가자고?"

티켓이 두 장이기에 혹시나 해서 물어봤더니 성아가 열심히 고개를 끄덕였다.

유현은 잠시 동안 멍청하니 그녀를 바라보다가 표를 받아 들었다. 안산문화예술의 전당에서 공연하는 뮤지컬 티켓이었다.

"이거, 오늘자네?"

"으, 응. 오늘 저녁이야."

"음, 그래. 같이 보러 갈게. 신세도 졌으니까 이거 보고 나서 마실 거라도 내가 사면 되겠네."

"아, 그, 그럼… 학교 앞에 차를 대기시켜 놓을게."

"차를? 그건 좀 참아줬으면 좋겠는데."

성아의 말에 유현은 깜짝 놀라서 말했다. 학교 앞에 차를 대기시켜 놓다니, 다른 학생들한테 무슨 오해를 받으라고? 게다가 망혼은 전통적인 부자라서 분명히 엄청 눈에 띄는 차를 보내올 텐데. 역시 일반 사회에 대한 개념이 없긴 하구나 싶었다.

"그리고 나도 옷도 갈아입고 해야 하니까 느긋하게 만나자. 공연 시간 30분 전에 만나면 되지 않을까?"

공연 시간은 저녁 7시 반으로 되어 있었다. 학교 끝나고 가기에는 빠듯한 시간이지만 병원 가야 한다는 핑계로 보충수업까지 빼먹으면 여유있게 갈 수 있다.

"하지만……."

"왜?"

"그사이에 습격받거나 하면, 못 오잖아."

생각해 보니 그 문제가 있었다. 이쪽이 약속이 있든 없든 적 측에서 그걸 배려해 줘야 할 이유가 없지.

"그건 그렇네. 그럼 차는 보내도 좋은데… 그래도 좀 떨어진 곳에 대기시켜 줘. 차를 타고 가야 되면 약속 시간보다 좀 일찍 만나서 밥을 먹자. 그럼 되겠지?"

"응."

"그럼……."

유현은 한숨을 푹 쉬면서 적당한 위치와 시간을 말해주었다. 그 차를 타고 집에 갔다가 약속 장소로 가면 문제없겠지.

성아는 아주 기쁜 얼굴로 고개를 끄덕이고는 다시 날다람쥐처럼 나무에서 나무로, 다시 건물에서 건물로 뛰어서 사라져 버렸다.

혼자 남은 유현은 뒷머리를 긁적이며 중얼거렸다.

"아, 이거 아무리 봐도 나한테 마음이 있는 것 같은데… 젠장, 이게 착각인지 아닌지를 모르겠네. 아, 심란해."

일반인으로서의 상식이나 감각은 유현도 많이 부족하다 보니 성아의 뜻을 확실하게 알 수가 없었다. 보통 남학생이었다면 분명 저 여자애가 나한테 마음이 있는 거라 했을 텐데…….

일단은 성아는 망혼이라는 특수한 조직 내에서 자라나서 또래 친구가 없어서 그러려니 하고 생각하기로 했다. 연옥 세력의 인물과 얽히는 것은 좀 곤란하다 싶기도 했지만 이미 얽혔고, 은혜도 입어버렸고 하니 이제 와서 연을 끊을 수도 없는 일이다. 게다가…….

'뭐, 나도 쟤가 싫은 건 아니니까.'

적에 한해서 사람 목숨을 파리 목숨으로 생각하긴 하지만 그건 이 바닥에 사는 인간이라면 당연한 일이다. 자기가 손을 씻고 싶은 세계에 속해 있다는 점만 제외한다면 그녀가 싫지는 않았다. 예쁘게 생긴 것도 사실이고.

과연 망혼이라는 조직에서 그녀의 마음이 자유로운 것을 허락할지는 모르겠지만 일단은 지금의 감정에 충실해지는 것도 나쁘지 않겠지. 정말로 킬링머신에서 인간이 되고자 한다면……

*   *   *

이현종은 흑인과 한국인의 혼혈이었다.

흑인이었던 아버지와 한국인이었던 어머니 사이에서 태어났다는 것은 알겠는데 그 이상은 아무것도 모른다. 왜냐하면 아무도 가르쳐 주지 않았기 때문이다.

스승의 말에 의하면 고아원에 있던 아이를 돈 주고 입양해 왔다는데, 연옥의 조직에서는 그런 경우가 흔했다. 병사로 쓸 만한 아이를, 머리가 조금이라도 굵어지기 전에 사와서 자신들이 필요로 하는 성질의 정신을 육성하고 교육을 통해 능력을 배양하는 일은 지금 이 시간에도 전 세계에서 수백 건 이상 벌어지는 일이다.

보글보글.

유리관 안에서 청록색 액체가 끓어오르고 있었다.

한마디로 유리관이라고 표현하기는 했지만 그 크기는 사람 하나가 통째로 들어갈 정도로 컸다. 위아래가 강철로 마감되어 있는 커다란 유리관에는 수십 개의 선이 붙어 있는 검은 실루엣이 둥둥 떠 있었다.

그런 유리관이 수십 개.

이현종은 긴 다리를 쭈욱 편 채 컴퓨터 모니터를 들여다보고 있었다. 싸구려 스피커에서 평화로운 클래식 음악이 흘러나왔다.

끼이익.

그때 문이 열리는 소리가 났다. 이현종이 천천히 돌아보자 펑크 스타일의 청년 오지윤이 약간 맥 빠진 기색으로 들어오는 게 보였다.

"빨리 왔네. 어떻게 됐어?"

"가차없이 차였어."

"무슨 여자한테 실연당한 사람처럼 말하는군."

이현종은 어깨를 으쓱하고는 음악을 껐다. 오지윤이 클래식을 싫어하기 때문이었다. 이유를 들어보니 중동 지역에서 정말 지독하게 괴롭힘을 당했던 상대가 있는데, 그 상대가 클래식의 광적인 팬이어서 죽기 직전까지도 클래식을 큰 소리로 틀어놓고 있었다나.

"진짜로 그런 기분이라고. 젠장, 그 녀석은 꼭 잡고 싶었는데, 아무래도 적이 될 가능성이 너무 높아."

"적이 되면 골치 아픈가, 역시?"

"아무래도 그렇지. 적으로 돌리기 싫은 상대야. 당장 섭외할 수 있는 용병 중에는 녀석을 어떻게 해볼 수 있는 레벨이 없고……."

"어차피 네가 더 세잖아?"

"야야, 애들 싸움도 아니고, 어떻게 사람 능력을 그렇게 판단하냐? 전투원 아니라고 아주 말하는 게 무개념이구만. 기가 막힌 저격수가 정면 승부에선 젬병이면 그놈은 절대 일류가 아니게? 하다못해 저격수만 해도 얼마나 멀리서 맞추느냐, 속사가 가능하냐, 위치 선정을 잘하느냐 등등 능력을 판단할 때 고려할 조건이 얼마나 많은데."

"쯧, 미안하다. 주술사가 스페셜리스트의 전투력 측정법을 어떻게 아냐? 나한테 너네들 능력은 그냥 스카우터 끼고 전투력 8천… 1만, 2, 2만을 넘는다니, 하는 수준으로밖에 감이 안 온다고."

"…뭐야, 그건? 만화에 나오는 내용이냐?"

이현종의 개그를 알아듣지 못한 오지윤이 물었다. 이현종의 얼굴에 충격이 떠올랐다.

"아니, 아무리 그래도 그렇지, 어떻게 그걸 모를 수가 있어!"

"어, 그야 난 만화를 잘 안 봐서……."

"당장 봐! 크아, 이런 문화와는 담쌓은 야만인 같으니! 내가 이런 놈을 친구라고!"

"미, 미안. 볼게."

이현종의 기세가 너무 강해서 오지윤은 자신도 모르게 사과하고 말았다. 도대체 왜 자기가 사과하고 있는지는 모르겠지만 하여튼 사과해야만 할 것 같은 기분이 들었다.

오지윤은 괜히 억울한 기분을 느끼며 잽싸게 화제를 제자리로 돌렸다.

"하여튼… 유현 그놈은 유격전에 워낙 강한 녀석이라서, 전에 '디스트로이어(Destroyer)' 놈들하고 붙었을 때도 혼자 남은 상황에서 녀석들의 한 소대를 전멸시키고 귀환한 전적이 있어. 우리 쪽이 다수일 때 외려 상대하기 골치 아픈 놈이지."

"디스트로이어는 사실 화력 빼면 별거 없지 않아? 아메리칸 스타일이니까."

"무슨 소리. 그놈들은 미국 정부나 유력인들의 의뢰를 받아 전 세계를 무대로 뛴다고. 연옥의 조직 중에 제일 전투 경험이 다양하지. 게다가 용병들 중에 인재가 나오면 바로바로 돈을 써서 스카우트하는 스타일이라서 계속 전투 스타일이 진화해. 가능하면 상대하고 싶지 않은 놈들이야."

"헤에~"

"뭐, 그놈들이 지금 우리 판에까지 뛰어들 일은 없다고 봐도 되고. 우리나라에서 설치는 경우는 고작해야 북측에서 무장 스파이를 파견했을 때 정도니까."

"그런 놈들은 육도에서 정리하지 않냐?"

"보통 그렇긴 한데, 구역이 있어. 미국 측이 관할하는 구역이면 디스트로이어가 끼어들지. 그럴 경우엔 육도도 조용히 물러나."

"무벌들도 복잡하군."

"너희 쪽도 똑같이 복잡해. 그쪽은 지역 말고 영맥까지 따지면서 네 거 내 거 한다고. 네가 경험이 없어서 모르는 거야."

"어이구, 미안하다, 미안해. 난 실전도 모르는 애송이라서 별로 도움도 못 돼주고 있네요."

"삐치긴. 경험이 없어서 그렇지, 능력은 충분하잖아. 작업하는 건 어떻게 되어가?"

"보시다시피."

이현종은 어깨를 으쓱하며 주변에 설치되어 있는 유리관들을 가리켰다. 오지윤은 가까이 있는 유리관에 가서 그 안을 자세히 들여다보았다.

두근.

유리관 표면에 손을 대고 있으면 그 안에서 고동치는 생명의 심장 소리를 들을 수 있었다. 착각이 아니라 정말로, 단순히 액체를 통해 전달되는 진동 이상으로 생생한 울림이 몸으로 전달된다.

그 안에 있는 것은 분명 살아 있었다.

그리고 무척이나 인간을 닮은 실루엣을 갖고 있었다.

"이게 숙성되려면 얼마나 걸리지?"

"앞으로 한 일주일 정도? 그때부터 성능 시험하고 개량에 들어가야지. 제어 시스템 확립은 아직 좀 더 시간이 걸릴 것 같고… 이론으로만 알고 있던 걸 실제로 해보려니까 제약 사항이 좀 많은 게 아니더라고."

"뭐, 그야 당연하겠지만, 대단하긴 대단하군. 일단 단계적으로 풀어서 완성작을 하나라도 만든 후에나 양산에 들어가야지."

"샘플 몇 개 빼고 나머지는 중간 단계에서 정지시킬 생각이니까 걱정하지 않아도 돼."

"다중 제어 시스템 쪽이 더 문제 아냐?"

"하나하나 개체는 통제가 되지만 이놈들을 만든 진짜 목적은 그게 아니긴 하니까. 근데 그쪽은 아직 시스템 프로토 타입도 완성이 안 되어 있어. 난점이 한두 가지가 아니란 말이지."

이현종은 빼빼로를 뜯어서 입에 물면서 말했다.

오지윤은 무벌 집단 출신이었고 이현종은 주술사 집단 출신이었다. 그것도 해외에 뿌리를 두고 있으면서 이 땅에 맞게 변화되어 와서 상당히 정체성이 불분명한 어둠의 주술사 집단에서 자라난 그는 워낙 떠도는 원혼이나 말하는 시체와 가까이 지내다 보니 살아 있는 것과 죽어 있는 것에 대한 경계가 모호했다.

세상을 인식하는 주체인 자기 자신을 제외하면 어차피 살아 있든 죽어 있든 똑같지 않은가? 똑같이 생각하고 말할 수 있다면 인간과 유령이 무슨 차이가 있지?

그렇기 때문에 그는 오지윤의 계획이 재미있다고 생각했고, 조직에서 나와서 그의 팀에 합류했다. 1류 전사와 주술사의 콤비가 세상을 뒤집는다니, 제법 흥분되는 구도 아닌가?

"원씨 가문이 얼마나 더 방패가 되어줄 수 있을지 모르겠군. 뭐, 일단 흑마법 실험의 성과는 어느 정도 전달해 주고 있으니까 만족하고 있는 것 같긴 하지만……."

"흠, 권력도 있고 재력도 있는 가문인 주제에 묘하게 힘이 없군. 도대체 그 전력으로 어떻게 이름 올려놓고 버텼지?"

"힘보다는 정치를 잘하는 타입인 거지. 정계와 재계에 인맥이 꽤 많은데다가 사업 수완이 꽤 좋거든. 사실 그래서 선택한 것이기도 하고. 무력을 향상시킬 수 있는 비결을 약간 알려주는 것만으로도 우리를 파격적으로 대우해 주잖아?"

"뭐, 그런 점에선 아주 좋은 파트너지만 말야."

원씨 가문과 교섭하는 일은 오지윤이 맡고 있었고, 이현종은 어디까지나 주술사로서 다른 주술사, 마법사들과 함께 연구팀을 이루어 금단의 인체 실험을 통해 얻는 성과 중 원씨 가문이 써먹을 수 있는 것들을 골라내기만 하고 있었다.

원래 원씨 가문이 마법사로서도 비리비리한 편이라 그걸 전달해 주는 것만으로도 금맥을 발견한 것처럼 호들갑을 떨면서 좋아했다. 그래서 오지윤은 그들을 통해 막대한 돈과 비인도적인 실험 재료, 그리고 비밀 장소까지 확보할 수 있었다.

"어차피 이것들이 완성되면 원씨 가문은 더 이상 필요없어. 그때부턴 독립해서 계획을 차근차근 실현해 나가야지."

"그렇게 말하니까 악당 같다."

"악당 맞는데, 뭘. 악당끼리 상부상조하고 있는 상황이지만 쓸모가 다하면 동맹 깨고 버리는 거지."

오지윤은 피식 웃으며 몸을 돌렸다. 그리고 방문 쪽으로 향했다.

"그럼 열심히 해. 나는 우리 스폰서를 상대하러 가봐야겠다."

"수고하시게나."

3

책에 보니 이럴 때에 관련해서 한결같이 강조하고 있는 말이 있었다. 그러니까 만화든 소설이든 혹은 연애학 개론서든 전부 다 말이다.

'무조건 여자보다 먼저 가서 기다려라.'

그래서 유현은 그 말을 따르기로 했다. 원래 한 사람이 말하면 의심해 보고, 두 사람이 말하면 생각해 보고, 세 사람이 말하면 상식으로 받아들이는 것이 세상 사는 법 아니던가.

망혼에서 보내온 차는 그랜저였다. 생각했던 것보다는 무난하다고 해야 하나, 정말로 으리으리한 외제차를 보내지 않을까 했는데 약간 실망했다. 하긴 망혼 아지트를 보면 현대풍으로 어레인지했다 뿐이지 전통 문화에 대한 애정이 철철 넘쳐흐르고 있었는데 그런 집단에서 외제차를 쓰면 그것도 난센스겠지.

그 차로 집에 갔다가 잽싸게 옷을 갈아입고 약속 장소로 향했다. 운전사는 망혼의 조직원으로, 꽤 단정한 생김새를 한 중년의 남자였다. 말은 한마디도 안 하고 있었지만 왠지 모르게 유현을 탐탁찮아하는 분위기가 느껴졌다.

'아아, 금지옥엽 아가씨랑 나 같은 놈이 어울리는 게 마음에 안 드는 건가, 혹시?'

진짜 그런지 어떤지는 모른다. 유현은 일반적인 감성의 공식을 잘 모르니까. 다만 지금까지 읽은 책과 영화의 내용에서 배운 바를 토대로 생각해 볼 때 그런 추측을 떠올릴 수 있었다.

그런 거북한 분위기를 견뎌내고 안산문화예술의 전당 부근에 도착했을 때는 약속 시간 15분 전이었다. 막 내리려고 하는데 운전사가 뒤를 돌아보며 제지했다.

"일단 타고 계십시오."

"왜요?"

"아가씨는 아직 도착하지 않으셨습니다. 지금 나가면 표적이 되실 수도 있으니까 잠시만 대기해 주시길."

"음, 그러죠."

그의 말이 일리있었기 때문에 유현은 얌전히 고개를 끄덕였다.

성아는 오늘 만남에 신경을 많이 쓰고 있었다. 하나부터 열까지 좀 지나친 게 아닐까 싶을 정도라서 약간 거북했다. 이러다가 적들이 망혼이 자신을 보호하려고 한다고 여기면 어쩌려고?

지금까지는 괜찮다. 단순히 같은 업계에 속한 지인 정도로 생각될 수 있으니까. 이 바닥에는 영화 속의 조폭과는 달리 진한 의리 따윈 없는지라 잘 아는 사이라도 일 때문에 죽어가고 있다면 냉정하게 자신의 위치를 생각해서 개입하지 않는다.

하지만 만약 적들이 습격해 왔을 때 성아가, 그리고 망혼이 개입하고 그 일이 남들에게 알려진다면?

그때부터는 정말로 골치 아파지는 거다. 사실 유현이 골치 아파질 것은 없고, 유현이 망혼에게 일방적으로 민폐 끼치는 상황이 연출된다는 게 문제다.

물론 성아도 바보가 아닌 한 그 정도는 생각하겠지. 아니,

설령 그녀가 세상 물정을 몰라서 생각을 못했다 한들 주변에서 제동을 안 걸 리가 없다. 그러니 딱히 염려할 필요가 없을지도?

'아, 젠장. 골치 아프네.'

그렇게 생각하다 보니 거의 약속 시간이 다 됐다. 유현은 말없이 앞만 보고 있는 운전사에게 물었다.

"성아한테선 연락 없어요?"

"3분 내로 도착하실 겁니다."

"1분 전에 알려주세요. 그때 나갈 거니까."

"그러죠."

그리고 1분 전이 되었을 때 유현은 차문을 열고 나가 약속 장소에 가서 그녀를 기다렸다. 벌써부터 수상쩍은 기척들이 접근하는 것이 느껴졌다. 하지만 적의는 느껴지지 않고 어딘가 익숙한 파장을 발하고 있는 것으로 보아 망혼의 조직원들이 분명했다.

"마, 많이 기다렸어?"

잠시 후 특유의 수줍어하는 목소리가 들려왔다. 그리 많이 들은 것 같지도 않은데 이젠 언제 어디서 들어도 그녀의 목소리를 알아들을 수 있을 것 같은 기분이 들었다.

"아, 나도 방금 왔어."

유현은 상투적인 멘트를 읊으며 성아를 돌아보았다. 이런 말을 하는 자신이 무척 신선하게 느껴졌다.

여기서는 성아가 평소와 다르게 꾸미고 나와서 눈부시게 예뻤다든가 하는 말이 나올 타이밍 같지만 별로 그렇진 않았다. 그녀의 차림새는 평소하고 비슷한 스타일이었다. 그러니까 지나가던 사람들이 한 번쯤 돌아볼 정도로 눈에 띄었다는 말이다.

뭐, 예쁜 편이긴 해도 아직 앳되어서 사람들의 이목을 확 끄는 미모나 그런 것은 아니었지만 차림새가 워낙 독특했다. 요즘 세상에 한복을 입고 다니는 사람은 자연스럽게 눈에 띄게 마련이고, 성아가 입고 있는 옷은 서양식 드레스처럼 개량되긴 했어도 분명 한복다운 디자인을 어필하고 있었다.

그래도 평소에 비해서는 신경을 썼는데, 조금 화려한 느낌에 귀고리나 목걸이 같은 액세서리도 신경 써서 어울리는 색깔로 차고 나왔다. 화장도 했는데 처음 봤을 때처럼 인상이 바뀌게 한 것은 아니고 그냥 전체적으로 뽀송뽀송한 느낌이 들게만 했다. 나름 세심하게 공을 들인 것 같은 모습이라 여기서는 한마디 감상을 말하는 게 예의라고 느꼈다.

"잘 어울린다."

"저, 정말?"

"응. 그럼 뭐 먹을까?"

두 사람은 근처에 있는 패밀리 레스토랑에 가서 식사를 했다. 좀 더 맛있는 것을 먹으면 좋겠지만 유현도 평소 맛집을 찾아서 다닌다거나 하는 행동과는 인연이 없는 타입이라 어딜 가야 맛있는지 몰랐다. 그럴 때는 그냥 무난하고 여자애랑 같이 가기에 어울리는 곳을 가는 게 제일이다.

유현은 영양 보충이나 하자는 생각으로 스테이크를 시켰고, 성아는 얌전하게 보이고 싶었는지 치킨 샐러드를 시켰다. 저런 걸로 배가 찰까 싶었지만 여자애니까 먹는 양이 다른 거겠지.

패밀리 레스토랑의 식사가 딱히 질이 좋거나 맛있을 리는 없다. 하지만 깔끔한 분위기와 그럭저럭 괜찮은 식사, 이런 것을 위해서 사람들은 돈을 내는 것이다.

"이런 곳 자주 와?"

문득 성아가 물었다. 그녀는 패밀리 레스토랑 안을 신기한 듯 흘끔거리고 있었다. 마치 처음 와본 사람처럼 말이다.

"아니, 패스트푸드점이라면 몰라도 패밀리 레스토랑은 별로. 왜?"

"나, 난 이런 데 처음이라서."

"엥? 진짜?"

설마하니 진짜로 처음일 줄은 몰랐던 유현이 놀라서 물었다. 성아가 부끄러워하며 고개를 살짝 끄덕였다.

"…같이 올 사람이 없었거든."

속삭이는 듯한 목소리로 말하는 그 내용에는 납득할 수밖에 없었다. 하긴 유현도 패밀리 레스토랑 같은 곳과는 인연이 없는 삶을 살았다. 그래도 조직 안에 비슷한 또래의 아이들이 있어서 휴일이 되면 싸움과는 전혀 관련 없는 영화를 보며 킬 킬거리고, 만화방에 들어가서 만화책을 사 보고 정보도 없이 비싼 가게에 들어가서 돈을 탕진한 기억이 있었는데…….

그렇다고 해서 그녀에게 연민을 느끼는 것은 아니다. 앞서 열거했던 기억들은, 수중에 돈이 있으면서도 돈을 쓸 줄도 모르는, 살인 기계로 육성된 아이들의 발버둥 같은 것이었으니까. 어차피 서로 어둠을 보는 법밖에 모르고 살아왔고, 어느 쪽이 더 깊은 어둠에 발 담그고 있었는지 비교하는 것은 아무런 의미도 없는 일이다.

"하긴 넌 한식만 먹고 살았을 것 같긴 해. 그 대궐 같은 집에서 말야."

유현이 가볍게 웃으며 대답하는 동안 음료수가 먼저 나왔다. 유현은 레몬에이드를, 그녀는 오렌지 주스를 주문했다.

'난 어째 얘를 볼 때마다 강아지밖에 생각이 안 나는군.'

이런 소녀가 사실은 사람 죽이는 데 일말의 망설임도 없는 킬링머신이라니, 세상 참 아이러니하다.

"성아, 넌 고향이 어디야?"

좌불안석인 모습이 애처로워 보였기 때문에 일단 뭔가 이야깃거리를 꺼내보기로 했다. 남녀가 앉아서 말도 없이 음료수만 홀짝거리고 있는 것도 심히 썰렁하지 않은가.

"전라도에서……."

"부모님은 살아 계시고?"

혹시라도 부모가 죽었다면 대단히 무신경한 질문이 되겠지만 유현은 별로 신경 쓰지 않았다. 그런 걸로 일일이 상처받을 만큼 섬세하진 않을 거라고 생각했으니까.

"잘 모르겠어."

"그렇구나."

자세한 사정은 묻지 않는다. 물어봤자 재미있을 내용도 아니니까.

"…너는?"

"우리 부모님은 살아 계셔. 두 분 다."

"그, 그래?"

"하지만 나한테는 죽은 거나 마찬가지지."

유현은 아무렇지도 않게 덧붙였지만 성아는 눈을 동그랗게 떴다. 그의 말이 도무지 이해가 안 갔던 모양이다.

사실 유현은 호적상으로는 고아로 되어 있었다. 진유현이라는 이름 석 자는 어린 시절 친부모가 지어준 이름이 맞지만 그 외의 것들은 모조리 다 가짜다. 이 사회에서 그가 대한민국 국민임을 입증해 주는 자료들 중에 진짜인 것은 거의 없다. 심지어 생년월일마저도 진짜 생일과는 상이했다.

하지만 그럼에도 불구하고 진유현은 자신의 부모가 살아 있다고 말했다. 그것이 어떤 의미가 있는 말인지는 그 본인밖에 모른다.

데이트 중에 하기에는 미묘하게 무거운 대화 속에서 두 사람은 식사를 마쳤다. 일부러 성아가 먹는 속도에 맞춰서 접시를 비운 유현은 냅킨으로 입가를 닦으면서 말했다.

"음, 벌써 20분 전이네. 이제 일어나자. 공연 봐야지."

"으, 응."

성아는 어색하게 대답하면서 유현의 뒤를 따랐다.

*　　　*　　　*

뮤지컬은 처음 봤지만 꽤 재미있었다. 자신이 얼마나 문화에 무지했는지 깨닫는 좋은 계기가 되었다. 지난 2년간 공연은커녕 영화도 거의 본 적이 없는데 앞으론 기회가 되면 이것저것 보고 다녀야겠다는 생각이 들었다. 일반인 사회에서 살아가려면 그에 맞는 낙을 찾아야 하지 않겠는가?

"어, 어땠어?"

성아가 조심스럽게 물었다.

"아, 재밌었어. 무대에서 직접 보니까 TV에서 얼핏 본 거랑은 확실히 느낌이 다르네."

"그, 그렇지?"

"응. 특히 그 아줌마 역 맡은 여배우 노래 정말 잘… 어?"

말꼬리가 의문문이 된 것은 뜻밖의 인물이 보였기 때문이다. 문화예술의 전당 출구 쪽에 낯익은 중학생 소녀가 서 있었다. 한시애였다.

"안녕?"

시애가 교복을 입은 채 혼자서 우물쭈물하고 있었기 때문에 유현은 다가가며 인사를 건넸다. 그러자 시애는 눈을 동그랗게 뜨더니 그에게 다가왔다.

"안녕하세요."

"여긴 무슨 일이야? 누구랑 약속 있어?"

"아, 그런 건 아니고… 오빠를 찾아왔어요."

시애는 약간 어려워하는 표정을 지으며 머뭇거렸다. 유현이 물었다.

"나를? 왜라고 묻기보다 먼저 어떻게 찾아왔냐고 물어야 할까?"

유현이 여길 온다는 사실은 성아와 망혼의 조직원들밖에 모른다. 적어도 일반인인 시애가 알 수 있는 내용은 아니었다.

"그게……."

시애는 선뜻 대답을 못하고 머뭇거렸다. 하지만 유현이 진지한 표정으로 계속 바라보자 고개를 숙인 채로 대답했다.

"미, 믿어주실지 모르겠지만 그냥 알 수 있었어요. 여기서 기다리면 오빠를 만날 수 있을 거라고."

"그건……."

예지 능력자.

유현의 머릿속에 그 호칭이 스쳐 지나갔다.

이 애가 가진 능력은 예지 능력이었던 건가? 유현은 전에 들은 시애의 능력에 대한 이야기를 떠올렸다. 주변에서 좋고 나쁨을 가릴 수 있는 기류를 가려낼 수 있는 능력이라면 확실히 약한 예지력이라고 해도 무리는 없다. 만약 그것이 유현의 눈을 접함으로써 예지력으로 발달하게 된 거라면……

'위험해.'

그 능력은 봉인되어야만 한다. 그렇지 않으면 앞으로 시애의 인생은 엉망이 될 것이다.

심각한 표정을 짓고 있는 그의 앞에서 시애는 가방을 뒤졌다. 그러더니 흰 봉투를 내밀었다.

"이건 뭐야?"

유현이 고개를 갸웃하자 시애가 말했다.

"돈이에요."

"돈?"

"오빠가 저한테 주신 돈이요. 500만 원 다 수표로 넣었어요. 그냥, 저도 계좌 이체할까 하다가 직접 돌려드리는 게 예의일 것 같아서."

"아, 그건……"

유현은 당혹감을 느꼈다.

그는 시애에게 폐를 끼친 것이 미안해서 성아를 통해 은행 계좌를 알아내어 500만 원을 넣어주었다. 딱히 다른 것으로 보상할 방법이 생각나지 않아서 그렇게 했던 것인데 불쾌하게 받아들여진 걸까?

"역시 기분 나빴어?"

유현은 조심스럽게 물어보았다. 하지만 의외로 시애는 고개를 저었다.

"아뇨. 그렇지는 않아요. 하지만 이 돈은 받을 수 없어요."

"그럼 내가 너무 미안한데… 만약 내가 무리해서 이 돈을 줬다고 생각하는 거라면 그냥 받아줬으면 해. 한심하게 들릴지도 모르겠지만 네가 당한 일을 보상할 수 있는 방법이 그것밖에 생각나지 않았어."

"그런 건 아니에요. 그렇게 생각하지도 않고요. 하지만 받을 수 없어요."

"그래? 으음, 그럼 어쩔 수 없지만……."

유현은 난감해하고 있었다. 이런 경우는 겪어본 적이 없었기에 시애를 어떻게 대해야 할지 감이 잡히지 않았다.

지금까지 그는 적당히 가면을 쓰고 사람을 대해왔다. 일반인들은 그의 진짜 모습을 모르고, 그와 친구가 되지도 않았다.

그렇다면 연옥의 인간들은 어떤가? 그들은 심플한 존재였다. 일반인과는 전혀 다른 상식으로 줄 것은 주고 받을 것은 받으며 삭막하게 살아가는 종자들이다. 사실 지금 성아와의 관계도 그 연장선에 있을 뿐이었다.

일반인이 연옥과 접점을 가졌을 때, 선택지는 세 가지뿐이다. 첫 번째는 기억을 조작당해 접했다는 사실 자체를 잊는 것, 두 번째는 연옥의 인간이 되는 것, 마지막은 정, 재계의 주요 인물이라 연옥에 대해서는 수박 겉핥기로만 알면서 필요에 따라 그들과 관계를 맺는 것.

그런데 한시애는 그런 관계도에서 벗어난 존재였다. 웬만해서는 기억 조작이 통하지도 않고, 그렇다고 연옥의 인물로 만들 수도 없으니.

강제적으로 그렇게 만들 수도 있겠지만 누구도 그것을 원하지 않았다. 그녀는 아직까지 일반인으로서 살아가는 편이 어울리는 소녀였으니까. 무당처럼 영적인 존재에게 인생을 강탈당한 것도 아니고, 손을 피로 물들인 것도 아니라면 그녀는 밝은 빛의 세계에 머물러야 한다. 이 세계의 위협적인 진실은 알 필요도 없고, 하물며 그 속에서 괴로워할 필요는 더더욱 없다.

"제가 고아라는 거… 이미 알고 있죠?"

시애는 고개를 숙이면서 물었다. 순간 유현은 당황해서 성아를 바라보았다. 그는 한시애가 어떤 환경에 둘러싸여 있는지에 대해서는 전혀 관심을 가지지 않았다.

성아는 이미 그녀의 신변을 조사해서 그 사실을 알고 있었기 때문에 담담하게 고개를 끄덕였다.

시애는 고아였다. 3년 전에 비행기 사고로 부모를 여의고 지금은 친척 중 한 명을 보호자로 삼아서 혼자 살고 있었다.

사망 보험금이 막대했기에 생활에 문제는 없었고, 다만 혼자 아등바등 살아가는 것이 힘들 뿐이었다. 법적 보호자로 나서 준 친척도 그 돈에 욕심을 보이고 있었기 때문에 하루하루 상처받는 일만 늘어났다. 친구들과도 점점 멀어지고 조금씩 말수가 적어져서 완전한 아웃사이더가 되었다. 그나마 왕따가 되지 않은 게 다행이라고 할까.

"저도 먹고살기 부족하지 않을 정도의 돈은 있어요. 그러니까 오빠의 마음만 받을게요."

유현은 뭐라고 말해야 할지 몰라서 어색하게 고개만 끄덕였다. 잠시 어색한 침묵이 세 사람 사이를 감돌았다.

"그럼 난 이만 갈게."

그 침묵을 깬 것은 성아였다. 그녀는 미소 지으며 말했지만 유현은 왠지 모르게 섬뜩한 느낌을 받았다. 어째 분명히 웃고 있는데 분위기는 찬바람이 쌩쌩 분다.

"요즘 밤길은 애들이 혼자 다니기엔 위험하니까 바래다 줘."

"아, 그, 그래."

유현은 당혹스러워하면서 고개를 끄덕였다. 성아는 말도 더듬지 않고 평소 같은, 하지만 왠지 싸늘해 보이는 기묘한 미소를 지으며 돌아섰다. 그녀가 조금씩 멀어지는 것과 동시에 주변에 존재하던 투명화한 호위병들이 그녀의 주변으로 몰려드는 것이 느껴졌다.

"제, 제가 실수한 것 같네요."

그녀가 차에 올라타는 것을 본 시애가 말했다. 그녀는 성아가 왜 저런 태도를 보였는지 이해할 수 있을 것 같았다.

"음, 아니, 그렇지 않아."

"적어도 찾아올 때를 잘못 고른 건 틀림없어요."

시애는 이럴 생각이 아니었다며 한숨을 폭 쉬었다. 하지만 유현은 잘 이해하지 못하고 머리를 긁적였다.

"왜 저럴까?"

"그걸 모른다면 오빠는 굉장히 둔한 거예요."

"그런가?"

볼을 긁적이던 유현은 시애가 보지 못하게 성아가 사라진 쪽을 바라보며 눈살을 찌푸렸다. 갑자기 수상쩍은 기운이 주변을 훑고 지나갔다. 일반인은 느끼지 못하겠지만 분명히 마법적인 힘이 이 주변에 작용하기 시작했다.

이 힘의 진원지에는 분명 성아가, 혹은 망혼이 있었다. 유현과 헤어지자마자 본업을 개시하다니, 지나치게 타이밍이 좋은 것 아닌가? 어쩌면 성아가 물러난 것은 조직의 일원으로서 피할 수 없는 중대한 일이 발생했기 때문인지도 모른다.

'어떡해야 하지?'

도와주러 가야 하나?

하지만 저쪽에서 도움을 청하지 않았는데 이쪽에서 도와주겠다고 나서는 것은 어불성설이다. 무엇보다 강력하고 견실한 집단이니만큼 어지간한 일은 알아서 처리하겠지.

일단은 시애를 바래다 주기로 했다. 일단 망혼에서 봉인 작업을 거치긴 했지만 그녀의 상태는 아직 멀쩡하다고 확신할 수 없었다. 길 가다가 또 이상한 일에 말려들기라도 하면 곤란하니까 집까지는 바래다 줘야겠다.

하지만 설마 고아였을 줄이야. 지금까지 속내를 짐작해 볼 수 있을 정도로 안정된 상태에서 이야기를 해본 적이 없었기 때문에 상상도 못했다.

"그럼 바래다 줄게. 집이 어디야?"

"아, 괜찮아요. 혼자 갈 수 있어요."

"에이, 성아도 그러라고 가버렸는데 매몰차게 거절하면 내가 너무 무안해지잖아. 아, 그렇지. 혹시 배고프지 않아?"

"벼, 별로 안 고파요."

시애는 살짝 얼굴을 붉히면서 말했지만 유현은 그녀가 허기진 상태임을 알 수 있었다. 안색이나 심장 박동, 그리고 근육의 수축 상태와 혈류를 보면 컨디션을 짐작하는 것은 쉽다. 프로라면 그런 것들을 쉽게 숨기지만 일반인은 유현에게 있어서는 자기의 몸 상태를 광고하는 것이나 다름없었다.

"내가 배가 고파서 그래. 뭐 먹고 가지 않을래?"

실제로는 공연 전에 저녁 식사를 했지만 한 끼 정도 더 먹는 것은 문제없다. 그의 배려에 결국 시애는 고개를 끄덕였고, 두 사람은 근처에 있는 식당을 찾아 들어갔다.

4

일을 할 때는 꼭 화장을 한다. 왜냐하면 그래야 상대가 자신을 얕보지 않기 때문이다.

암살자라면 오히려 상대가 자신을 얕보고 방심하기를 바라겠지만 그녀의 역할은 앞에서 상대를 누르는 것이다. 그렇기에 화장을 통해 유순한 눈매를 날카롭게 보이게 만든다. 동시에 그것은 그녀의 내면을 변화시키는 의식이기도 했다.

"대답해."

윤성아는 짧은 칼을 상대방의 목덜미에 갖다 댄 채 나직하게 말했다. 이대로 가볍게 힘을 주어 미는 것만으로도 상대의 숨통을 끊을 수 있다. 인간의 목숨이란 질리도록 강한 것 같으면서도 소름 끼치도록 약하다.

"지금부터 셋을 세겠어."

상대방이 바짝 긴장하는 게 느껴졌다. 몸을 맞닿고 있지 않아도 공기를 통해 전해지는 느낌만으로도 상대의 심리를 읽을 수 있다. 그녀는 예전부터 그런 쪽에 탁월한 감각을 발휘했다.

"하나, 둘, 셋."

천천히 셋을 세는 동안에도 상대방은 대답하지 않았다.

그렇다면 망설이지 않는다. 성아는 그대로 칼을 찔렀다.

칼이 마치 두부를 찌르듯 손쉽게 상대방의 목을 관통해 버렸다. 이 순간 하나의 목숨이 덧없이 사라졌다.

칼을 부드럽게 빼내자 피가 왈칵 솟아서 주변을 더럽힌다. 성아는 칼에 묻은 피를 떨어뜨리면서 뒤를 돌아보았다. 그곳에는 그녀의 부하들과 그들에 의해 제압되어 있는 또 다른 남자가 있었다.

남자는 잔뜩 굳어진 표정으로 그녀를 바라보고 있었다. 지금 그에게는 그녀의 모습이 어떻게 보일까? 너무나도 무심하게 동료의 목숨을 끊어버린 소녀가 그에게는 부조리한 사신(死神)의 모습으로 비춰지지 않을까?

이 세계에서는 흔한 일이었다. 어린 소년 소녀가 사신이 되는 것도, 그리고 목숨이 덧없이 사라지는 것도. 세상이 평화롭다고 믿는 사람들로서는 상상도 할 수 없는 진실이 어둠 속에 묻혀 있다.

그렇기에 그녀는 일반인과 교류를 가질 수 없었다. 오로지 같은 법칙 아래서 살아가는 사람들만이 그녀의 친구가, 그리고 적이 될 수 있다.

진유현에게 끌리는 것은 그런 이유일 것이다. 그는 일반인 세계에 발을 걸치고 있으면서도 분명히 이쪽 세계의 사람이었다. 그토록 젊은 나이, 겨우 윤성아와 비슷한 또래밖에 안 되면서도 이 세계에서 발을 끊고 일반인으로 살아가려고 하다니.

그런 일이 가능할 리가 없잖아?

성아는 자신도 모르게 키득거리며 웃었다.

우습다. 말도 안 되는 일을 꿈꾸고 있는 그가 참을 수 없이 우습고 가련했다.

아마 그도 알고 있을 것이다. 그렇기에 이 세계와 완전히 발을 끊지 않은 채 일반인인 척 연기하면서 살아간다. 현실을 뚜렷이 인식하고 있기에 오히려 거기서 벗어날 수 없는 가련함이라니!

"아가씨, 또 한 놈을 발견했답니다."

"잡아오세요."

"아, 저기, 그런데……."

"그런데?"

그녀는 눈썹을 꿈틀하며 부하를 바라보았다. 그는 조금 난처해하고 있었다.

"왜 그러죠?"

"그놈이 이미 진유현과 접촉했습니다."

"뭐라고요?"

윤성아의 표정이 험악해졌다.

*　　　　*　　　　*

"이놈이고 저놈이고 상식이 없는 놈들뿐이군."

유현은 어두운 골목에 선 채 분노하고 있었다.

자신도 무수히 많은 사람을 죽여온 몸이다. 하지만 최소한의 도리라는 것은 안다.

타깃이 되는 인물 외에는 되도록, 심지어 그것이 일반인이라면 절대로 해를 입히지 않는다는 것.

그것이야말로 무벌 조직 육도에 속해 있을 때 교육받았고 철저하게 지켜온 룰이었다.

그런데 지금 이 녀석은 뭔가?

자신이 시애와 함께 있는 것을 보았으면서도 공격하는 것을 망설이지 않았고, 심지어 제2격 때는 그녀를 공격하기까지 했다. 첫 번째 공격 때 유현이 그녀를 감싸면서 피하는 것을 보고는 그 움직임을 이용하기 위해 그렇게 한 것이다.

원래는 시애를 길가에 두고 자신만 몸을 옮길까 했지만 적의 행동을 보니 안전을 확신할 수 없었다. 만약 한패거리가 있다면 분명히 시애를 잡아서 인질로 쓰고도 남을 것이다. 그리고 유현이 보기에 이놈은 절대 혼자 움직이고 있는 게 아니었다.

그렇다면 봐줄 이유는 완전히 사라졌다.

"되도록 손에 피를 묻히고 싶진 않았지만… 네 녀석은 예외로 하지."

"오, 오빠."

목숨이 위협받는 상황에 유현이 뿜어내는 끔찍한 살기에

괴로워하면서 한시애가 겨우겨우 입을 열었다. 유현은 그녀를 돌아보는 대신 어깨에 손을 얹어주면서 대답했다.

"잠시만 눈을 감고 있어."

"어린 녀석이 로맨티스트인 척하다니, 구역질나는데?"

상대가 이죽거렸다. 그는 머리를 빡빡 깎은 험상궂은 인상의 남자였다. 원래 군대 출신인 듯 누가 봐도 특수부대를 연상할 법한 밀리터리룩을 자랑하고 있고, 얼굴에는 알록달록한 위장에 온몸에 가지각색의 나이프들을 주렁주렁 달고 있었다. 공격은 두 번 다 나이프 투척이었고, 그 정밀도는 상당한 수준.

사실 나이프 투척이라는 것은 일반인에게는 굉장히 잘 먹히는 기술이다. 근거리에서 시속 100킬로 미만으로 날아들어도 그걸 피하기는 불가능에 가깝다. 하물며 이 남자처럼 메이저리그의 강속구가 느려 보일 정도의 스피드로 던진다면 그 명중률과 파괴력은 엄청나다고 봐야 한다.

하지만 유현에게는 하품이 나도록 느려 보였다. 이놈은 자기 자신을 너무 과신하고 있다. 고작해야 평화로운 대한민국 뒷골목에서 깝죽대는 수준인 주제에.

"잘도 피하던데, 어디 이번에도 피해보시지?"

남자는 왼손과 오른손에 각각 세 개씩 투척용 나이프를 쥐면서 말했다. 도합 여섯 개를 맹렬한 스피드로 날리는 것이다. 대부분의 상대는 전부 피하는 것조차 힘들어할 것이 틀림

없다.

남자는 승리를 자신하며 나이프를 던졌다. 나이프가 각각 시속 200킬로미터에 육박하는 속도로 공간을 꿰뚫었다.

그러나 다음 순간 남자의 예측이 어긋나는 사태가 벌어졌다. 유현이 피하는 대신 앞으로 나섰기 때문이다. 그리고 그 직후 벌어진 일은 남자의 이해력을 초월하는 것이었다.

가장 선두의 나이프를 손으로 잡아버리더니 마치 관성이 없는 세계 속에서 튕겨 다니는 듯한 손놀림으로 나머지 다섯 개를 쳐내 버렸다. 그것으로도 모자라서 그중 두 개를 다른 손으로 잡아채더니 다시 집어 던졌다.

'이런 바보 같은!

생각은 짧고 대응은 빨랐다. 남자는 다시 되돌아오는 나이프를 피하며 벽을 딛고 위로 뛰어올랐다. 서로 초인적인 능력을 가진 전투원들끼리 싸울 때는 공간을 입체적으로 활용하는 것이 철칙이다.

그러나 문제는 유현의 신체 능력이 남자의 그것을 훨씬 상회한다는 데 있었다. 유현은 마치 로켓이 발사되는 것 같은 기세로 도약해서 남자를 따라잡았다.

쾅!

분명히 인간이 인간을 쳤는데 폭음이 울려 퍼졌다. 단순히 힘으로 쳐서 그런 게 아니었다. 특수한 기법, 사람을 부수기 위해 사용되는 초인들의 기술이 시전되면서 타격과 동시에 남자의 몸속으로부터 충격이 터졌다.

"크악!"

남자는 피 섞인 비명을 토하며 그대로 추락했다. 유현은 유유히 자세를 바로잡고는 고양이처럼 가뿐하게 착지했다.

"오, 오빠! 오빠!"

그때 시애가 비명처럼 유현을 불렀다. 유현은 깜짝 놀라서 그녀를 돌아보았고, 다시 그녀가 어쩔 줄 몰라 하며 가리키는 방향을 바라보았다.

뒷골목의 어둠으로부터 한 남자가 걸어나오고 있었다. 하얗게 눈을 까뒤집은 흑인 남자다. 전신에서 무시무시한 기운이 흘러나와서 감각을 압박했다.

'뭐야? 이런 놈이 가까이 올 때까지 내가 몰랐다고?'

아무리 감이 무뎌졌어도 그렇지 그럴 리가 없는데? 저쪽이 유현의 감각을 월등히 상회하는 은신술의 고수가 아닌 한에는······.

순간 오싹한 느낌이 등줄기를 스쳐 갔다. 정말 그렇다면 위험하다. 유현은 지체없이 뒤로 뛰어서 시애를 품에 안았다. 그리고 재차 도약해서 이 자리를 벗어나려고 했다.

다음 순간에 벌어진 일만 아니었다면 그렇게 했을 것이다.

콰직!

유현은 반사적으로 시애의 눈부터 가렸다. 그녀에게 보여주기에는 너무나 참혹한 광경이었다.

무시무시한 기운을 뿜어내던 흑인 남자는 뒤쪽에서 덮쳐 온 검은 안개 같은 것에 휩싸여 부서져 버렸다. 마치 쓰레기 처리용 압착기에 넣고 압착시킨 것처럼.

한순간에 온몸의 뼈가 모조리 박살 나면서 피가 튀었다. 하지만 그것조차도 그를 감싼 어둠에 먹혀 사라지고 말았다.

'뭐야, 이건?'

유현은 경악했다.

지금껏 수많은 전장을 경험해 왔고 또 괴물들과도 접촉해 온 그다. 그중에는 늑대인간이나 뱀파이어, 트롤처럼 전설 속에나 등장하는 존재들도 많았다. 하지만 이런 괴물에 대해서는 들어본 적도 없다. 사람을 먹는 검은 안개 같은 괴물이라니?

그오오오오…….

바람이 빨려들어 가면서 멀리서 들여오는 굉음 같은 불길한 소리가 울려 퍼졌다. 유현은 전율했다. 검은 안개 사이에 떠오른 두 개의 빛이 그 괴물의 눈인 것 같았다. 그 빛이 유현의 눈을 똑똑히 들여다보았다.

이 녀석, 나도 먹이로 생각하는 건가? 유현이 그렇게 생각한 순간 괴물이 입을 벌렸다. 검은 안개가 입을 벌리자 그 속에 더 깊은, 아무것도 짐작할 수 없는 새카만 어둠이 보였다. 그리고,

"아, 아아아아아……!"

시애가 비명을 지르기 시작했다. 그녀의 몸에서 검은 기운이 흘러나오며 기괴한 노이즈가 신경을 자극했다. 청각도 촉각도 시각도 모조리 노이즈에 침범당해 엉망진창으로 뒤틀어지는 느낌이었다.

파지지직, 지지직, 지지지지지직……

"큭, 도대체 무슨……!"

그오오오오오!

마치 그에 호응하듯 괴물도 포효하고 있었다. 묵직한 중저음의 울음소리가 공간을 진동시킨다. 그리고 그 진동을 매개로 삼은 강력한 힘이 유현의 심장을 압박했다.

"하, 이, 이런 말도 안 되는 녀석이 있었어? 분명히 마법으로 만들어진 것이겠군."

유현은 되도록 냉정하게 상황을 파악해 보려고 애썼다. 품에 안긴 한시애로부터 흘러나오는 노이즈는 갈수록 강해지고 있었다. 순간순간 의식의 맥이 끊길 정도다.

하지만 그렇다고 해서 놓아버릴 수도 없었다. 그녀의 몸 안쪽으로부터 점점 흘러나오고 있는 검은 기운이 흉측한 실루엣을 그려내고 있는 게 보인다. 그 실루엣이 유현의 옷을 부식시키며 피부에 압박을 가하고 있었다.

진퇴양난이라는 게 바로 이런 상황을 의미하는 것인가? 유현은 일단 이 자리를 벗어나야겠다고 생각했지만 쉽사리 움직이지 못했다. 조금이라도 움직이면 저 괴물이 덮쳐 올 것을 예감했기 때문이다. 저 괴물이 어떤 움직임을 보일지, 얼마나 빠를지 전혀 정보가 없는 상황이라 좀처럼 행동을 결정할 수가 없었다.

'젠장, 이러다간 이 애가 못 버텨.'

강력한 노이즈 때문에 사고가 명확하지 않아서 과감한 결정을 내리기가 힘들었다. 유현은 일단 도박을 하기로 했다. 이 자리만 벗어나면 저 괴물도 쫓아오지 않겠지.

땅을 박차고 뒤로 몸을 날린다. 한순간에 10미터 이상의 거리가 벌어졌다.

뒤늦게 괴물이 움직이기 시작했다. 뒤로 날아가는 유현을 쫓아서 미끄러지는 듯, 파도가 밀려오는 듯 기괴한 움직임으로 공간을 좁힌다.

유현은 자신의 도박이 틀렸음을 깨달았다. 괴물 쪽이 그보다 더 빨랐다!

'틀렸어!'

그렇게 판단한 이상 해야 할 행동은 결정되어 있었다. 소용없을 거라고 생각하면서도 유현은 일단 갖고 있던 투척용 나이프를 던져 보았다. 맹렬한 기세로 날아간 나이프는 허무할 정도로 간단하게 괴물의 표면에 맞고 튕겨 나갔다.

그 뒤를 이어서 유현의 마법이 작렬했다. 인간을 즉사시킬 수 있는 위력의 섬광이 세 발이나 적중했지만 괴물은 약간 주춤했을 뿐, 더더욱 가속을 붙여서 돌진해 왔다.

유현은 입술을 깨물며 땅을 박차고 허공으로 솟구쳤다. 괴물이 아무리 빨라도 한순간에 10미터 이상을 도약하는 유현을 따라잡을 수는 없다. 품에 안긴 시애가 헉! 하고 헛숨을 토했다.

"이것도 받아내나 보자."

유현은 스파이더맨처럼 벽에 달라붙은 채 손을 괴물에게로 향했다. 그런데 그 순간, 바로 근처에서 강렬한 영적 파장이 일어나더니 맹렬한 기세로 주변을 휩쓸었다.

'어?'

유현이 그 파장이 자신을 향하지 않았다는 사실을 확인하고 뒤를 돌아보는 순간,

쾅!

폭음이 울려 퍼지며 섬광이 공간을 관통했다.

*   *   *

영혼이 변질되어 태어나는 악령은 사실 굉장히 부조리한 존재였다. 살아 있는 존재들을 질투하다 못해 증오하는 악령들과 마주하게 되면 일반인에게는 제대로 싸울 방법이 없다. 상대는 때릴 수 있는데 이쪽은 때릴 수 없는, 무한히 불공평한 게임 속에서 허우적거리다 죽어갈 뿐이다.

그런 존재들을 상대할 수 있는 것은 영능력자밖에 없었다.

무벌 세력에 속한 자들도 기본적인 영적 대비는 하고 다니지만 진짜로 강력한 악령이 튀어나오면 속수무책이 된다.

진유현은 마법사로서도 기본적인 수준은 갖추고 있는 경우였지만 그래 봤자 제대로 된 영능력자인 윤성아가 보기에는 수심이 가장 얕은 곳에 발을 담근 수준일 뿐, 진정 심오한 비의(秘意)에는 닿지 못한 존재에 불과하다.

그렇기에 성아는 유현이 위기에 처했음을 확신했다. 지금 유현과 대치하고 있는 저 괴물은 그가 당해낼 수 있는 괴물이 아니었다.

"다들 여기서 기다려요. 내려가겠어요."

"하지만 아가씨, 저건……."

"됐어요. 저 정도면 그렇게 위험하진 않아요."

성아는 부하의 말을 자르며 5층 건물에서 뛰어내렸다. 마치 허공을 유영하는 듯한 움직임으로 치맛자락을 펄럭이며 벽을 딛고 반대편 건물로, 그리고 다시 벽을 딛고 반대편 건물로 날면서 동시에 피로 복잡한 문양을 그린 부적을 여러 장 꺼내 뿌렸다.

주문은 속삭임밖에 없었다. 벌써 천 년도 전에 언어로써의 맥이 끊겨 주문으로만 사용되는 고대어가 그녀의 입에서 빠르게 흘러나왔다. 동시에 허공에서 춤추던 부적들이 의지를 가진 병사들처럼 그녀의 주변에 포진해서 빛을 발하기 시작했다.

쾅!

그녀를 중심으로 발현된 빛이 부적들을 거치면서 순식간에 증폭되어 굵직한 섬광으로 화했다. 하늘이 내던진 창처럼 내리꽂힌 섬광이 단번에 괴물의 몸을 꿰뚫었다. 괴물의 몸이 산산이 흩어지면서 비명 같은 끔찍한 소리가 울려 퍼졌다.

키에에에에에에!

흩어지는 괴물의 몸속에서 인간들이, 혹은 한때 인간이었던 것들이 쏟아지기 시작했다. 마지막에 괴물에게 잡아먹혔던 흑인 남자처럼 완전히 뼈와 살이 분리된 경우도 있었지만 그 속에서 몸을 온전히 보전한 채 의식만 잃고 있는 존재들도 있었다.

전부 아이들, 아무리 나이가 많아도 시애보다 어려 보이는 나이 또래의 아이들이었다.

그 앞에 성아가 나비처럼 사뿐히 착지했다. 그녀가 양손을 춤을 추듯 휘젓자 부적이 그 손길을 따라서 허공에서 팔락였다. 그녀가 허공에 특정 방위를 짚고 다시 양손을 모으며 수인을 맺자 그녀의 몸 중심으로부터 눈부신 빛이 터져 나왔다.

화아아아악!

폭풍처럼 주변을 휩쓰는 빛이 흩어지는 어둠을 불태웠다. 괴물은 점점 더 멀어지는 비명만을 남긴 채 자취를 감추었다.

하지만 상황이 끝난 것은 아니었다.

키에에에에에!

비명 소리가 이어지고 있었다. 성아는 흠칫 놀라며 뒤를 돌아보았다. 강력하고 불규칙한 파장이 그녀의 영적 감각을 침범하려 들고 있었다.

비명의 진원지는 한시애였다. 유현의 품에 안긴 그녀로부터 강력한 영적 파장이 쏟아져 나오고 있었다. 그녀를 안고 있는 유현은 신경을 침범하는 노이즈 때문에 사고를 또렷이 유지하는 것만으로도 애를 먹고 있는 참이었다.

"비켜."

성아는 곧바로 유현에게서 시애를 떼어놓았다. 어떻게든 자신의 마력으로 시애를 정상화시켜 보려는 노력은 눈물겨웠지만 의미없는 짓이었다.

유현이 시애를 바닥에 내려놓자 성아는 자신의 주변에 떠 있던 부적을 시애의 주변에 배치시켰다. 스물두 장의 부적이 일종의 결계를 형성하자 시애로부터 발생하는 파장이 그 안에서 발생하면서 점점 증폭, 심지어 푸른 스파크가 튀기 시작했다.

"일단… 봉인해야겠어."

그녀가 위쪽을 바라보며 신호를 보내자 곧바로 부하들이 내려왔다. 그녀는 그들 중 주술사로 보이는 자들에게 자신을 보조할 것을 지시했다.

"봉인을 시작합니다. 의식은 전부 제가 진행할 테니 보조에만 전념하세요."

"예, 아가씨."

영능력자 두 명이 그녀의 양옆에 서서 수인을 맺고 영력을 발하기 시작했다. 성아는 그들의 힘을 받아서 자신의 힘을 증폭시켜 부적으로 만든 간이 결계 속으로 쏟아부었다. 일반인의 눈에도 흰빛으로 보일 정도로 강력한 그녀의 힘이 결계와 공명하며 압도적인 기세로 시애를 찍어 눌렀다.

"꺄아아아아아!"

시애가 비명을 질렀다.

하지만 어쩔 수 없었다. 그녀가 고통을 감수하지 않으면 이 상황을 진정시키는 것은 불가능하다.

봉인에 걸린 시간은 10분 정도였다. 봉인이 끝났을 때 성아는 한여름에 전력질주한 사람처럼 많은 땀을 흘리고 있었고, 시애는 시체처럼 축 늘어져 있었다.

"수고했어."

유현이 시애를 안아 들려고 하자 성아가 그의 어깨를 잡았다.

"일단… 우리 쪽에서 데리고 갈게."

"아직도 조치가 안 끝난 거야?"

"간이 봉인을 했을 뿐이야. 시간이 흐르면 다시 풀려날 거야. 확실하게 처리를 할 필요가 있어."

"이 아이도 정말 딱하군. 괜히 우리 쪽 일에 휘말려 들어서……."

"어쩔 수 없는 일이야, 그게 자기 팔자라면."

성아는 냉정하게 대답했다. 이 일을 좋아서 하고 있는 사람
은 별로 없다. 언제부터인가, 심지어 선택의 여지조차 없이
이 세계에 끌려들어 와서 피를 보고 나니 벗어날 수 없게 되
어버린 것뿐이지.

선택의 여지가 있는 인생은 부러운 것이다. 하지만 자신에
게는 그것조차 환상에 지나지 않는다면? 그런데도 오지랖 넓
게 누군가를 동정하고 구원해 주려 할 수 있겠는가?

"후우, 나도 따라가도 될까? 시애도 시애지만 나도 좀 들었
으면 하는 이야기가 있는데."

"그렇게 해."

성아는 몸을 꼿꼿이 세우고 걸어가려고 했지만 금방 비틀
거렸다. 유현이 부축하자 그녀는 의식적으로 그와 시선을 마
주하는 것을 피하며 말했다.

"…괜찮아."

"안 괜찮아 보이는데. 많이 무리한 것 아냐?"

유현은 그녀를 걱정해 주면서 괴물이 있던 자리를 바라보
았다. 성아의 부하들이 그 자리에 잔류한 사악한 기운의 뒤처
리를 하고 있었다. 그리고 처참한 피와 살 한가운데 의식을
잃고 있는 아이들의 구출도…….

"차는 어디에다 세워뒀어?"

유현은 그 모든 것에서 눈을 돌리며 시애를 안아 들었다.

*   *   *

이현종은 갑자기 날카로운 두통을 느끼며 눈살을 찌푸렸다. 가무잡잡한 그의 피부가 일그러지면서 눈이 정상적으론 있을 수 없는 속도로 충혈되었다. 신경에 보이지 않는 충격이 가해져서 실핏줄이 죄다 터져 버리기라도 한 것처럼.

"큭, 당했나? 어떤 녀석이지?"

순간적으로 눈앞이 시뻘겋게 물들면서 계속 보고 있던 LCD 모니터가 피범벅이 되는 착각마저 들었다. 그리고 실제로 화면 속에서는 그가 열심히 플레이하고 있던 온라인 게임 캐릭터가 죽어서 피를 흘리고 있었다.

"아, Fuck! 경험치 깎였잖아! 하필이면 이럴 때!"

그는 치솟는 화를 참지 못하고 책상을 쾅! 소리 나게 내려쳤다. 190센티에 육박하는 거구에 근육질이지만 철제 책상은 튼튼하게 그 일격을 버텨내 주었다. 하긴 체구와는 관계없이 만약 오지윤이 내려쳤더라면 박살이 나버렸겠지만.

어차피 그는 전투원이 아닌 연구자다. 정확히는 시체와 영혼을 조종하는 네크로맨시에 통달한 사악한 흑마법사. 자기보다 월등히 강한 시귀(屍鬼)를 만드는 데는 익숙하지만 자신의 육체적 힘은 보통 인간의 그것에 불과했다.

"무슨 일이야?"

소파에 앉아 있던 오지윤이 물었다. 그의 옆에는 만화책이 산더미처럼 쌓여 있었다. 며칠 전부터 꼬박 42권이나 되는 만화책을 독파하고 있는 중이었다.

"Shit! 내 경험치가… 아니, 소울 캐처(Soul Catcher)가 당했어."

"당했다고?"

"그래. 아무래도 강력한 영능력자와 만나기라도 한 모양인데… 큭."

이현종은 충혈된 눈을 감싸며 신음했다. 방금 전에는 신경질이 나서 잠시 잊었지만 강렬한 통증이 머리를 두들겨 대고 있었다.

"그거, 어둠 속에 자유자재로 숨어서 도망칠 수 있는 거 아니었냐? 게다가 보통 인간은 어차피 만질 수도 없잖아?"

"그렇게 말하면 마치 무적 같잖아. 어둠 속이 아니면 전혀 물리력도 없고 활동하는 것도 불가능하다고. 끄응."

소울 캐처는 이현종이 필요한 제물을 포획하기 위해 만들어낸 영적 괴물이었다. 사람들이 뿜어내는 부정한 사념을 먹고사는 정령을 기반으로 제조된 그 괴물은 특정한 체질을 가진 존재들을 먹어치우거나 포획한다.

특정 조건에 맞는 인간을 포획하거나 먹어치울 수 있는 대신 인간을 품거나 먹어치우지 않은 상태에서는 어둠 속에서 그림자처럼 활동하는 것이 한계고 아무런 물리력도 행사할 수 없다. 그러나 일단 인간을 먹게 되면 물리적인 실체를 갖게 되어 빛이 있는 곳으로도 나올 수 있고 강력한 물리력을 발휘하는 것도 가능했다. 다만 그렇게 되면 물리적인 힘에도 타격을 받는다는 것이 문제지만 어차피 실체가 영적인 존재라 물리력만으로는 완전히 멸하는 게 불가능하다.

지금껏 이 소울 캐처를 이용해서 수많은 제물을 포획해 왔는데 당해 버리다니. 어떤 능력자가 개입한 것일까?

"제물도 꽤 잡았는데 놓쳐 버렸고… 그리고……."

"그리고?"

"굉장히 먹음직스러운 새 제물감을 찾았는데 그 호위한테 당해 버렸단 말이지. 진유현이란 놈하고 같이 있었는데……."

"진유현하고?"

오지윤의 눈썹이 꿈틀거렸다.

하필 진유현하고 같이 있을 때 노렸다니, 확실히 운이 나빴다. 소울 캐처는 자율적으로 움직이면서 영적 소양을 가진 존재를 노리기에 그런 실수를 범한 것이리라.

"그런데 새 제물감이라는 건?"

"그건 이따가 자료를 정리해서 줄게. 지금은 내 머릿속에만 있으니까."

"그렇게 해줘."

"하아, 이래저래 손해가 막심하군."

"새로운 소울 캐처를 만드는 데 걸리는 시간은?"

"일주일 넘게 걸려. 일단 내가 좀 타격을 많이 입어서 나부터 회복하는 게 우선이야."

"안 좋군. 그럼 당분간은 확보한 재료만 갖고 일을 진행해야 하나?"

"그래야겠지."

"당분간 숨죽이고 있는 편이 낫겠네. 그런데 이놈의 스폰서께서 도무지 가만히 있으려고 하질 않으니……."

"뭐래?"

"진유현을 조져 놓지 않으면 도저히 속이 안 풀리겠다는데. 이번에 투입한 녀석들도 솔직히 실패 확률이 높은 게 문제야. 게다가 진유현 저놈은 이쪽에 내가 있다는 걸 아니까 섣불리 덤벼들진 않겠지만 더 몰아넣으면 어떻게 될지 몰라. 덤으로 원씨 가문은 지금 다른 적도 상대하고 있는 상황이라고."

"다른 적?"

그건 또 여태까지 듣지 못한 이야기였기 때문에 이현종은 의아한 표정을 지었다.

"망혼이라는 주술사 집단이야. 알아?"

"이름 정돈 들어봤어. 꽤 유서 깊은 조직이잖아? 아니, 도대체 뭐 믿고 그런 놈들하고 붙었대?"

망혼은 300년 역사를 자랑하는 전통 있고 힘있는 조직이니

감히 원씨 가문이 상대할 수 있는 적이 아니었다. 그런데도 아직 버티고 있다니, 그거야말로 신기한 일이다.

"돈은 꽤 많으니까 용병을 믿고 있는 거지. 근데 내가 보고받기로는 벌써 일곱이나 당했단 말야. 망혼 쪽의 움직임이 상당히 위협적이야. 여차하면 나보고 움직여 달라고 할 기세라서……."

"곤란하군, 그건."

오지윤은 여태까지 원씨 가문을 위해 많은 일을 해주었다. 이현종이 해준 일이 더 많긴 하지만 교섭 외에는 놀고만 있었던 것은 아니다.

몇 번 있었던 망혼의 습격에서 가주를 보호해 준 것도 오지윤이었다. 사실 망혼은 직접 돌격해 오기보다는 주술을 이용한 영적 공격을 주로 해왔기 때문에 아직까지 오지윤이 나설 일은 별로 없었다.

가주의 아들인 원준형을 보호하기 위해 친구를 미끼로 쓰라는 지시를 한 것도 바로 오지윤이다. 거짓 정보를 망혼에게 전달하고 마법으로 영적 파동에 약간의 조작을 가함으로써 전혀 관계없는 일반인을 희생자로 만들려고 했던 것이다. 물론 그 친구가 진유현일 줄은 오지윤도 상상하지 못했지만.

"어쨌든 용병을 더 고용하라고 해야겠어. 원씨 가문에서 일을 벌이는 거야 상관없지만 내가 눈에 띄는 것은 곤란하니까. 진유현 건도… 어쩔 수 없군. 좀 더 괜찮은 급수의 용병을 소개받아야겠는데."

"육도의 인맥이라도 동원하게?"

"하하하! 너도 참 재미없는 농담을 하는구나. 육도를 동원하면… 그 순간 전쟁이야. 경찰력으로 해결해야 할 사건에 중화기로 무장한 특수부대가 출동하는 격이지."

"게다가 가격도 비싸고?"

"환상적이지."

사람의 목숨 값은 생각 외로 싸다. 연옥에서 거래되는 인간의 목숨은 100만 원도 안 되는 경우가 허다했다. 하지만 그 싸구려 목숨도 극한까지 성능을 높인 전투 기계쯤 되면 가격의 단위가 달라지게 된다.

자신의 목숨 값은 얼마일까?

그런 것을 궁금해하며 살아가는 사람은 없겠지, 적어도 일반인 중에서는.

하지만 연옥의 전투원들은 다르다. 그들은 자신의 목숨 값이 얼마인지 아주 정확하게 알고 있다.

"돈 대는 놈은 신이니까 일단 적당한 녀석들을 알아봐야지. 진유현을 처리할 수 있을 정도의 용병이라, 솔직히 이 바닥의 삼류 용병들로는 더 이상 안 될 것 같은데. 잘하면 돈이 억대로 깨지겠군."

"어차피 우리 돈 깨지는 건 아니잖아?"

"그건 그렇지만."

오지윤은 만화책을 내려놓고 소파에 놓아두었던 노트북을 펼쳐 들고 인터넷을 검색했다. 요즘은 뭐든지 인터넷으로 거래할 수 있는 세상이고, 그것은 연옥의 인력조차 예외가 아니다.

일반인은 접근할 수 없는, 국가에서도 모르는 연옥의 독자적인 인프라 위에서 돌아가기에 하드웨어적으로 특수한 장치를 하지 않으면 접속할 수 없는 비밀 사이트에 접속한 그는 프리랜서로 뛰는 용병들과 조직들에 대해서 알아보는 한편, 역시 연옥의 인간들만 쓰는 메신저 프로그램을 켜고 아는 이들을 통해 적당한 인선을 부탁하기 시작했다.

5

"어떻게 된 일인지 들을 수 있을까?"

망혼의 저택으로 가는 차 안에서 진유현이 윤성아에게 물었다. 그의 옆에는 한시애가 완전히 정신을 잃고 축 늘어져 있었다.

"뭘?"

성아의 태도는 화장을 해서 날카로워진 눈매만큼이나 달랐다. 강아지 같은 느낌은 사라지고 뭐든지 딱 부러진다는 느낌이 태도에서 묻어 나왔다. 일단 화장을 하면 성격도 좀 변하는 모양이다.

"시치미 떼지 말고. 지난번 일도 그렇고, 단순히 나를 도와주러 온 것은 아닌 것 같던데."

"……."

성아는 한참을 침묵한 다음 입을 열었다.

"너와 만난 첫날을 기억해 봐. 우리는 원씨 가문과 적대하고 있어."

"원준형을 암살하려고 했던 그날 말이지?"

"그래. 원씨 가문과 본격적으로 적대하게 된 것은 최근 한 달 사이의 일이야. 너도 요즘 일어나고 있는 일들에 대해서는 알고 있지?"

"원씨 가문이 좋지 못한 일에 손을 대고 있다는 소리는 들었는데. 또 무슨 일이라도?"

"서울에서 일어나고 있는 노숙자 실종 사건에 원씨 가문이 관여하고 있어. 아마 벌써 백 단위의 인간들을 잡아들여서 흉악한 짓거리를 하고 있는 것 같아."

"노숙자를? 아, 없어져도 사회적으로 문제가 없는 인간들을 잡아들이고 있는 거로군. 그럼 흑마법 실험이라도 하고 있는 건가?"

연옥의 사정에 밝은 유현은 곧바로 성아가 말하고자 하는 바를 이해했다.

흑마법은 제물을 필요로 하는 경우가 많다. 혹은 인체 실험이거나. 그렇기에 노숙자를 납치하거나 혹은 인권이 약한 나라로부터 인간을 '수입' 해 와야 한다.

사실 연옥의 존재들에게 인권이나 정의 따윈 엿 먹어야 할 대상 이상도 이하도 아니기 때문에 웬만큼 크게 일을 저지르지 않는 한 지탄조차 받지 않는다. 노숙자를 백 단위로 납치했다면 사회적 파장이 클 테니까 압박을 가하는 것도 이해가 가지만, 그렇다고 해서 전면전으로 돌입할 이유까지는 되지 않을 것 같은데?

"또 무슨 이유가 있지? 그 정도라면 그냥 힘있는 조직 몇몇이 뭉쳐서 적당히 하라고 권고하면 그만이야. 전면전으로 나선 것을 보면 분명히 망혼하고 적대할 수밖에 없는 직접적인 이유가 있었으리라 생각되는데?"

"우리 조직의 조력자 중 하나를 그런 식으로 납치해 갔어."

성아가 분노가 묻어나는 목소리로 대답했다.

단순명료한 이유다. 연옥의 인간들은 정의를 위해서 움직이지 않는다. 어디까지나 자신들의 영역을 지키고, 이권이 훼손됐을 때 상대와 싸운다.

"그렇군. 돌려달라는 요청은 해봤고?"

"한둘이 아닌데다가 시체가 된 사람도 부지기수야. 그녀는 예지력을 가진 무당이어서 우리 조직에 여러 가지 유익한 경고를 해줬지. 그래서 호위자들과 제자로 삼을 아이들을 붙여줬는데, 본인과 아이들은 전부 납치당했고 호위자들은 전부 죽었어."

오늘 그 괴물에게 잡아먹혀 산산조각 난 인간들처럼. 성아는 그렇게 덧붙였다.

유현은 비로소 사태를 완전히 파악했다. 예지력을 가진 무당이라면 망혼 측에서는 그녀를 굉장히 중요한 요인으로 대우하며 보호해 왔을 것이다. 그런데 그런 그녀를 납치해 갔다면 망혼과 원씨 가문이 화해하는 것은 불가능하다. 망혼은 원씨 가문을 완전히 멸문시킬 때까지 멈추지 않을 것이다.

사실 원씨 가문이 그리 강해 보이진 않았지만—좀 더 솔직하게 말하면 완전 호구로 보였다—여태까지 망혼이 어쩌지 못하고 있는 것으로 보아서 숨겨진 전력이 있을 것이다. 예를 들면 조금 전의 그 괴물처럼 말이다.

"그런데 예지력이라니, 기분 나쁜 능력을 갖고 있군. 하긴 가끔 갖고 태어나는 운 나쁜 녀석들이 있는 것 같지만."

미래를 알 수 있는 능력이라니, 얼마나 운명론적인가. 내일 일어날 일이 정해져 있다는 것은 정말 기분 나쁜 일이다.

물론 현대에 와서는 그 메커니즘도 어느 정도 해명이 되었다. 그것은 기상청의 일기예보와도 같은 능력이다. 영적인 채널을 통해 주변의 정보를 끌어모아서 무의식적으로 종합, 분석한 끝에 가장 정확한 예측을 내놓는 것이다.

행위의 본질만 보면 보통 사람들도 얼마든지 할 수 있는 일이다. 하지만 어떻게 정보를 얻는가, 어떻게 그렇게 방대한 정보를 종합하고 분석해서 결론을 내는가, 그리고 그 세부적인 작업이 무의식중에 이루어지는가를 따져 보면 초능력이라는 소리를 듣는 게 당연하다.

"그럼 이 애도 기분 나빠해야지."

"응?"

"이 애도 예지능력자야. 아직 어렴풋이 깨어난 정도인 것 같지만 이런 일을 당한 이상 급속도로 각성할걸."

성아는 시애를 가리키며 말했다. 유현은 이미 그럴 거라고 예상하고 있었기 때문에 금세 납득했다.

"완전히 막아두는 건 무리야?"

"그래. 능력이 생각보다 커서 봉인 조치만으로 완전히 막아두는 것은 무리일 거야. 방법이 있다면 신체 일부를 대가로 삼아서 봉인하는 방법인데, 그런 걸 권장할 순 없잖아?"

"확실히."

유현은 고개를 끄덕였지만 어쩌면 나중에 가면 시애 본인이 그걸 원하게 될지도 모른다는 것을 알고 있었다. 예지력이라는 것은 좀처럼 통제되지 않는다는 점에서 사람의 정신을 가장 흉악하게 갉아먹는 능력이었으니까.

그래도 신체 일부를 대가로 삼아서 봉인하는 방법은 권장하고 싶지 않다. 이것은 예를 들면 오감 중 하나를 잃어버리거나, 혹은 몸 어딘가를 신체 자체는 멀쩡하되 전혀 쓸 수 없게 되는 대신 봉인을 가하는 것으로, 그만큼 강력하다. 설령 몸에 대요괴나 신령이 들어앉았다고 하더라도 그 정도 대가를 지불하면 완전히 봉인할 수 있었다.

"그럼 저놈들의 목적은 뭐지? 저 괴물은 도대체 뭐고?"

"아마 능력자들의 납치일 거야. 정확히는 어떤 특수한 조건을 갖춘 인간을 닥치는 대로 납치하는 것 같아."

능력자라는 것은 그렇게 많은 것이 아니다. 사람들이 생각하는 것보다는 훨씬 많지만 대다수는 연옥에 속해 있다. 그들의 재능 그 자체가 연옥를 지탱하고, 나아가서는 이 세상을 지탱하기 위해 존재하는 것처럼 어둠에 이끌리고 만다.

하지만 단순히 영적인 소질을 가진 사람만 치면 상당히 많은 숫자가 존재한다. 그런 영적 소질은 어릴 적에는 순수하게 존재하다가 커가면서 점점 사라지게 된다. 발휘될 길 없는 환경과 상식을 강요하는 사람들의 기운, 그리고 무엇보다 그런 능력 따윈 없다고 생각하는 스스로의 인식이 소질을 억눌러 사라지게 하는 것이다.

유현의 경우도 어릴 적에는 그런 존재 중에 하나였다가 체계적인 훈련에 의해서 마법을 터득한 케이스였다.

"그래서 애들은 멀쩡하게 납치하는 건가?"

"그런 것 같아. 도대체 어떤 실험을 하기 위해서 이만한 수의 제물이 필요한 것인지는 알 수 없지만."

대화를 나누는 동안 두 사람이 탄 차는 망혼의 저택에 도착했다. 동시에 유현은 섬뜩함을 느꼈다. 저택 앞에서 한 남자가 그들을 바라보고 있었기 때문이다.

한가로워 보이는 인상의 남자였다. 나이는 20대 후반 정도? 무속인이라는 것을 티내듯 박수무당이나 입을 법한 복색을 갖춘 남자는 팔짱을 낀 채 차를 바라보고 있었다. 그런데 그 인상과는 달리 내면으로부터 뿜어져 나오는 기세가 상당히 강렬했다.

"윤범 오빠, 무슨 일이죠?"

"너무 딱딱하게 그러지 마. 걱정되어서 기다리고 있었던 것뿐이니까."

남자는 어깨를 으쓱하며 대꾸했다. 그러고 나서 자연스럽게 시선을 유현에게로 향했는데, 그 순간 유현은 마치 날카로운 칼이 자신을 찔러 들어오는 듯한 착각에 사로잡혔다. 그만큼 공격적인 기세가 감각을 엄습해 왔던 것이다.

그러나 유현은 정신을 단단히 무장해서 그것을 물리치고는 윤범이라 불린 남자를 노려보았다.

"과연. 육도의 전투원이었다고 하더니 그만한 실력은 있는 것 같은데?"

"육도?"

순간 그 자리에 있던 이들의 시선이 모두 다 유현에게로 향했다. 유현은 자신에게 쏟아지는 시선 속에서 눈썹을 꿈틀거렸다.

"…어떻게 알았지?"

숨 막힐 듯한 고요함 속에서, 마치 수면에 파문이 일 듯 천천히 살기에 가까운 위압감이 퍼져 나가기 시작했다. 주변에 있던 이들이 전부 얼어붙었지만 윤범은 태연했다.

"나도 독자적인 정보망이 있어서 말야. 상당히 교묘하게 행적을 감추긴 했지만 정당한 대가만 지불하면 알아내는 것은 일도 아니지."

"그렇게 말하는 것을 보나 모시는 신령에게 알아낸 것은 아니겠군. 하긴 토속 신령의 힘으로 깨질 만큼 육도의 정보 프로텍터가 물렁하진 않으니까."

"흠, 말솜씨가 좋구나. 정확해. 유감스럽게도 우리 신령님께서도 네 연원은 모르겠다고 하시더라고."

두 사람은 조용한 가운데 칼을 주고받는 것처럼 대화를 이어나갔다.

원래 이성을 가진 신령쯤 되면 인간의 수단으로는 알아낼 수 없는 정보를 알아내는 것 정도는 식은 죽 먹기다. 어떤 장소에서 과거의 기억을 읽어내거나 인간의 생각을 꿰뚫어 보고, 심지어 그들의 연을 추적하여 사건을 정리하는 일도 그들은 할 수 있었다.

하지만 유현이 속했던 조직, 육도에서는 그에 대한 대비를 하고 있었다. 육도의 조직원, 혹은 조직원이었던 자에 대한 정보는 강력한 마법과 주술의 결합으로 이루어낸 정보 프로텍트에 의해 감춰진다. 신령이나 예지력자라고 해도 이 정보를 꿰뚫어 보는 것은 거의 불가능했다.

"너… 정말로 육도의 전투원이야? 그 세계 7대세력 중 하나인?"

성아가 믿을 수 없다는 듯 물어보았다.

"전투원이었다고 해야지. 지금은 아니니까."

유현은 담담하게 긍정했다.

육도란 무엇인가?

그것은 세계의 전쟁 패권을 좌지우지하는 7대세력 중 하나의 이름이었다.

한국의 육도.

일본의 쿠로카미.

미국의 디스트로이어.

영국의 퀸 오더.

중국의 금오.

러시아의 스패쯔나쯔.

스페인의 데스트레자.

시대에 따라 그 이름도, 숫자도 바뀌긴 하지만 현재의 7대세력이라고 하면 이 일곱을 가리킨다. 육도의 경우는 기나긴 독립 투쟁과 6.25 전쟁, 그리고 베트남전을 거치면서 일약 7대세력의 하나로 부상한 신흥 강호였다.

세계에서도 가장 이름나 있고 강력한 전투 수행 조직, 그곳의 전투원이었다는 것은 스포츠 선수로 말하자면 메이저리거나 프리미어리거였다는 소리나 마찬가지다. 망혼이 제법 이름있는 조직이라고 하나 육도 앞에서는 태양 앞의 반딧불이나 마찬가지였다.

"그걸 어떻게 알았는지는 모르겠지만 뭐 상관없는 일이고, 그쪽의 자기소개나 좀 해줬으면 싶은데? 너무 뜬금없잖아."

"이런이런, 내가 실례를 했군. 나는 신윤범. 망혼의 신관 중 한 명이야."

"그렇군. 앞으로 잘 부탁해, 라고 해야 하나?"

"성아하고 친하다며? 그럼 그랬으면 좋겠군. 별로 적으로 돌리고 싶진 않으니까."

"나도 그러길 바라지."

유현은 고개를 끄덕이고는 성아를 바라보았다.

"오늘은 이만 돌아갈게. 시애를 잘 부탁한다."

"그냥 가려고?"

"분위기가 영 아니네. 내가 끼어봤자 시애한테 좋을 거 없을 것 같으니까 잘 부탁해."

유현은 당황하는 성아에게 미소를 보이고는 몸을 돌렸다. 그 모습에서 성아는 지금까지와는 다른 결의의 빛 같은 것을 엿볼 수 있었다. 유현의 얼굴은 지금 방금 뭔가를 결심한 사람의 것이었다.

멀어져 가는 그의 뒷모습을 멍하니 바라보고 있던 성아가

퍼뜩 정신을 차리고 윤범에게 다가갔다.

"정말이야?"

"뭐가?"

"그가 육도의 전투원이었다는 것."

"사실이야. 자세한 것까지는 모르겠지만 원래는 축생이었다는 이야기만 들었어."

"축생?"

"육도의 전투원들은 지옥, 아귀, 축생, 수라, 인간, 천상의 계급으로 구분된다고 하더라고. 뭐, 이건 비교적 널리 알려진 사실이고… 축생이면 어딜 가나 일류로 대접받을 수 있는 수준이라더군. 육도를 떠난 게 2년 전이라던데, 그 나이에 그렇게 될 수 있나?"

윤범은 자기가 알아내 놓고도 미심쩍은지 고개를 갸웃거리고 있었다.

성아는 믿을 수 없다는 듯 중얼거렸다.

"그럼 열여섯 살에?"

인간을 초월한 살육 기계들에게 나이를 따져 가며 기량을 가늠하는 것은 우스운 일일지도 모른다. 하지만 그렇다고 하더라도 훈련을 통해 기량을 쌓을 시간과 실전 경험을 통해 체화할 시간은 필요하기 마련이다.

그런데 고작 열여섯 살에 업계 어디에 가나 대접받을 실력을 갖추었단 말인가? 그것은 총알받이로 키운 소년병이 노련

한 용병 이상의 기량을 갖추고 있다는 것과 마찬가지 소리였다.

"맞아."

"육도에서 나온 것도 사실이고?"

"그건 확실한 것 같아. 육도 측에서 첩보나 그런 의도를 갖고 신분을 뺐을 가능성도 배제할 순 없지만, 하는 짓을 보니 딱히 그런 것 같진 않고. 게다가 한창 잘나가는 전투 요원을 그런 식으로 놀리진 않겠지."

"정말……"

이해할 수가 없는 사람이다.

성아는 말을 삼키고 그가 사라진 자리를 바라보았다. 그가 어째서 그런 생활을 하고 있는지 지금은 아무리 고민해 봤자 알 수 없을 것 같았다.

Chapter 04
그들의 목적

진유현이 사라졌다.

그 사실을 오지윤이 알아차린 것은 사흘이 지난 후였다. 갑자기 진유현이 종적을 감춰 버린 것이다. 학교에서도, 그리고 거리에서도 그의 모습을 찾아볼 수 없었다.

그래서 이번에 새로 투입하려고 했던 용병들은 원준상의 히스테리를 감당해야만 했다. 자신만만하게 거금의 계약금을 받아놓고는 그의 행적을 찾아내지도 못하고 있으니 그럴 수밖에.

원준상은 진유현이 겁이 나서 숨었다고 생각하고 있는 것 같았다. 하지만 오지윤이 보기에는 그렇지 않았다.

'뭔가 꾸미고 있어. 단순히 공격에서 벗어나기 위해서 도망친 게 아니야.'

그렇다고 집에 처박혀 있는 것도 아니었다. 집을 탐색해 보았지만 아무도 없다는 결론을 얻었다. 다른 사람 대신 오지윤이 직접 집 안에 들어가 보기도 했지만 남은 것은 아무것도 없었다.

물론 원준상의 생각이 맞을 가능성도 배제할 순 없다. 하지만 그 경우엔 무서워서 도망친 게 아니라 분명히 '귀찮아서' 종적을 감춘 것일 것이다. 어쩌면 분란이 계속될 곳에서 몸을 피해 다른 곳으로 옮겨 갔을지도 모르고.

그러나 오지윤은 적어도 그럴 리는 없다고 생각했다.

이유는 간단하다. 진유현은 이미 싸움을 시작했기 때문이다. 그렇게 할 거라면 일찌감치 그렇게 했을 것이다. 지금은 적어도 몸을 빼서 사라질 타이밍은 아니었다.

어쨌든 그렇게 일주일이 지났다.

"소울 캐처를 다시 만들었다."

이현종이 우쭐거리며 말했다.

"그럼 이제 활동을 재개할 수 있는 건가?"

"응, 물론이지. 이제 또 닥치는 대로 잡아들여야지."

"적당히 해둬. 앞으로 필요한 숫자는 다섯 정도잖아? 여유분으로 몇 명 정도만 더 잡고 일단은 숨을 죽이도록 하자. 슬슬 외부 세력들이 안산을 주시하기 시작했으니까."

"쳇, 뭐, 어쩔 수 없지. 하지만 그래도 활동은 계속 시켜야겠는데?"

"왜?"

"지난번에 잡아온 그 여자 있잖아. 망가졌어."

"그 예지능력자 말인가?"

오지윤의 눈썹이 꿈틀거렸다.

원씨 가문이 망혼과 척을 지게 된 원흉—사실 원흉은 자신들이었지만 오리발을 내밀고 있는 중이다—인 예지능력자는 이현종의 작업에서 아주 중요한 역할을 하는 소재였다. 다른 작업은 영적 소질이 있는 제물만으로도 충분하지만 핵심이 되는 것은 제대로 된 예지능력자가 아니면 안 된다. 그래서 겨우 확보한 예지능력자를 조심조심 다루었건만…….

"응."

"조심해서 다루라고 했을 텐데?"

"그랬는데 과부하가 걸렸는지 맛이 가버렸다고. 그동안은 애들 목숨 때문에 고분고분 잘 협력해 줬는데 말야."

이현종은 어깨를 으쓱했다. 예지능력자는 자신의 안위보다도 같이 잡아온 제자들 때문에 실험에 순순히 응해주고 있었다. 그런데 그녀가 망가져 버렸으니 이제는 그 제자들도 실험에 투입될 것이다.

"예지능력자는 귀한데……."

웬만한 예지능력자는 다 제법 이름난 조직들이 보호하고

있었다. 망혼을 건드리고 나서 경을 쳤는데 또 다른 조직을 건드리는 것은 좀 무리가 있다.

"아, 이젠 그럭저럭 틀은 완성되어서 제대로 된 예지능력 자일 필욘 없어. 그냥 예지력의 소양을 가지기만 해도 돼. 재능이 특출 나다면 하나면 족할 것이고, 아니라면 둘이나 셋 정도만 더 있으면……."

"그 정도라면 어떻게 방법이 날 것 같군. 알겠어. 일단 그여자의 제자들을 이용해서 그대로 진행하도록 해. 내가 구해 보지."

"알겠어."

인간의 생명을 물건처럼 취급하는 대화를 나눈 그들은 아무렇지도 않게 자신의 일로 돌아갔다.

*　　　*　　　*

진유현의 실종에 당혹감을 느끼는 것은 오지윤만이 아니었다. 윤성아도 그에 못지않게 당혹스러워하고 있었다.

"어떻게 된 거죠?"

"찾을 수가 없습니다. 언제 어떻게 사라졌는지 전혀……."

"은신술로 사라졌다 한들 못 알아차렸을 리가 없잖아요?"

"뭔가 우리는 모르는 방법을 사용한 것 같습니다. 그냥 몸만 사라진 게 아니라 집 안에 있는 도구란 도구는 다 갖고 사라졌다고…….”

윤성아를 모시는 노인이 난감해하며 대답했다.

진유현은 그동안 망혼의 감시를 받고 있었다. 아마 본인도 눈치채고 있었을 것 같지만, 윤성아가 그를 보호하기 위해 감시를 명한 것이다. 그 일을 맡아서 부하들을 부리고 있던 이가 바로 노인, 망혼의 수석 주술사 홍승영이었다.

그런데 망혼의 요원들이 펼친 감시망은 물론이고 홍승영이 펼쳐 둔 주술망까지 감쪽같이 빠져나갔다니, 이게 말이 되는가? 그것도 홀몸도 아니고 도구까지 잔뜩 짊어지고? 일단 표적을 특정하기만 하면 설령 벼룩처럼 작은 존재라 할지라도 놓치지 않는 것이 홍승영의 주술망이었다.

“도대체 왜…….”

“아예 도망친 것일 수도 있습니다.”

“도망을?”

“네. 원씨 가문과 계속 적대해 봤자 이로울 것이 없고, 여기 매여 있을 이유가 없는 몸이니까요. 게다가 얼마 전 윤범 님께서 정체를 밝히기까지 하셨으니 그럴 만도 합니다.”

“하긴 그렇군요. 하지만 왠지… 그런 것 같지는 않아요.”

홍승영의 말은 일리있었다. 하지만 성아는 그 말이 옳지 않다는 느낌을 받고 있었다. 그녀가 가진 방대한 영력으로부터 나오는 감이 진유현이 아직 손닿는 곳에 있다고 말해주는 것 같았다.

"감입니까?"

"네, 그는 근처에 있는 것 같아요."

"그럼 그렇겠지요. 계속 찾으라고 일러두겠습니다."

홍승영은 쉽게 납득했다. 아무리 자신이 수석 주술사라 하나 영적인 재능을 성아와 비교하는 것은 반딧불이 달빛과 견주는 것과 마찬가지다.

"그렇게 해주세요. 아, 그리고 그 시애란 아이는 어떤가요?"

"일단은 아무런 문제 없이 생활하고 있는 것 같습니다. 사흘 후쯤 다시 들러달라고 말해두었고요."

"잘하셨어요."

성아는 고개를 끄덕였다.

홍승영이 물러가자 그녀는 컴퓨터를 켜고 자신의 인트라넷 메일함을 열었다. 망혼의 아지트 내에서만 공유되는 인트라넷을 통해 정보부로부터 그녀에게 보내진 문서 파일들이 그곳에 모여 있었다. 그것은 모두 육도에 대한 자료로, 그녀가 부하들에게 모아달라고 부탁한 것이다.

육도에 대한 것은 널리 알려져 있었다. 세계 7대세력쯤 되면 그 실체가 뚜렷할 수밖에 없다. 물론 일반인들은 그 존재조차 모르고, 연옥에도 상당 부분이 감춰져 있지만 드러나 있는 것만으로도 다른 이들을 전율하게 만들기에 충분했다.

육도의 경우에는 국내 활동은 어지간히 큰 건수가 아니면 나서지 않는다. 거의 다른 나라에 병력을 파견하는 경우가 많은데 그때마다 드러나는 무력은 경악할 정도였다.

예를 들면, 최근에는 베트남의 한 지방에서 출현한 심령 현상에 의해 한 마을이 몰살당하는 일이 벌어졌는데, 이 일을 단 두 명의 병력을 파견해서 해결해 버렸다. 그전에는 제주도 한라산 부근에서 출현했던 요괴에 의해 부근의 영능력자들이 쏠리듯이 학살당하는 사태가 일어났을 때, 역시 단 두 명만을 파견해서 해결하기도 했다.

그 외에도 수많은 사건이 있었다. 그것도 드러난 일들만 그렇고, 분명히 전혀 알려지지도 않고 해결된 사건들도 꽤 많을 것이다.

읽으면 읽을수록 믿을 수 없는 일들뿐이다. 적어도 망혼이 자리하고 있는 판과는 차원이 다른 곳에 자리하고 있는 것만은 분명했다.

"세계 7대세력… 이야기는 많이 들었지만 정말 대단하네."

진유현은 이런 곳에 몸담고 있었단 말인가?

지금까지 그를 지켜봐 온 바로는 그렇게까지 엄청난 실력의 소유자는 아닌 것 같았다. 그렇다면 그가 감추고 있는 뭔가가 있거나 아니면 육도를 나올 때 금제(禁制)를 당했을 가능성이 있다. 예를 들면 조직의 비밀을 흘릴 수 없도록 기억을 조작당했거나, 비기를 사용할 수 없도록 신체 조작을 당했을지도 모르지. 그런 일들은 연옥에선 흔한 것이니까.

일단 단서가 될 만한 것이라면 역시 그의 눈일 것이다.

홍승영은 그 눈이 이 세상에 있어서는 안 되는 것이라고 했었다. 그리고 그 눈에서 뿜어져 나오는 기운은 확실히 소름이 끼칠 정도였다. 강하고 약하고의 문제가 아니라 지금껏 느껴보지 못한 이질감에 자신이 오염되지 않을까 걱정되는 그런 느낌을 받았다.

'도대체 뭘 하려는 거야?'

성아는 파일을 닫으며 창밖의 하늘을 바라보았다. 진유현은 도대체 무엇을 하려고 몸을 감춘 것일까?

*　　　*　　　*

북풍의 차가움을 기억한다.

현실에서 남북 관계는 싸늘하게 얼어붙어 있었다. 그리고 그것은 연옥도 예외가 아니어서, 분명 같은 민족이라는 끈으로 묶여 있음에도 불구하고 육도의 조직망도 북한에까지는 뻗치지 못한 상태였다. 오히려 그쪽에서 문제가 일어나면 대북 관계를 조절하고 싶어하는 미국의 디스트로이어나 노골적으로 북한을 장악하고 싶어하는 중국 정부의 요청을 받은 금오가 움직였다.

그런 북한으로 피건되었을 때가 분명 열세 살 때였을 것이다. 당시 그는 독립된 전투원으로서는 아직 미진한 구석이 많았기 때문에 육도의 진정한 프로페셔널이라고 할 수 있는 존재, 수라 급 에이전트를 보조하기 위한 열 명 속에 섞여 있었다.

12월의 백두산은 보통 추운 것이 아니었다. 방한 수트와 마법을 준비해 갔는데도 불구하고 거기에서 눈 속에서 일주일간 매복하는 동안 동상을 걱정했을 정도였다.

목표는 인간이 아니었다. 육도의 전투 기계들은 사람을 죽이는 데 아무런 거리낌도 없고, 실제로 사람을 많이 죽이지만 그들이 존재하는 진짜 목적은 인간이 아닌 다른 존재들 때문이다.

요괴(妖怪).

혹은 악마, 마물 등으로도 불린다. 고대로부터 존재해 온 이 세계가 아닌 다른 곳에 진원지를 둔 괴물들.

이 세계에는 보통 인간들에게는 보이지 않는 흐름, 정기가 존재하여 끊임없이 흐르고 있는데, 그 흐름의 통로를 가리켜 용맥(龍脈), 혹은 영맥(靈脈)이라 한다. 이 정도는 굳이 풍수지리를 공부하지 않아도 상식적으로 어디선가 들어본 말일 것이다.

그런데 인간의 사념, 그리고 정기의 뒤틀림이 모이면 요괴라는 존재가 태어난다. 강력한 이능력을 숨 쉬듯이 행사하는 이들은 존재 자체가 불안정해 자신들을 태어나게 한 인간을 잡아먹어 완전함을 꾀하고자 하고, 그렇기에 오랜 옛날부터 인간은 그들에게 맞서서 자신들의 세계를 지키고자 했다.

그리고 문명이 발달함과 동시에 점점 더 그들의 존재는 상식의 세계로부터 격리되어서, 마침내 연옥의 인간들만이 그들의 존재를 인정하고 상대하게 되는 데 이르렀다.

애당초 위험천만한 마법과 비술들로 가득한 연옥의 존립 이유는 인간이 마주해서는 안 되는 존재들로부터 상식의 세계를 지키기 위해서인 것이다. 어처구니없지만 그것이 진실이다.

백두산은 예로부터 영산이라 불리지만 그만큼 정기가 조금만 뒤틀려도 요괴가 나타나기 쉬운 지역이기도 했다. 너무 넓고 인간의 발길이 닿지 않는 곳이 많아서 수많은 요괴들이 진을 치고 있다. 북한의 무벌을 비롯한 연옥의 세력들이 백두산을 포위하고 순찰하지만 사고는 끊이지 않았다.

그곳에서 시베리아 호랑이가 뒤틀려 태어난 요괴가 나타났을 때, 수십 명이 넘는 사망자가 발생했다. 당연하지만 인간을 먹은 요괴는 더더욱 강해져서 이제 시가지로 뛰쳐나올 기세였다.

북한 정부에서는 급히 외부에 도움을 요청했지만 공교롭게도 디스트로이어는 당시 역시 같은 세계 7대세력 중 하나인 무벌 집단, 데스트레자와 남미에서 충돌하느라 여력이 없었고, 중국의 금오는 티벳에서 러시아의 스패츠나쯔와 전투를 벌이고 있었다. 그리하여 우선순위가 낮은 육도가 휴전선을 넘어 백두산에 투입된 것이다.

당시 그의 역할은 저격조였다. 예상된 포인트를 명령에 따라 움직이며 대구경 라이플로 요괴를 노린다. 탄속이 마하 2.8에 달하는 특수 총기와 반응 장갑을 탑재한 제3세대 전차에게도 타격을 줄 수 있는 특수탄은 열세 살의 소년이 다루기엔 너무도 어마어마한 물건이었다. 하지만 수라 급 에이전트는 아무런 고민도 없이 그에게 그것을 맡겼고, 그도 당연하게 그것을 받아들였다.

일주일이 지나는 동안 그가 방아쇠를 당긴 것은 다섯 번 정도였다. 다섯 번 중 네 번은 타깃에게 명중했다. 그러나 이미 수십 명의 인간을 잡아먹은 요호(妖虎)는 쉽게 죽지 않았다. 계속 그들이 짠 포위망을 빠져나가서 도주하고 있었다.

수라 급 에이전트는 이날 결말을 낼 것이라고 말했다. 여태까지 준 타격으로 미루어 보건대, 오늘 끝장을 낼 수 있다는 것이다. 그리고 그 결정적인 역할은 바로 그가 해야 한다.

그는 눈 속에 몸을 묻은 채 조용히 타이밍을 기다리고 있었다. 무생물처럼 그곳에 엎드린 채 표적이 나타나기를 기다린다. 한 점의 살기조차 없이 자연의 일부인 것처럼 그렇게 기다리다 보면 반드시 공격의 때는 온다.

*　　　*　　　*

안산 외곽에 위치한 저택 앞에 오토바이 한 대가 섰다. 오토바이 주인인 펑크 스타일의 청년 오지윤은 저택을 호위하는 이에게 열쇠를 건네주고는 문이 열리기를 기다렸다.

잠시 후 문이 열리고, 오지윤이 저택 안으로 들어서려는 순간이었다.

갑자기 엄청난 기세로 부풀어 오른 마력의 파장이 주변을 휩쓰는 것이 느껴졌다. 그것은 실로 찰나, 전파처럼 빛의 속도로 퍼져 나가며 그의 신경을 자극했다.

그리고 차가운 살기가 그의 감각을 꿰뚫었다.

팍!

"크윽!"

격통과 함께 허공에 확 흩뿌려진 피가 부채꼴로 바닥을 적셨다.

오지윤은 자신의 어깨가 관통된 사실을 알았다. 그리고 망설이지 않고 옆으로 몸을 날렸다.

팍! 팍! 팍!

방금 전까지 그가 있던 자리에 연속적으로 사격이 날아들었다. 대낮에 주택가 한복판에서 총을 쏘다니!

하지만 그보다 더 놀라운 것은 총알에 맞기 직전까지 저격을 눈치채지 못했다는 것이다. 어떤 살기도 뻗어 나오는 순간 눈치챌 수 있는데 무방비 상태로 맞아버리다니?

오지윤 역시 의기강체술의 사용자였다. 신체 상태를 조율하여 피를 멈추고는 단숨에 다른 부분의 성능을 폭발적으로 상승시켰다. 그러면서 품에서 재생제를 꺼내서 먹는 것도 잊지 않았다. 마력, 혹은 기감(氣感)을 가진 자들만이 효과를 볼 수 있는 이 약은 일단 먹으면 총상 정도는 하루 안에 완치된다.

팍! 팍! 파팍!

"크악!"

"크아아악!"

그러나 대답 대신 총격이 연달아 이어지면서 호위들이 쓰러져 갔다.

"젠장, 이런 총을 어디서!"

오지윤은 담장 밑에 몸을 감춘 채 이를 갈았다.

지금 저격자가 쓰고 있는 것은 일반적인, 그러니까 화약을 사용하는 총기가 아니다. 공기총을 기본으로 해서 고도의 마법 기술을 집약시켜 만들어낸 것이었다. 공기총은 수렵용일 뿐, 살상용으론 다소 위력이 부족하지만, 이 총은 일반 총기와 비교해도 전혀 뒤지지 않는 위력을 자랑한다.

이런 총을 손에 넣을 수 있는 곳은 거의 없다. 연옥의 메이저 세력이라도 이런 총기는 한정된 수량만 보유하고 있기 마련이었다.

상대가 사용하는 것이 그런 총이라는 것을 확신한 것은 지금 이 저택을 중심으로 펼쳐지고 있는 결계 때문이다. 반경 1킬로

미터에 광범위하게 펼쳐진 결계는 일반적인 총의 화약이 발화되는 것을 막게 되어 있었다. 결계 범위 안에서는 아무리 방아쇠를 당긴다 한들 총이 발사되지도 않는다.

그리고 이 결계의 존재야말로 연옥의 인간들이 총을 쓰지 않는 몇 가지 이유 중 가장 치명적인 것이었다. 화약의 발화를 억제하는 마법이 개나 소나 다 쓸 수 있을 정도로 보급되어 있기에 연옥에서는 웬만하면 원시적인 무기를 사용한다.

잠시 후 총격이 멈추었다. 오지윤은 조심스럽게 감각을 뻗쳐 주변을 살펴보았다.

그 결과 저택의 주변과 정원에 있던 호위자들이 전멸한 것을 알 수 있었다. 상대방은 놀라운 사격 솜씨로 그들을 전멸시킨 것이다.

"이제 그만 쏠 거니까 나오지그래, 오지윤?"

그리고 익숙한 목소리가 귓전을 울렸다. 오지윤은 그 목소리의 주인이 누군지 깨닫고는 이를 갈았다.

"진유현!"

"너도 어지간하다. 나흘이나 잠복하고 있었지 뭐야?"

유현은 몸에 달라붙는 새카만 전투복을 입은 채 걸어오고 있었다. 방탄방검 효과가 있는 특수 섬유로 만든 옷 위로 나노기술로 만들어진 플라스틱 파츠를 덧붙여서 완벽한 방어력을 구축하고 있다. 게다가 등 뒤에는 두 자루의 장검, 허리춤에는 두 자루의 권총, 그 외에도 투척용 나이프 등이 주렁주렁 매달린 모습을 보아하니 전쟁을 벌이러 왔다고 해도 믿겠다.

아니, 정말로 전쟁을 치르러 온 거겠지. 유현은 지금 원씨 가문을 무너뜨리려고 작심한 게 분명했다.

"나를… 기다리고 있었던 건가?"

"응. 원씨 가문이야 얼마든지 무너뜨릴 수 있지만 그러다 너한테 뒤통수 맞으면 안 될 것 같아서."

유현은 태연하게 고개를 끄덕였다.

오지윤이 유현을 처리할 대상으로 보았듯이 유현도 그를 마찬가지로 보았다. 그들 사이에 정 따윈 없었다. 쓰러뜨려야만 한다면 무슨 수를 써서든 쓰러뜨리면 그만이다.

"그 몸에 장비도 없이 나를 상대하는 건 무리지?"

"확실히……."

오지윤은 피식 웃으며 움직였다. 동시에 어깨가 관통된 왼팔 대신 오른팔이 전광석화처럼 움직였다.

다음 순간 두 개의 다트가 허공을 관통했다. 그러나 유현은 쉽게 그것을 피하면서 거리를 좁혀오고 있었다. 제2격을 가하려는 순간 진유현이 쌍권총을 뽑아 들고 난사했다.

투두두!

"큭!"

저격에 사용된 라이플만큼은 아니었지만 역시 위력이 보통이 아니었다. 오지윤은 피투성이가 되어서 땅바닥을 나뒹굴었다.

처음에 너무 크게 맞았다. 맨 처음 저격 때 이미 오지윤은 제대로 싸울 힘을 잃었다.

유현은 저격 때 특수탄을 사용했다. 관통하는 순간 퍼져 나간 독기가 그의 기감을 흐트러뜨리고 마력의 파장을 불안하게 만들었다. 탁월한 제어 능력으로 운용하긴 했지만 정면 승부를 하면 패배하는 것도 당연하다.

"제, 젠장……."

스스로의 방만함에 치를 떠는 오지윤에게 유현이 다가갔다. 끝장을 볼 기세였다.

그러나 그때였다.

"크르릉!"

"큭!"

날카로운 울부짖음과 함께 유현이 다급하게 물러났다. 있는 힘을 다해 몸을 일으킨 오지윤은 원군이 왔다는 사실을 알았다.

물론 원군이라는 것은 저택에서 튀어나온 원씨 가문의 머저리 병사들을 말하는 게 아니다. 저런 놈들은 있으나마나였다.

그러나 지금 그의 눈앞에 나타난 괴물은 달랐다. 키가 2미터 70센티에 이르는 거대한 늑대인간이 유현을 향해 이빨을 드러내고 있었다.

"주찬아, 제때 와줬군!"

"빨리 몸을 빼라."

갈색 털을 가진 늑대인간이 으르렁거리는 목소리로 말했

다. 오지윤은 고개를 끄덕이고는 상처를 지혈하고 물러나기 시작했다. 그러면서도 한마디 하는 것을 잊지 않았다.

"맞서 싸우지 말고 적당히 하다 물러나! 여기는 포기한다!"

"알았어."

"젠장, 늑대인간을 패거리로 두고 있었나?"

유현이 약간 긴장된 기색으로 투덜거렸다. 이 세계에 얼마 안 되는 희소종, 늑대인간은 민간에 전승되는 전설에서 찾아볼 수 있듯이 무시무시한 힘을 가진 괴물이었다. 현대 화기로 무장한 1개 소대로 대적시킨다고 해도 금세 전멸할 것이다.

"네놈, 오지윤이가 신경 쓰기에 어느 정돈가 했더니, 과연 그런 실력은 있군."

"칭찬, 고마운데?"

유현은 씩 웃으며 쌍권총을 들었다. 동시에 전자동으로 설정된 총이 그 위력을 유감없이 토해냈다.

투두두두두!

하지만 총알이 총구에서 튀어나가는 순간 늑대인간은 옆으로 도약하고 있었다. 한순간에 유현의 시야에서 벗어나 사각으로 뛰어든 다음 다시 도약, 뒤로 돌아가더니 곧바로 날아든다.

유현은 권총을 집어넣으며 몸을 날렸다. 간발의 차로 늑대인간의 주먹이 무시무시한 기세로 그 공간을 후려쳤다.

후우우우웅!

맞았다간 교통사고를 당한 것보다 더 지독한 꼴이 될 것 같았다. 유현은 크게 뛰어 뒤로 물러나며 투척용 나이프를 뿌렸다. 늑대인간은 세 발은 피했지만 한 발은 팔뚝에 꽂히고 말았다.

인간에 비해서 거죽과 근육이 굉장히 두텁기 때문에 살짝 박히는 정도로 끝이다. 늑대인간은 코웃음을 치며 나이프를 뽑아내려고 했다. 그런데 그때였다.

파지지지직!

"컥!"

몸 안에서 엄청난 충격이 터졌다. 신경을 찢어발길 듯한 통증이 전신을 타고 달려나간다.

잠시 정신이 아득해졌다. 그리고 정신을 차렸을 때는 바로 옆에서 묵직한 워커를 신은 발이 날아들고 있었다.

퍽!

경이로운 타격력이었다. 인간이 날아 돌려차기로 2미터 70센티의 거구를 날려 버릴 수 있다는 게 믿어지는가? 북극곰이나 버팔로만큼이나 무거운 체중인데 유현은 우격다짐으로 날려 버린 것이다.

"이, 이건 뭐야?"

이어지는 유현의 후속타를 피해 물러난 늑대인간이 당황해서 물었다.

"그야 쇼크 웨이브 나이프지. 댁 같은 적 잡는 데 즉효약이야. 꽤 비싸다고."

첨단 기술로 만들어진 투척용 나이프는 표적에 꽂히는 순간 신경을 통해 강렬한 전자파를 터뜨린다. 나이프가 꽂힌 타격만으로는 꿈쩍도 안 하는 존재라고 할지라도 신경을 태울 듯이 작렬하는 전자파에는 대책없이 타격을 받을 수밖에. 그나마 인간이라면 즉사할 수도 있는데 잠시 의식이 끊어지는 정도로 끝났으니 육체의 성능이 얼마나 다른지 알 수 있다.

"젠장, 잔재주를……."

유현은 대꾸하는 대신 또다시 나이프를 뿌렸다. 그리고 늑대인간이 펄쩍 뛰는 순간 뒤로 물러나 권총을 뽑아 들고 난사했다.

"크아악!"

상대방이 비명을 지르는 동안 쌍권총을 허리춤에 꽂아 넣는 것과 동시에 등에 멨던 장검을 뽑아 들었다. 그러나 유현이 달려들려는 순간 상대가 주저없이 뒤로 뛰어 담장을 타넘었다. 그리고 한 번 뛸 때마다 20미터 가까이 도약해서 멀어져 갔다.

"두고 보자!"

"이런이런, 무슨 삼류 악당 같은 대사를."

유현은 어깨를 으쓱하며 몸을 돌렸다.

골치 아프게 됐다. 반드시 처리했어야 할 오지윤도 놓치고, 그의 귀중한 조력자인 늑대인간까지 놓쳐 버리다니. 이래서야 나흘 동안 잠복하면서 기다린 보람이 없지 않나.

하지만 이렇게 된 이상 차선책을 택하는 수밖에. 일단 원씨 가문을 없애서 오지윤의 활동 기반을 뒤흔든다.

오지윤은 자신이 원씨 가문과는 독립된 팀을 꾸리고 있다고 했다. 그러면서도 원씨 가문에 고용되어 있는 몸이라…….수상한 냄새가 풀풀 풍기지 않나?

지금 대적한 늑대인간 덕분에 의심은 확신으로 변했다. 적어도 그날 마주한 괴물은 원씨 가문에서 만들어낸 것이 아니다. 여태까지의 체감을 통해, 그리고 수집한 자료를 통해 분석해 본 결과, 원씨 가문에는 그런 능력이 없었다.

그렇다면 진정한 흑막은 오지윤이다. 그래서 오지윤을 처리하고자 했건만 실패해 버렸으니 앞으로 힘든 싸움이 기다리고 있을 듯하다.

"자, 그럼… 다 죽어주실까?"

유현은 얼어붙어 있는 원씨 가문의 일원들을 보며 저승사자처럼 선고했다.

2

원준상은 자신의 눈앞에서 벌어진 일을 믿을 수 없다는 듯 바라보았다. 이건 꿈이다. 이런 일이 현실에서 벌어질 리가 없다.

모는 것이 박살 나 있었다.

저택은 태풍이라도 휩쓸고 지나간 것처럼 엉망진창이 되어 있었고, 사방에는 시체들이 즐비했다. 대한민국 주택가 한복판에서 이런 일이 일어나다니, 누구도 믿을 수 없을 것이다.

그러나 그런 그의 앞에 들이대어진 칼날은 현실 인식을 강요하고 있었다. 과거, 일본도와 비슷하면서도 다른 실루엣을 가져서 환두대도(環頭大刀)라는 이름으로 불렸던 한국 전통의 검이 그의 목젖에 살짝 닿아 있는 것이다.

"너, 너, 너는 도대체……."

"아니, 무슨 서운한 말씀을 하시려고 그러시나? 여태까지 그렇게 죽이려고 용을 쓴 상대한테."

"네가… 진유현이라는 놈이냐?"

원준상은 그제야 유현의 정체를 알고 눈을 크게 떴다.

그의 반응은 유현으로서는 황당하기까지 했다. 아니, 그동안 아들의 원한을 갚아주겠다고 열심히 용병들을 고용해서 쏟아부은 주제에 얼굴도 모르고 있었단 말인가?

"나참, 웃기는 아저씨일세?"

투덜거리던 유현은 문득 손목시계를 보았다. 전투 개시 후 15분이 지났다. 무려 8천만 원이나 주고 산 광범위 인식 방해 결계 장치를 가동시켜 놓아서 일반인들은 옆집에서 이런 소동이 일어난 줄도 모르고 있을 것이다. 하지만 앞으로 30분 안에는 모든 일을 마무리 지어야 했다.

"왜, 왜 이러는 거냐? 이렇게까지 할 필요는……."

"사람 죽이려고 했던 사람이 그런 말을 하면 안 되지? 당연히 보복당할 것도 생각해야 되는 거 아닌가?"

유현은 차갑게 웃으며 그의 말에 반박했다. 원준상은 할 말을 잃고 몸을 떨었다.

그때였다. 유현의 표정이 살짝 찌푸려지더니 품에 손을 집어넣었다. 핸드폰이 부르르 떨면서 액정에 익숙한 번호를 표시하고 있었다.

"여보세요?"

"유현, 무사했구나. 지금 돌입해도 돼?"

"돌입은 무슨. 상황 끝났으니까 들어와. 나참."

전화기 너머에서 들려오는 윤성아의 목소리에 유현은 맥이 풀리는 것을 느끼며 대답했다. 그리고 칼을 내리자 원준상이 재빨리 품에서 권총을 꺼내더니 방아쇠를 당겼다.

철컥!

하지만 총알은 발사되지 않았다. 유현이 펼친 결계의 영향력하에 있으니 당연한 일이다. 유현에게 살해된 다른 조직원들도 총을 꺼내서 쏘려고 하다가 당황한 경우가 많았다.

"……"

뻘쭘하니 서 있던 원준상은 상대가 마법사라는 사실을 상기하고는 몸을 돌려 달아나려고 했다.

"어이쿠!"

그러나 유현은 코웃음을 치며 원준상의 등짝을 걷어차 버렸다. 경쾌한 소리와 함께 원준상은 마치 슬랩스틱코미디의 주인공처럼 거창하게 앞으로 넘어졌다.

"컥!"

"그냥 칼 꽂아버리기 전에 가만히 있어."

유현은 그의 등을 사정없이 밟아 누르면서 위협했다. 그로부터 뿜어져 나오는 압도적인 살기에 원준상은 뱀을 앞에 둔 개구리처럼 얼어붙어 버렸다.

잠시 후 시체들 사이로 윤성아와 호위자들이 모습을 드러냈다. 눈매를 날카롭게 화장한 성아는 완전히 질린 표정을 짓고 있었다.

"이걸 다 혼자서 한 거야?"

"그래."

유현은 어깨를 으쓱하며 대답했다. 대수로울 것도 없다는 투였다.

"빠져나간 인간은 없어. 비밀 통로가 있었는데 돌입하기 전에 그것도 찾아내서 출구를 무너뜨려 놨거든. 그러니까 지하에 있는 원준형도 빠져나가지 못하고 있을 거야."

"꼼꼼하네."

"나중에 보복하겠다고 설치면 골치 아프니까. 이 가주 아저씨하고 원준형은 너한테 넘겨주지. 대신 뒤처리나 좀 해줘."

이들은 망혼하고도 깊은 원한을 맺고 있었다. 유현의 제안은 성아로서도 거부할 이유가 없는 것이었다.

"넌… 이제부터 어쩔 거야?"

하지만 성아는 그 제안을 받아들이는 대신 그렇게 물었다. 아무래도 유현은 다시 본래의 생활로 돌아갈 생각이 없어 보였기 때문이다.

유현은 쓴웃음을 지으며 대답했다.

"골치 아픈 적들과 연을 맺었으니… 싸우러 가야지. 학교도 정이 많이 들었는데 이제 끝이군. 일을 다 해결한 후에나 새 출발을 할 수 있겠어."

"……"

"왜 그런 눈으로 봐?"

"아니, 그냥, 좀 놀라워서. 이런 일을 저질러 놓고도… 다시 평범한 삶을 살 수 있으리라고 생각해?"

어쩌면 그렇게 말도 안 되는 생각을 할 수가 있는 거지?

성아는 기막혀하고 있었다. 유현은 지금 이 자리에서 수십 명의 사람을 죽였다. 아마 그전에도 엄청난 숫자의, 아마 최소한 세 자릿수의 사람을 죽였을 것이다. 그런 살인귀가 어떻게 평범한 인간인 척 살아갈 수 있다고 생각하는 것인가?

"글쎄, 평범한 삶이 뭘까?"

"뭐냐니?"

"나도 내가 진짜 일반인이 되는 것이 불가능하다는 것쯤은 알고 있어. 하지만 기왕 꿈을 꾸었으면 흉내라도 내봐야 하지 않겠어? 이렇게 간단히 깨어질 덧없는 꿈이라도… 영원히 깨고 싶지 않은 법이라고. 기왕 손을 더럽히고 악당이 되었으면 적어도 꿈이라도 이루면서 살아야지. 아니면 인생, 도대체 왜 살지?"

유현은 자기 연민이라고는 눈곱만큼도 찾아볼 수 없는 뻔뻔한 태도로 대답했다.

나는 이렇게 살고 싶으니까 이렇게 살 뿐이다.

적어도 남에게 인생을 저당 잡혀서 의지와는 상관없이 휘둘리는 삶은 살고 싶지 않다. 그래서 죽을힘을 다해서 그런 인생에서 졸업해서 이제 자기 의지로 선택하는 인생을 살아간다. 그 앞에 어떤 장애가 기다리고 있든 상관하지 않는다.

성아는 그런 그의 의지를 읽고 전율했다. 태어나면서부터 연옥에 속해 있었고, 그렇게 자라온 그녀로서는 상상할 수 없는 일이었기 때문이다.

"너는 도대체 왜 그렇게까지……."

"사실은 돌아가고 싶어. 하지만 그렇게 해선 안 된다는 것을 알지."

유현은 그녀의 말을 자르며 그렇게 말했다. 성아로서는 이해할 수 없는 의미 불명의 말이었다.

돌아가다니, 어디로 돌아간다는 말이지?

하지만 그는 설명하는 대신 칼을 집어넣고 그녀를 지나쳤다. 그때였다.

삐리리리리.

성아의 핸드폰이 울렸다. 핸드폰 플립을 열어서 통화를 시작한 성아의 표정이 대뜸 일그러졌다. 그리고 일반인을 훨씬 초월하는 청각으로 그 통화 내용을 들은 유현도 마찬가지로 표정을 일그러뜨렸다.

"시애가… 납치당했다고?"

마른하늘에서 날벼락이 떨어진 격이었다.

도대체 누가? 왜?

그런 문제들은 고려의 대상조차 되지 못한다. 유현은 곧바로 답을 찾아냈다.

오지윤이다.

아니, 그 본인은 아니겠지만 적어도 그가 속한 조직이 저지른 짓이 분명했다. 이전에도 사람들을 잡아먹고 납치하던 그 괴물이 시애를 노린 적이 있었으니 답은 뻔했다.

"젠장."

애당초 유현이 원씨 가문을 공격한 이유는 아주 간단했다. 자기 자신을 집요하게 노리는 것도 문제지만 일반인의 피해를 개의치 않는다는 점 때문이었다. 지금까지는 운 좋게 시애 한 명만 말려들고 끝났지만 앞으로 어떻게 될지는 모르지 않는가.

게다가 오지윤이 그 뒤에 있는데, 이놈이 하는 짓은 아예 일반인 목숨을 파리 목숨처럼 빼앗는 일이다. 애당초 서로의 행보가 겹치지 않았다면 조용히 어긋나고 끝났겠지만 이만큼이나 연이 깊어졌는데 그냥 지나칠 수도 없는 노릇이었다.

그래서 원씨 가문을 끝장냈다. 적어도 이들을 방패로 내세우고 움직이던 오지윤의 조직은 움직임이 위축될 것이다. 오지윤을 놓친 것이 문제지만 추적의 단서는 잡아놨으니 찾아내서 끝장을 보면 된다.

그런데 이 타이밍에 시애가 납치를 당하다니, 완전 뒤통수를 맞은 기분이었다.

유현은 거친 발걸음으로 그 자리를 나섰다. 그 등 뒤에 대고 성아가 물었다.

"어쩔 셈이야?"

"그놈들을 찾아서 족친다."

"누가 저지른 짓인지 안다는 거야?"

"그래."

유현은 자세히 설명해 줄 필요성을 못 느낀다는 듯 단호하게 대답하고는 밖으로 나갔다. 그 뒤를 성아가 다급하게 쫓아왔다.

"왜 따라오는 거야?"

유현이 신경질적으로 물었다.

"나도 같이 가."

"왜?"

"그 애에 대해서는 나도 책임을 느끼고 있으니까."

신기한 일이다.

유현은 진심으로 그렇게 생각했다.

물론 성아가 말한 이유를 그렇게 여긴 것은 아니다. 단지 화장을 했을 뿐인데 완전히 달라 보이는 그녀의 눈매와 그로써 더 이상 습관적으로 말을 더듬지도, 부끄러워하며 눈을 피하지도 않게 된 그녀의 태도가 새삼스럽게 신기하게 느껴졌다. 마치 같은 기억을 공유하는 다른 인간이라도 된 것 같은 변화가 아닌가?

이 순간에 떠올릴 만한 생각은 아니었지만, 유현은 잠시 동안 그런 생각을 하다가 대답했다.

"마음대로 해."

그리고 다시 몸을 돌리던 유현은 문득 그 자리에서 발걸음을 멈췄다. 그리고 성아에게 물었다.

"내가 말하는 사람의 위치를 추적할 수 있겠어?"

"그거야 우리 특기지만 일단 대상과 연관있는 뭔가가 있어야 해. 무엇보다 누굴 찾아야 하는지조차 모르는 상태에서는 아무래도 시간이……."

원래 영능력자는 누굴 찾는 데는 비상한 재주를 가졌다. 특히 그와 관련된 물품이나 신체 일부가 있다면, 일단 그 영능력자로부터 도망치기는 거의 불가능하다고 봐도 과언이 아니다, 그보다 월등한 능력을 소유하지 않는 한에는.

"이 핏자국의 주인을 찾아."

유현은 그녀를 대문 밖으로 데리고 나와서 말했다. 그곳에는 아까 전에 오지윤에게 저격을 가했을 때 그가 흩뿌린 피가 있었다. 총격이 어깨를 관통하며 확 튀어나온 피가 바닥을 부채꼴로 적신 채 서서히 말라가는 게 보였다.

원래 마법사나 주술사들은 자신의 피나 머리카락에 굉장히 민감하기 때문에 오지윤에게 조금만 여유가 있었어도 이 피를 파기하고 물러났을 것이다. 하지만 그랬다가는 유현에게 썰려 죽을 판이라 그냥 도망칠 수밖에 없었다.

"피까지 있으면 쉽겠지?"

"응. 지금 찾아볼게."

표적이 어떤 존재인지 '아직까지는' 모르겠다. 하지만 핏자국을 남기고 간 이상 그녀의 손안에 있다고 해도 과언은 아니었다. 조금만 시간과 노력을 들이면 단순히 위치를 찾는 것에 그치지 않고 정체나 기량까지 알아낼 수도 있고, 거기에 저주를 먹여서 끔찍한 꼴을 당하게 만드는 것도 가능하다. 그만큼 자신의 피가 남의 손에 들어간다는 것은 무서운 일이었다.

물론 이 피는 바깥에 노출되어서 말라붙고 있었기 때문에 절대적인 효능을 기대하는 것은 무리였다. 촉매라는 것은 그 자체의 상태도 꽤 중요시되는 법이니까. 그래도 많은 일을 당하는 입장에서는 정말 무서운 일을 할 수 있는 게 사실이다.

성아는 정신을 집중해서 주술을 사용했다. 그녀의 손에서 기묘한 열기가 일어나 핏자국을 훑기 시작했다.

파칫!

잠시 후 그녀의 손끝에서 푸른 스파크가 튀었다. 움찔하며 손가락을 물린 성아는 눈살을 찌푸렸다.

"방어가 아주 단단해. 잘 보이지 않는걸."

"그렇겠지. 그 정도 대비는 해두었을 거야. 하지만 피가 있어도 찾을 수 없을 정돈가?"

"조금만 시간을 주면 찾을 수 있어."

"너무 오래 끌면 의미가 없어. 저쪽에도 분명히 톱클래스의 주술사나 마법사가 있을 테니까, 녀석이 피난처 같은 곳에 도착한다면 대책을 강구할 거야."

"할 수 있어."

성아는 자존심이 상한 듯 강한 태도로 말했다. 유현은 그런 그녀를 잠시 바라보다가 발걸음을 옮겼다.

"그럼 찾도록 해. 나는 그동안 준비를 좀 해야겠어. 찾는 대로 나한테 연락을 해줘."

"어딜 가려고?"

"장비 교체하러."

유현이 지금 가진 장비들은 오지윤을 저격으로 격퇴하고 원씨 가문을 몰살시키기 위한 것이었다. 하지만 이제 오지윤이 속한 곳으로 가게 되면 아무래도 다른 장비들이 필요할 것이다.

"아지트까지 가르쳐 줄 순 없잖아? 그러니까 핸드폰으로 연락해."

집이야 얼마든지 노출되어도 괜찮지만 지금 이용하는 아지트는 곤란했다. 뭐, 하나만 마련해 둔 것도 아니니 발각되면 다른 곳으로 옮겨가겠지만 그래도 그런 일은 최대한 피하는 게 좋다.

잠시 후, 유현은 저격 포인트에서 얼마 떨어지지 않은 곳에 놓아둔 오토바이를 타고 자신의 아지트를 향해 이동하기 시작했다.

* * *

마법이라는 것은 참 편하다. 교통 규칙을 위반해도 경찰에게 쫓기지 않으니까.

사람의 인식에 장애를 일으키는 마법은 고대로부터 전해져 온 것이다. 그 역사와 발전 수준은 근대 이후로 발달한 화약의 발화 억제 마법에 비할 바가 아니다.

이 마법이 그를 보호하고 있는 한 사람들은 봐도 보는 것이 아니고 들어도 듣는 것이 아니다. 수많은 군중 속에 있다 보면 주변에 아주 특이한 사람들이 한두 명 섞여 있어도 무심코 지나쳐 버리곤 하는데, 그런 인식의 허점을 극대화시켜서 자신의 존재를 묻어버리는 것이 이 마법의 핵심이었다. 이상한 것이 이상하게 여겨지지 않는다.

그럼 도로를 감시하는 기계들은 어떻게 하냐고?

그것 역시 간단하게 해결할 수 있다. 전자기기를 속여 넘기는 마법 역시 마법사들에게 기본기로 보급된 마법 중의 하나다. 문명의 발달과 동시에 폭발적으로 발달한 마법은, 그 문명을 제어하는 방법 역시 터득하고 있었다. 카메라로 심령 현상이 찍히는 것을 일반인은 제어할 수 없지만 마법사라면 손쉽게 제어할 수 있고, 이 사실을 통해 알 수 있듯 마법사들은 현대의 관측 장비 대부분을 손쉽게 무력화시킬 수 있다.

부아아아아앙!

유현은 전속력으로 도로를 달렸다. 안산 시내에서 시속 180킬로로 달리면서 차량 사이를 빠져나가다니, 제정신 박힌 인간이 할 짓은 아니다. 하지만 예전부터 이것보다 훨씬 더 정신 나간 행동을 많이 해본 그다.

일단 성아에게 협력을 이야기한 유현이었지만 그쪽에서 오지윤을 찾아내길 기다릴 마음은 없었다. 오지윤은 설령 피를 남겨두었더라도 자기를 숨길 방도를 강구했을 것이다. 그 자신보다 뛰어난 영능력자의 힘까지 빌려서 말이다.

하지만 그렇다고 하더라도 유현에게는 그를 찾을 방법이 있었다.

'꼭 그놈을 찾으란 법은 없지.'

지금 유현이 쓰는 아지트는 안산천을 따라가다 보면 나오는 하수구 안쪽에 있었다. 물론 건축 허가 따위는 받지 않는 무허가 건축의 산물이다.

그 안에는 몸을 숨기고 생활할 수 있는 최소한의 시설과 마법 장비들이 갖춰져 있었다. 그중에는 세계를 흉내 내어 만든 커다란 원판도 있었는데, 이것은 마법사들이 어떤 대상을 찾을 때 사용하는 탐지기 비슷한 것이었다.

유현은 거기에 어떤 사람의 머리카락을 떨어뜨렸다. 그것은 예전에 만약을 대비해서 슬쩍해 둔 시애의 머리카락이었다.

오지윤의 위치를 알 수 없다면 시애의 위치를 탐색하면 되는 것이다. 어차피 시애를 잡아간 그놈은 오지윤의 본거지로 향하고 있을 것이 아닌가. 만약 아니라면 시애만 구출해도 그만이고.

잠시 후 원판이 희미한 빛을 발하며 유현에게 시애의 위치를 전달해 주었다. 어느 정도 주술적인 방어 체계를 갖춰둔 것 같지만 유현은 시애에게 따로 유사시에 위치를 알아낼 수 있는 각인을 해두었다. 그 각인의 효과와 머리카락의 효과가 더해지면 어지간한 방어 체계로는 막을 수 없다.

"중앙역을 지나서 안산 외곽으로 향하고 있군. 그리 멀진 않은데?"

아직도 시애가 빠른 속도로 이동하고 있다는 사실을 안 유현은 날카로운 미소를 지었다. 아마 차를 타고 있거나 전에 본 그 수상쩍은 괴물에 의해 이송되고 있는 것 같았다.

유현은 장비를 교체한 뒤 오토바이에 올라타고 아지트에서 뛰쳐나갔다. 안산천을 따라 나 있는 산책로를 지나 울퉁불퉁한 계단을 타고 길가로 나와서 단숨에 최고 속도로 가속한다. 길가에 다니는 차가 별로 없다고 해도 정상인에게는 추천

하고 싶지 않은 액션이었다.

삐리리리리.

전속력으로 달려가는 유현의 핸드폰이 울렸다. 성아의 번호를 확인한 유현은 한참 달리는 와중에 한 손을 놓고 핸즈프리로 바꾸어서 전화를 받았다. 역시 죽고 싶어서 환장한 짓이었다.

"왜?"

"위치 찾았어."

"중앙역 지나서 안산 외곽으로 가고 있지?"

"어, 어떻게 알았어?"

유현이 곧바로 묻자 성아가 놀라서 되물었다. 유현은 피식 웃고는 말했다.

"시애의 위치를 찾았으니까 알지."

"……."

성아가 침묵했다. 이건 사실 성아도 얼마든지 사용 가능한 방법이었다. 아니, 유현보다 훨씬 능숙하게 사용할 수 있었다. 그런데 그걸 생각해 내지 못하고 오지윤의 핏자국에만 열을 올리고 있었던 것이 부끄러운 것 같았다.

"어쨌든 역시 본거지로 데리고 가고 있는 모양이군. 일단 먼저 가 있을 테니까 알아서 따라와."

상식적으로 생각하면 망혼의 병력과 합류해서 가야겠지만, 유현은 그들의 움직임이 적에게 체크되고 있으리라 짐작했다. 그렇다면 그들의 움직임을 미끼로 삼고 자신은 먼저 돌격해서 허를 찌른다.

혹은 그 반대가 될 수도 있다. 어느 쪽이든 시간 차 공격은 나쁜 선택이 아니다.

단숨에 중앙역을 지나서 외곽으로 향하는 도로를 탄 유현은 시애의 기척이 멈춰 선 것을 느꼈다. 아지트에 도착한 모양이었다. 위치로 보건대, 안산시 바깥으로 나가는 경계에서 조금 떨어진 산속인 것 같다.

파지직.

그리고 의식에 노이즈가 끼면서 위치 정보가 흐려졌다. 곧바로 저쪽의 방어술이 발동한 것이다.

하지만 이미 위치를 알아낸 이상 방어술이 펼쳐져 봤자 아무런 의미도 없다. 여태까지 접한 정보들로 추정해 보면 그곳에 제법 규모가 있는 설비를 갖추고 있을 텐데, 단시간 내에 그것을 전부 빼내서 이동하는 것은 불가능하다. 그렇다면 몸을 감추기보다는 방어 태세에 들어가서 유현을 요격하려고 할 가능성이 컸다.

"좋아, 어디 얼마나 잘난 면상들이 있는지 살펴봐 주지."

유현은 이번 전투를 위해 자그마치 10억 이상의 돈을 들였다. 육도에서 사용하던 장비들에 비하면 2세대는 뒤처진 구식들이지만 시중에서는 구할 수도 없는 것들이었다.

하지만 적의 장비가 그의 것을 앞설 가능성도 생각해야 한다. 생각하기 싫은 가능성이지만 오지윤이 육도를 나온 후 다른 메이저 세력과 손을 잡았다면?

'늑대인간까지 있는 걸 보니까 그럴 가능성이 없진 않아.'

늑대인간은 연옥에서도 이질적인 존재였다. 그들은 때론 요괴로 취급받고 때론 비요괴로 취급받기 때문에 존재만으로는 적아를 구분할 수가 없었다. 어떤 자들은 요괴들에게 넘어가 인간을 학살하고, 어떤 자들은 인간들 편에 서서 연옥의 존재로서 싸운다. 원래 늑대인간의 흉성(凶性) 자체가 보통 방법으로는 통제하기 어렵기 때문에 보통 뛰어난 통제 비술을 가진 메이저 세력에서 데려다가 전사로 육성하는 경우가 많았다.

그러니까 미리 각오를 해둬야 한다. 최악의 상황까지 가정해서 대비책을 만들어두는 것이 유현이 전투에 임할 때의 태도였다.

제대로 된 길도 없는 야산까지 오토바이를 끌고 갈 수는 없었다. 게다가 조금이라도 적들의 이목을 속여야 한다는 점을 생각하면 단독으로 움직이는 게 낫다.

유현은 오토바이를 적당한 곳에 세워두고 산속으로 돌입했다. 일부러 사람들이 다니는 길을 피해서 보통 사람은 올라갈 생각도 안 하는 루트를 택했다. 물론 경계용 마법을 깔아뒀겠지만 이쪽은 그런 것을 피하는 훈련을 죽어라 받아온 몸이다.

그걸 생각하면 아마도 먼저 돌입하는 쪽은 망혼 쪽이 될 가능성이 컸다. 자신은 경계망을 피하면서 조심스럽게 들어가야 하니까.

하지만 돌입을 시작한 지 10분도 채 지나지 않아서 유현은 자신의 생각을 수정해야만 했다.

"이런 젠장."

크르르르……

눈앞에 눈을 붉게 번들거리는 들개 무리가 나타났다. 숫자가 한 30마리는 될 것 같았다. 그리고 그 사이로 커다란 덩치를 자랑하는 늑대인간이 팔짱을 끼고 있었다. 털 색깔이 회색인 것을 보니 아까 전에 본 녀석과는 또 다른 녀석이었다.

"늑대인간이 둘이나? 오지윤 이놈 출세했군. 이런 호화스러운 팀을 꾸리다니."

유현은 장검을 빼 들며 투덜거렸다.

그는 여러 종류의 칼을 주렁주렁 매달고 있었지만 늑대인간을 상대하기 위해서는 아무래도 길이와 무게가 어느 정도되는 칼이 필요했다. 이 환두대도는 강력한 마법적인 처리가된 것으로, 유령이나 요괴조차 한 대 맞으면 상처를 재생하기어려운 힘이 깃들어 있는 것이었다. 이 한 자루에 6천만 원이상을 줬으니 그 가치를 알 만했다.

"내가 온다는 것은 어떻게 알았지?"

"네 냄새를 주찬이가 기억했으니까. 영적 냄새를 기억당한이상 늑대인간에게 몰래 접근할 수 있다는 착각은 버리는 게좋아."

"가지가지 하는군."

같은 무리를 이룬 늑대인간은 서로 정신을 공유할 수 있다는 것을 유현도 알고 있었다. 즉, 주찬이라는 갈색 털의 늑대인간이 유현과 상대했을 때의 경험을 이 회색 털의 늑대인간에게도 전해준 모양이었다.

"죽여!"

늑대인간의 명령과 함께 들개들이 일제히 달려들었다. 하지만 그 순간 유현이 있던 자리에서 흙이 폭발하듯 비산했다.

"아니?"

늑대인간이 경악했다. 유현은 자기가 디딘 지면이 폭발할 정도로 강렬하게 스텝을 밟아 한순간에 10미터 이상의 거리를 벌린 다음 곧바로 급격하게 방향을 전환, 주변에 자라난 나무들을 이용해서 입체적으로 이동해서 늑대인간의 머리 위에 나타났다. 그때까지 들개 무리는 물론이고, 늑대인간조차도 그의 움직임을 따라가지 못하고 있었다.

슈확!

늑대인간이 유현을 감지했을 때는 이미 검이 머리 위로 떨어져 내리고 있을 때였다. 간발의 차이로 공격을 피했지만 몸에 긴 혈선이 그어졌다.

"큭!"

공격이 빗나가자 유현은 곧바로 허공에서 몸을 회전시키며 발차기로 늑대인간의 가슴을 걷어찼다. 그리고 그 반동으로 다시 몸을 날려 나무를 향해 날아갔다.

콰작!

다음 순간 유현이 닿은 나무가 둔탁한 소리와 함께 부러져 나갔다. 그리고 유현의 몸이 포탄처럼 늑대인간에게로 쏘아져 나갔다. 추진력을 얻기 위해 딛는 다리 힘이 너무 강해서 지면이든 나무든 버티질 못하는 것이다.

"이런 제기랄!"

늑대인간은 피할 수 없다는 것을 알고 이판사판의 각오로 공격을 날렸다. 제발 타이밍이 맞길 기대하면서 칼날 같은 손톱으로 카운터를 날린 것이다.

하지만 그가 본 것은 흩뿌려지는 피 속에서 같이 날아가는 자신의 팔이었다. 유현은 그가 내지르는 팔을 피하면서 팔을 잘라 버린 것이다.

게다가 그걸로 끝이 아니었다. 늑대인간의 눈이 크게 떠지는 순간, 등 쪽에서 화끈한 통증이 엄습해 왔다.

"마, 말도 안 돼!"

단숨에 그의 팔을 베어버린 유현은 뒤쪽으로 넘어가자마자 땅을 딛고 반전, 등을 베어버린 것이다. 쏘아져 나가던 힘이 있어서 반대쪽으로 주르륵 밀려나는 바람에 몸통을 두 동강 내지는 못했지만 그래도 제법 깊은 상처를 입혔다.

"칫."

하지만 몇 합 나누지도 않고 치명상을 입힌 유현은 뭐가 불만인지 혀를 차고 있었다. 늑대인간은 상처로부터 타 들어가는 듯한 고통을 느끼며 비명을 질렀다.

"크아아악!"

공포와 분노 섞인 울부짖음이 늑대인간 특유의 음파 공격, 하울링(Howling)이 되어 유현을 덮쳤다. 강렬한 음파가 전신을 뒤흔들며 신경을 제압하려고 한다.

유현은 입술을 깨물며 검을 허공에 대고 그었다. 그러자 마치 소리 그 자체를 베어버리듯 허공에서 스파크가 튀더니 하울링이 흩어져 버렸다.

"이런 제길……."

"자, 이제 어쩔 거지? 내 칼에 베인 이상 재생은 기대하지 않는 게 좋아."

유현은 공격 자세를 풀지 않은 채 물었다. 여유를 부리는 것은 아니다. 단순히 정보를 캐내고 싶었을 뿐.

"크으, 마검(魔劍)인가!"

늑대인간은 전혀 재생될 기미가 없는 자신의 상처를 보며 치를 떨었다.

본래 늑대인간은 엄청난 재생 능력을 갖고 있어서 어지간한 상처는 금방 나아버린다. 뼈가 부러져도 하루만 지나면 다시 붙어버리는 게 그들이었다.

하지만 강력한 저주의 힘이 깃든 유현의 마검에 베인 상처는 재생되기는커녕 그로부터 영적 독기가 침투해 들어와서 그를 갉아먹고 있었다. 당장에라도 후퇴해서 주술적 처치를 하지 않으면 죽게 될 것이다.

컹컹컹!

그때 목표를 잃어버리고 있던 들개 무리가 달려들었다. 유현은 혀를 차며 검을 한 번 휘둘렀다. 옆에서 달려들던 두 마리를 단숨에 베어버리고 뒤쪽에서 달려들던 또 한 마리를 정수리부터 양단! 그리고 허공으로 날아올라 나뭇가지 위에 올라선 뒤 총을 꺼내 들어 늑대인간에게 겨누었다.

"내가 필요로 하는 정보를 준다면 살려주지. 약속한다."

"크으… 그 말을 어떻게 믿지?"

"믿지 않으면 그냥 죽는 수밖에 없지. 오지윤에게 나에 대해 들었는지 모르겠는데, 난 전투에 관해선 꽤 원칙주의자라 약속한 것은 지킨다고."

유현은 냉랭한 목소리로 말했다. 늑대인간으로서는 선택의 여지가 별로 없었다. 인간이었으면 벌써 죽어버렸을 상처를 입은 상태고, 섣불리 행동했다가는 한순간에 목숨을 잃게 될 테니까.

팍!

하지만 아직 그는 늑대인간의 신에게 버림받진 않은 모양이었다. 갑자기 날아든 화살에 유현이 뒤로 후퇴했다.

"칫, 또 다른 놈들인가?"

살기가 느껴져서 피했기에 망정이지 잘못하면 손을 다칠 뻔했다. 헬멧을 쓰지 않은 머리는 집중적으로 마법의 보호를 받고 있으리라 생각했는지 칼을 든 손을 노리고 사격을 가해 온 것이다.

화살의 속도는 지난번에 상대한 공천의 사수들보다도 훨씬 더 빨랐다. 총알보다 빠르진 않겠지만 화살의 무게에 시속 300킬로미터 이상의 속도가 더해지면 그건 이미 총 이상의 위력을 가진 화기다.

팍! 팍! 팍!

사수는 한 명이 아니었다. 두 명이 서로 반대편에서 달려오면서 입체적인 사격을 가하고 있었다.

유현은 지상과 나무 위를 오가는 입체적인 움직임으로 사선을 흐트러뜨리면서 늑대인간을 공격했다. 접근하려고 하면 집중 사격으로 움직임을 막고 있지만 그래 봤자 이쪽에서 원거리 공격하는 것을 어찌할 재간은 없으리라.

유현의 손에서 특수 소재의 나이프가 날았다. 늑대인간은 하나밖에 남지 않은 팔을 들어서 그것을 막았지만 그 순간 아차 하는 기분을 느꼈다.

파지지지직!

"카아아아아악!"

그리고 예감은 그대로 들어맞아서 신경을 태울 듯한 전자 충격파가 작렬했다. 심각한 부상을 입은 지금이라면 숨을 끊어놓기에 충분한 공격이었다.

"훙!"

유현은 코웃음을 치며 몸을 날렸다. 일단은 화살을 쏴대는 두 명을 잡고 곧바로 본거지로 향해야겠다. 망혼이 도착할 것을 신경 쓰고 있을 테니까 이쪽에 많은 병력을 할애하지는 못할 것이다.

'규모가 얼마나 되는 거지?'

문제는 이들의 인력이 얼마나 되는가이다. 지금 당장 두 명의 적을 상대하겠다고 마음먹었지만 조용하게 뒤통수를 노리고 있는 놈이 한둘 정도 더 있을 가능성도 있다. 오지윤의 정신이 멀쩡하다면 그 정도 전술 지시는 내렸을 테니까.

'뭐, 좋아. 일단 보이는 놈들부터 처리하고.'

적들은 투명술과 기척 은닉술로 스스로를 감췄지만 유현의 감각에서 벗어날 수는 없었다. 유현은 둘 중 하나의 위치를 찾아내고는 곧바로 땅을 박차고 허공으로 뛰어올랐다. 단숨에 20미터 가까운 거리를 날아간 유현이 휘두른 칼이 허공에 날카로운 궤적을 그렸다.

3

오지윤은 불쾌한 통증에 시달리고 있었다.

진유현에게 받은 타격은 꽤 컸다. 그가 늑대인간이나 요괴였으면 단시간에 회복이 가능했겠지만 그는 어디까지나 인간이다. 총에 맞아 육신이 관통되고 그로부터 독기가 번졌는데 멀쩡히 살아서 의식을 유지하고 있는 것만 해도 대단한 일이었다. 게다가 한 발만 맞은 것도 아니고 여러 발 맞았으니 일반인이었으면 며칠 동안 사경을 헤매고 있었을 것이다.

"젠장, 최악이군."

오지윤은 주술사들에게 상처 치료를 받으면서 투덜거렸다. 아무리 영능력자의 회복술이라고 해도 만능은 아니다. 유럽에 서식하는 요괴 트롤의 피를 연구해서 만든 힐링 포션(Healing Potion)을 주사하고 회복술을 받아서 일단 겉으로는 그럭저럭 회복했지만 속에 남은 데미지는 회복하는 데 시간을 필요로 했다.

"요한이 벌써 당했어."

그의 앞에는 갈색 털의 늑대인간 정주찬이 심각한 표정을 짓고 있었다. 감각을 공유하는 늑대인간들의 특성 때문에 그는 동료인 회색 털의 늑대인간 요한이 어떻게 당했는지 고스란히 알게 되었다.

"죽었나?"

"아니, 다행히 숨은 붙어 있어."

"그럼 가서 구하도록 해. 좀 돌아가는 루트를 택하면 진유현하고 맞닥뜨리지 않을 수 있을 테니까."

"그래도 괜찮겠어?"

"우리 인원은 너만 있는 게 아냐. 그리고 요한을 구해놓고 빨리 합류해."

오지윤이 허락하자 주찬은 그에게 감사의 의미로 고개를

숙이고는 질풍처럼 달려갔다. 당장 달려가고 싶었지만 긴급 태세에 오지윤의 곁을 지켜야 한다는 책임감 때문에 그러지 못하고 있었던 것이다.

"김혁, 네가 좀 가줘야겠다. 지금 여기 인원 중에 진유현하고 격이 맞는 건 너밖에 없어."

"어이, 그럼 네 곁이 텅 빈다고."

대답하는 목소리는 아무것도 없는 허공에서 들려왔다. 오지 윤과 비슷하거나 아니면 더 어린 것 같은 남자의 목소리였다.

"괜찮아. 대충 회복됐고, 나도 내 몸 하난 건사할 수 있어."

"흠, 너 잘못되면 내가 크레이그 씨한테 한소리 듣거든?"

"안 돼지면 그럴 일 없을 거고, 돼지면……."

"돼지면?"

"내가 알 게 뭐야?"

"풋."

대충 상처가 아문 것을 확인하고 상의를 걸치는 오지윤의 말에 김혁은 웃음을 터뜨리고 말았다.

"알겠어. 그럼 저 진유현이란 놈은 죽여도 되는 거지?"

"뭐, 생포할 수 있으면 아주 좋겠지만 그럴 여유가 없을걸? 처음부터 죽일 각오로 싸우도록 해."

"이런. 아무리 네가 한 방 먹었다곤 해도 2년 전에 은퇴한 놈을 너무 높게 평가하는군."

"너도 낮게 평가하다가 몸에 총알 박히고 나면 생각이 바뛸걸."

"흥, 뭐, 좋아. 디스트로이어의 A랭크 전투원인 나하고 육
도의 수라 급 전투원 중에 어느 쪽이 위인지 확인해 보는 것
도 재미있겠지."

"야, 너도 어차피 디스트로이어에서 나왔잖아?"

"따지지 마."

김혁은 코웃음을 치며 그 자리를 떠났다.

그의 기척이 떠나간 것을 느낀 오지윤은 선글라스를 끼고는
연구실 쪽으로 향했다. 그런 그의 앞을 한 남자가 가로막았다.

"새로운 침입자들이 나타났습니다."

"망혼인가?"

오지윤보다 열 살 정도 많아 보이는 그 남자는 상부에서 머
릿수를 보강해 주고자 보내준 무벌 세력의 리더였다. 이래 봬
도 높은 몸값을 자랑하는 1급 조직으로, 망혼과도 충분히 대
적할 수 있을 것이다.

"그런 것 같군요."

"전력을 다해서 막아. 연구팀은 철수시켜야겠으니 헬기 대
기시키고."

"알겠습니다."

남자는 고개를 살짝 숙여 보이고는 몸을 돌렸다. 오지윤은
혀를 차고는 연구팀이 있는 곳으로 향했다.

"지윤아, 철수해야 되냐?"

연구실로 들어서자마자 이현종이 심각한 표정으로 물었다. 오지윤은 고개를 끄덕였다.

"지금 바로 철수해야 할 것 같아. 여긴 이제 무리야. 만약 이번에 방어에 성공한다고 해도 앞으로가 없어."

"Shit. 시간 좀 끌어줄 수 없어?"

"왜?"

오지윤은 의아해하며 물었다. 이곳의 연구 설비는 언제든 파기할 수 있도록, 그리고 연구 성과는 이송할 수 있도록 구축되어 있었다. 그런데 굳이 이현종이 이런 말을 하는 저의를 알 수가 없었다.

"그 새로 잡아온 애들 중에서 하나가 감응률이 굉장히 좋단 말야. 한 시간, 아니, 30분만 있어도 제어 시스템 초안을 잡을 수 있는 데이터를 얻을 수 있을 것 같은데?"

"그래?"

오지윤의 표정이 심각해졌다.

이현종의 말은, 그러니까 그들이 지금까지 해온 일의 1차적인 성과가 30분 안에 나올 수도 있다는 것이었다. 그런데 지금 여기서 작업을 중지시키고 철수하게 되면 어떻게 될까? 다시 설비를 구축하는 데도 시간이 걸리겠지만 다시 곧바로 여기까지 도달할 수 있으리라는 보장이 없다.

그렇다면 좀 무리해서라도 30분을 벌어주는 편이 낫다. 오지윤은 그렇게 판단했다.

"알겠어. 30분 더 벌어주지. 그 안에 결판을 내고, 안 되면 바로 철수한다. 불만없지?"

"고맙다."

이현종은 씩 웃으며 몸을 돌렸다. 오지윤도 곧바로 몸을 돌려 자신의 방으로 향했다. 몸 상태는 엉망이었지만 그래도 싸워야 하는 이상 장비를 갖출 필요가 있었다.

방에 들어가서 그는 특수 섬유 전투복 위에 나노 플라스틱 파츠를 붙이고 진유현처럼 장비를 주렁주렁 달았다. 지금은 육체 기능이 저하되어 있기 때문에 후유증을 각오하고 약물도 투여했다.

진유현을 막는 것은 김혁만으로도 충분하다고 생각했다. 하지만 만약을 대비할 필요가 있었다. 지금 이 자리에서 끝장을 보지 않으면 앞으로 계속 골머리를 썩을 것 같은 예감이 느껴졌다.

철컥!

몸에 장착되는 특수 장비의 묵직함을 확인한 다음, 그는 문을 열고 전장으로 향했다.

* * *

일곱 명을 죽였다. 유현은 주변을 경계하며 꿈틀거리는 적에게 칼을 박아 넣어 확인 사살을 했다.

적들은 그 늑대인간 외에도 일곱 명의 전투 병력을 보내서 그를 상대하게 했다. 덕분에 좀 시간을 잡아먹었다. 교전 시간을 생각해 보면 거의 10분은 싸웠을 것이다.

처음부터 적 쪽이 유리한 상황을 점하고 있다 보니 하나하나 찾아서 제거하는 것도 꽤 손이 많이 갔다. 그렇다고 무시하고 돌격할 수도 없는 노릇이고……

이제 그 늑대인간도 처리해야겠다고 생각하고 가보니 이미 누군가 와서 구출해 간 후였다. 늑대인간은 귀중한 전력이다 보니 함부로 방치하진 않는가 보다.

"마력을 좀 보충해 두는 게 낫겠군."

유현은 자신의 상태를 체크해 보고는 중얼거렸다.

그가 전투복에 달린 작은 주머니 중 하나에 손을 넣자, 놀랍게도 손이 팔목까지 쑥 들어가 버렸다. 그런데도 주머니에는 전혀 부푸는 기색이 없었다.

그리고 잠시 후 그의 손에 들려 나온 것도 그 주머니보다 더 큰 것이었다. 주먹만 한 정령석이 어떻게 그 속에 들어갈 수 있었던 것일까?

그것은 그의 몸을 두른 장비 모두가 마법의 가호를 받고 있다는 것을 알려준다. 마법사들이 적은 공간에 많은 물건을 넣는 공간 활용 마법을 개발한 것은 벌써 4세기도 더 전의 일이었다. 오늘날에는 문명의 힘과 결합되어서, 유현이 지금 실제로 갖고 있는 물량은 트레일러 한 대분에 필적했다.

유현은 장갑을 벗고 맨손으로 정령석을 쥐었다. 그리고 정신을 집중하자 안대를 쓰지 않은 오른쪽 눈이 기묘하게 빛나기 시작했다.

동시에 정령석이 그에 공명하듯 빛을 발하며 녹아내리기 시작했다. 마치 열에 노출된 사탕처럼 녹으면서 유현의 피부 속으로 스며드는 것이다. 그 작업은 대략 2분 정도 걸려서 끝이 났다.

"흠, 좋아."

유현은 다시 장갑을 쓰면서 중얼거렸다.

그는 원래 선천적으로 영적 재능을 타고난 존재가 아니었다. 그렇기 때문에 약물과 마법 시술을 통해 체질을 억지로 바꾸고, 몸에 필요한 주문을 각인시켜서 약간의 공부와 이해만으로도 그것을 사용할 수 있게 했다. 그러니까 누구나 마치 컴퓨터의 구동 원리를 본질까지 다 알진 못하더라도 인스톨된 프로그램을 사용할 수 있는 것과 같은 이치다.

물론 유현은 따로 공부를 해서 마법이나 주술에 대해서도 상당한 지식을 갖고 있었다. 하지만 그 공부의 깊이가 곧 그가 사용할 수 있는 기술로 직결되지 않는 것에는 역시 재능의 유무가 크게 작용한다.

그래서 그는 제대로 된 마법사나 주술사에 비해 힘의 충전이 느렸다. 격렬한 전투에서 마법을 계속 써야 할 상황이 오면 정령석 같은 촉매를 통해서 계속 마력을 보충해 줘야만 했다.

"그럼 가볼… 음?"

곧바로 본거지를 향해 가려던 유현은 걸음을 멈추며 눈살을 찌푸렸다.

잠시 후, 그의 앞에 한 사람이 모습을 드러냈다.

"이런, 좀 더 접근할 수 있을 것 같았는데, 들켜 버렸네."

거리는 20미터가량, 모습을 드러낸 것은 염색한 금발을 찰랑거리는 소년이었다. 체격은 유현보다 좀 작고 얼굴도 장난기 넘치는 동안이었다. 유현의 그것과 비슷한 전투복을 입고 양손에는 기관단총 두 자루를, 등에는 대전차 라이플을 메고 있었다.

"그걸로 멀리서 저격하는 편이 낫지 않았을까?"

유현은 이미 화약의 발화 억제 마법장을 근처에 펼쳐 두었다. 그것은 상대도 잘 알고 있을 텐데 저렇게 당당하게 총기류를 갖고 왔다는 것이 의미하는 것은 단 하나, 유현이 쓰는 것과 마찬가지로 마법 총이라는 소리다. 대전차 라이플 정도 되는 것을 보니 꽤나 출력 높은 마법이 내장되어 있는 모양이다.

"그럴까도 생각했는데 워낙 오지윤이 너를 칭찬하길래 한번 시험해 보고 싶어서."

"홍, 그렇게 높게 평가받고 있는지 몰랐는걸?"

"그리고 개인적으론 육도의 수라 급 에이전트가 어느 정도 실력을 가졌는가도 흥미가 있어."

"난 2년 전에 은퇴한 몸이라 별로 참고가 안 될 텐데?"

"뭐, 그런 주제에 오지윤에게 한 방 먹인 걸 보면 그리 많이 녹슬진 않은 것 같은데? 그런 의미에서 내 소개를 하지. 난 김혁. 디스트로이어의 A랭크 전투원이었던 몸이야."

"전투원이었다는 건 지금은 나왔다는 소리군. 육도에 디스트로이어까지 모인 팀이라니, 굉장한데? 혹시 금오나 쿠로카미, 데스트레자 출신도 같이 노나?"

이 자식은 수다스럽기도 하군. 적을 앞에다 두고 자기 출신 내력을 소개하다니, 요즘 왜 이렇게 정신 나간 녀석이 많은 거야? 유현은 그렇게 생각하며 곧바로 권총을 뽑아서 쏘았다.

김혁은 고개만 살짝 틀어서 그것을 피해낸 다음 곧바로 기관단총의 방아쇠를 당겼다. 양손에 들린 기관단총이 리드미컬한 소리와 함께 총탄을 토해내기 시작했다.

투두두두두두!

유현도 사격 후 곧바로 몸을 날려서 사선에서 벗어났다. 보아하니 이 녀석은 디스트로이어의 명성 그대로 압도적인 화력으로 적을 제압하는 타입인 것 같았다.

그럼 입체적인 움직임에는 어떻게 대처할 거지? 유현은 그렇게 생각하며 옆에서 한 발 쏘고 이동, 다시 뒤쪽에서 한 발 쏘고 이동, 그다음에는 허공으로 뛰어올라 세 발을 연달아 쏘아댔다.

하지만 김혁은 그것을 모조리 피해내고는 반격을 가해왔다. 총알이 다 떨어진 기관단총의 탄창이 저절로 갈아치워졌다. 보아하니 염동력을 사용하는 게 꽤 능수능란한 것 같았다.

'빠르군. 기동력으론 비교가 안 되겠는데?'

김혁은 김혁대로 유현의 전력을 분석하고 있었다. 보아하니 원숭이 뺨치는 저 움직임은 흉내도 낼 수 없을 것 같다. 물론 그에게는 눈으로 얼마든지 그 움직임을 따라잡고 타깃팅 포인트를 설정, 곧바로 사격을 가해줄 수 있는 능력이 있으니까 상관은 없지만.

그리고 입체적인 움직임이 주특기라고 해서 대처할 방법이 없는 것은 아니지. 김혁은 씩 웃으며 장비를 기동시켰다.

"팔각(八脚)이잖아? 은퇴한 주제에 어떻게 그쪽 장비를……."

유현이 그의 등에서 뻗어 나오는 여덟 개의 검은 금속 팔을 보며 혀를 찼다. 저것은 디스트로이어의 특수 장비 중 하나로, 특수 전투요원쯤 되면 저 여덟 개의 팔을 능수능란하게 제어해서 도합 열 개의 총을 동시에 잡고 쏠 수 있었다.

하지만 김혁은 여덟 개의 팔을 전부 공격용으로 사용하진 않았다. 네 개는 아래로 향해서 다리로 쓰고 두 개에는 칼을, 그리고 두 개에는 기관단총을 둘려주었다.

'전부 총을 쓰진 않는다? 그럼 저놈들도 총기 물량이 충분한 것은 아닌가?'

디스트로이어의 A랭크 전투원이라면 웬만한 대형 조직의 총 화기 보유량보다 많은 특수 총기를 소유하고, 사용할 것이다. 하지만 디스트로이어 밖으로 나온 이상 특수 총기는 굉장히 사치스럽고 희귀한 물건이 되어버린다. 가끔 시장에 매물이 나오면 권총이라도 2억은 가뿐하게 호가할 정도였다.

"촌스러운 한자 붙여 부르지 마. 멍청이. 스파이더 암(Spider Arm)이라고!"

"그쪽이 더 촌스러워, 양키 워리어!"

불을 뿜는 총구들 앞에서 몸을 피하며 유현이 받아쳤다. 그 뒤를 김혁이 팔각을 이용해 뒤쫓았다. 인간의 팔보다 더 얇은 금속 팔이지만 그 힘은 상상을 초월한다. 땅을 박차고 유현의 뒤를 쫓는 한편 김혁의 그것과 더해져 도합 네 개의 총구가 불을 뿜었다.

투두두두두!

"젠장!"

유현은 이리 뛰고 저리 뛰어봤지만 적의 대응력은 강력했다. 어느 각도로 뛰어들어도 네 개의 총구가 각기 다른 의지를 가진 것처럼 움직이며 대응하는 것이다. 두 발 정도는 피하지 못해서 방어막을 쳐서 받아야 했다.

김혁은 기관단총을 집어넣고 등에 메고 있던 대전차 라이플을 양손으로 들었다. 나무 뒤로 모습을 숨겼던 유현은 그 순간 섬뜩함을 느끼며 몸을 날렸다.

쾅!

폭음과 함께 그가 몸을 숨겼던 나무가 두 동강 나서 날아갔다. 역시 전차를 상대로 하는 총기라 위력이 아주 화끈하다. 맞았다간 한 방에 끝장날 것이다.

"아하하하! 쥐새끼처럼 도망만 칠 생각이냐?"

김혁은 아주 신이 난 것 같았다. 지금 마구 퍼붓고 있는 것 같아도 그의 사격 솜씨는 믿을 수 없을 정도로 정묘했다. 최신예 함의 화기 관제 시스템도 그 앞에서는 꼬리를 내려야 할 것이다. 네 개의 화기를 동시에 다루고 있으면서도 표적을 잡고 정교하게 사격하는 능력은 일반인의 상식으로는 이해할 수 없는 차원에 도달해 있으니까.

그러니까 그것을 잘도 피하는 유현 쪽이 굉장한 것이다. 원래 전투에서는 화력에서 밀리기 시작하면 장사 없다. 이 전투의 승패는 이미 결정되어 있는 것이나 다름없었다.

물론 그것은 김혁의 생각이었고 유현은 전혀 다른 생각을 갖고 있었다. 그들이 일반인의 상식에서 벗어난 존재이듯 그들의 전투도 일반인의 그것과는 다른 법칙에 지배되고 있다는 것을 잊으면 곤란하다.

유현은 총을 집어넣고 대신 양손에 나이프 다섯 자루씩을 잡고 뿌렸다. 하지만 두 개를 제외하면 전부 김혁에게 맞지 않을 엉뚱한 궤도를 그리고 있었다.

김혁은 당혹감을 느끼면서도 사격을 가해서 그중 네 개를 떨어냈다. 그리고 다음 순간 반대 방향에서 유현이 쏘아낸 전광이 날아들었다.

"마법? 갑자기 잔재주를 부리네."

김혁은 투덜거리면서 그것을 몸으로 받았다. 마법을 쓰는 것은 유현만이 아니다. 그의 능력 자체가 마법을 기반으로 한 것이었다. 그의 몸을 지키는 방어막이 발동하며 전광을 완전히 막아냈다.

쾅! 콰콰쾅!

하지만 그 순간 땅에 박혔던 나이프들이 폭발했다. 특수 소재로 만들어진 나이프에 마법을 걸어서 땅에 박고, 전광을 주변에 흘려서 반응시킴으로써 폭발시킨 것이다. 갑자기 사방에서 후폭풍이 덮쳐 오자 김혁도 흔들렸다.

"큭!"

투두두두두두!

김혁은 즉시 두 개의 강철 팔을 움직여서 유현의 예상 위치에 대고 사격을 가했다. 적이 이 순간을 노리고 들어올 게 분명하다면 화망을 형성시켜서 접근 그 자체를 막아버린다!

투학!

하지만 다음 순간 강렬한 타격이 등 뒤를 덮쳤다. 실드를 꿰뚫고 날아든 타격은 등 뒤의 팔각을 뒤흔들었다.

김혁이 위기감을 느끼고 몸을 띄우려는 순간, 팔각을 노린 공격이 또다시 적중했다. 방어막으로 중화되지도 않은 타격에 김혁의 몸이 주르륵 밀려났다.

'나이프인가!'

유현이 투척용 나이프를 팔각을 노리고 던진 것이다. 분명히 그사이 금속을 탐지하는 마법 같은 것을 써서 팔각의 위치를 잡은 것이 틀림없었다. 그렇지 않았다면 차라리 머리를 노려서 한 방에 끝냈을 테니까.

"제, 젠장!"

김혁이 치를 떠는 사이 한 방 더 명중, 드디어 팔각의 기능에 이상이 발생했다. 유현은 그냥 특수 소재의 나이프를 던지는 것뿐 아니라 특수한 마법을 사용해서 위력을 증대시키고 있었다. 그것도 아예 팔각의 소재를 파악하고 그것을 노려서 증대시킨 것이라 망가지진 않아도 이상이 생기는 것은 어쩔 수 없었다.

김혁은 팔각을 거두어들이는 동시에 허공으로 몸을 띄웠다. 일단 시야를 가린 폭연으로부터 벗어나야 대응이 가능하다. 그리고 적은 완전히 팔각만을 노리고, 마력 증폭까지 사용해 가며 공격에 들어갔을 테니 대응성이 떨어졌을 게 분명했다.

하지만 그것은 결과적으로 오산이었다. 그가 폭연 밖으로 뛰쳐나오는 것과 동시에 유현이 무시무시한 속도로 날아든 것이다.

"이 자식!"

김혁은 즉시 칼을 뽑아서 대응했다. 허공에서 유현의 환두대도와 김혁의 대형 나이프가 충돌하며 푸른 불꽃이 튀었다.

콰창!

두 사람이 서로 반대 방향으로 튕겨져 나갔다. 김혁은 그 와중에도 태세를 바로잡으며 총을 뽑아서 사격을 가했다. 하지만 유현은 새처럼 허공에서 두 번 방향을 바꾸어서 그것을 피해내고 나이프 세 자루를 투척했다.

두 자루는 쳐냈지만 한 자루는 김혁의 왼팔을 가르고 지나 갔다. 그나마 박히지 않은 게 다행이지만 상처로부터 화끈한 통증이 전해져 오는 게 아무래도 약을 발라놓은 것 같았다.

'젠장, 너무 얕봤군. 이럴 줄 알았으면 부스트 팩을 맞는 건데!'

상대의 능력이 예상을 넘어선다는 것을 알아차린 김혁은 약물 투여를 하지 않은 스스로를 책망했다. 디스트로이어의 비전을 흉내 내어 만든 부스트 팩. 그것을 맞았다면 이런 상황에서도 충분히 대응할 수 있었을 것이다.

하지만 지금 후회해 봤자 아무런 의미도 없다는 것은 잘 알고 있었다. 김혁은 다시 쌍기관단총으로 폭연 너머에 무차별 사격을 가하는 한편 마법 폭탄 두 개를 꺼내서 던졌다.

콰쾅! 콰아아앙!

그의 탐지 마법도 호구가 아니라서 일단 다시 눈으로 확인한 이상 유현의 움직임도 어느 정도는 잡을 수 있었다. 유현은 자신이 있는 자리를 정확하게 노려오는 공격에 혀를 찼다.

'큭, 좀처럼 승부가 안 나겠는데?'

역시 데스트로이어의 A랭크 전투원답다. 이대로라면 한참 치고받아야지 승부가 날 것 같았다.

하지만 조급하게 굴어선 안 된다. 김혁은 결코 그에 비해 떨어지지 않는 강자였다. 판단력이 조금이라도 흐려진다면 그 순간 당한다.

그런데 그때 또다시 이변이 일어났다.

카가각!

갑자기 덮쳐 온 공격을 유현은 아슬아슬하게 피했다. 상대방이 풍겨내는 기운을 느낀 것은 찰나, 조금만 늦었더라도 심장을 꿰뚫렸을 것이다. 다행히도 나노 플라스틱 파츠가 붙어 있는 부위를 맞는 것으로 끝났다.

하지만 상대방의 역량도 굉장했다. 총알도 막는 나노 플라스틱 파츠를 베어놓다니.

"오지윤!"

유현은 즉시 상대방의 정체를 알아차리고 외쳤다. 그러자 상대는 혀를 차며 투명술을 풀었다. 허공에서 붉은 머리칼을 가진 그의 모습이 신기루처럼 홀연히 나타났다.

"잘도 아는군."

"지금 건 꽤 괜찮았어. 은신술, 상당한데?"

"흥, 내 몸에 총알을 박아 넣은 녀석이 할 말은 아냐."

오지윤은 그렇게 말하며 또 한 자루의 검을 빼 들었다. 유현의 환두대두와는 달리 검신이 곧고 약간 팔랑거리는 느낌의 중국검이었다. 쌍검술인가? 그렇게 생각한 순간 그의 등 뒤에서 여덟 개의 강철 팔이 뻗어 나왔다.

"팔각. 그거 디스트로이어도 아닌 놈들이 개나 소나 쓸 수 있을 정도로 쉽게 구해지는 물건이었냐?"

"그럴 리가 있나."

오지윤은 피식 웃으며 검격을 날려왔다.

유현은 환두대도로 그것을 막으면서 뒤로 물러났다. 그러자 0.1초의 시간 차를 두고 그 공간을 두 자루의 창이 꿰뚫었다.

오지윤의 팔각 활용법은 김혁과는 달랐다. 두 개의 팔만 지상에 박아두고 나머지 여섯 개에는 전부 강철 창이 들렸다. 여섯 개의 창과 두 자루의 검, 이것을 입체적으로 제어할 수 있다면 그것만으로도 근거리 전투에서는 최강이다.

물론 그가 근거리 특화 태세를 갖춘 것에는 나름 이유가 있었다.

쾅!

폭음과 함께 유현의 옆에 있던 나무가 부러져 날아갔다. 간발의 차이로 피해서 망정이지 하마터면 몸 일부가 터져 날아갈 뻔했다.

"원거리는 저놈에게 맡기고 댁은 근접전에 전념하시겠다?"

확실한 팀플레이로 유현을 쓰러뜨리겠다는 의지가 엿보이는 태세였다.

유현은 혀를 찼다. 하나도 벅찬데 둘이라?

비록 오지윤이 부상 때문에 제 컨디션이 아니라고 해도 무시할 수 없는 실력자인 것만은 분명했다. 그가 합류한 이상 유현의 승률은 한없이 낮아지고 있었다.

그렇다면 판을 뒤집을 방법을 찾아야겠지. 자신에게 닥칠 위험을 걱정하다가 목숨을 내주는 취미는 없다. 위험부담이 좀 크더라도 확실한 패배를 역전시킬 수가 있다면 그것을 선택하는 게 당연하다.

"뭐, 좀 제대로 해야겠다 싶으면 꼭 이렇게 되더라."

유현은 투덜거리면서 손을 들어 안대를 풀었다. 그리고,

고오오오오……!

오지윤과 김혁을 향해 어마어마한 압박감이 달려들기 시작했다.

4

"아, 아아아아아!"

아이들은 비명을 지르고 있었다.

아니, 그것은 비명이 아니었다. 그들은 고통스러워하고 있지 않았고, 그들의 목소리는 마치 소프라노의 그것처럼 높은 음역을 자랑하고 있었다. 다만 아무것도 걸치지 않은 피부 위에 복잡한 문양이 그려진 그들의 눈에는 초점이 없었고 얼굴에는 아무런 감정도 없어서 마치 정교하게 만들어진 마네킹 같았다.

그리고 소리에 호응하듯 빛이 일어났다. 마법진을 타고 흐르는 빛이 마치 물에 탄 물감이 번지듯 사방으로 번져 나가서 망막을 태울 듯 광도를 높여갔다.

유리관으로 둘러싸인 마법진 속에서 소리 지르는 그들을 이현종을 비롯한 연구원들이 선글라스를 쓴 채 긴장된 표정으로 바라보고 있었다. 그들은 관련 설비들을 쉬지 않고 조작하면서 수치 변동을 확인했다.

그 수치가 일정 수준에 도달하자 이현종이 슬쩍 미소를 지으며 말했다.

"좋아, 이대로 시스템을 블록시키고 데이터 저장에 들어간다."

"기대 수치보다는 약간 밑인데, 괜찮겠습니까?"

"괜찮아. 더 욕심 부렸다가 피 보는 것보다야."

실험은 생각보다 빨리 끝났다. 30분을 요구했는데 소요 시간은 22분. 그리고 보니 오지윤 쪽은 어떻게 됐을까?

그는 즉시 무선을 잡고 오지윤에게 연락을 해보았다.

"지윤아, 여긴 상황 오케이 됐다. 이제 시스템 안정화하고 철수할 거야. 그쪽은 어때?"

한동안 대답이 들려오지 않았다. 이현종은 통신에 이상이 생겼나 싶었지만 그건 아닌 것 같았다. 다만 오지윤 쪽은 수신만 켜뒀을 뿐, 저쪽의 소리를 전송하고 있지 않았다.

그리고 잠시 후 저쪽의 소리가 들려오기 시작했다.

"큭, 빨리 철수해!"

대답하는 오지윤의 목소리는 굉장히 다급했다. 주변에선 가끔 폭음이 울려 퍼지는 게 굉장히 격렬한 전투가 벌어지고 있는 것 같았다.

"어, 상황이 안 좋아?"

"여유없어!"

칼과 칼이 맞부딪치는 소리도 들렸다. 아니, 거의 쉬지 않고 들리고 있었다. 그리고 오지윤이 숨을 몰아쉬고 있다는 것과 간간이 흘리는 비명에 가까운 신음도 들려왔다.

"알았어. 우린 바로 철수할게."

"거기에 마지막으로 잡아온 여자애는 놔두고 가! 아지트 파기는 계획대로 하고!"

"마지막으로 잡아온 여자애?"

"끊는다!"

이현종이 의아해하는 사이 통신이 끊겼다. 아무래도 느긋하게 통신이나 하고 있을 팔자가 아닌 모양이었다.

이현종은 고개를 갸웃하며 마법진 안쪽을 바라보았다. 마지막으로 잡아온 애라면 분명히 저 공명도가 엄청 높은 저 여자애였지?

그의 시선이 향한 곳에는 넋 나간 표정으로 고음을 발하고 있는 한시애가 있었다. 그곳에 있는 아이들의 평균적인 연령대보다는 서너 살 정도 많은 소녀.

이유는 알 수 없었지만 이현종은 오지윤의 말에 따르기로 했다. 그가 다급한 와중에도 언급한 것을 보면 분명 중요한 이유가 있을 것이다. 실험체를 풀고, 설비와 실험체, 인원을 이동시키고, 그녀만을 놔둔 채 이곳을 폭파해 버리면 끝이다. 아무리 봐도 그녀를 놔두고 죽게 하라는 소리였지만……

'뭐 어때?'

그와는 상관없는 이야기였다. 어차피 어릴 적부터 지긋지긋하게 산 사람에게 약물을 투여하고, 통각이 살아 있는 채로 해부하는 인체 실험을 하고, 시체를 일으켜 괴물로 만들어온 놈에게 인정이나 죄책감을 기대하는 게 무리다.

이현종은 다른 연구원들을 도와서 실험체들을 옮기고 시설 파기 준비를 했다.

'지윤, 살아 돌아와라.'

오지윤은 별말하지 않았지만 이현종은 그가 진유현을 대단한 위협으로 여기고 있다는 것을 알아차렸다. 게다가 그 직전에 죽기 직전까지 몰리기도 했으니 걱정을 하는 게 당연하다. 사람 목숨을 파리처럼 여기는 그라도 자기 친구는 소중히 하는 것을 보면 팔은 안으로 굽는다는 말이 얼마나 진리에 가까운 말인지 알 수 있었다.

그는 떠나기 전에 하나 더 해야 할 일이 있다는 사실을 깨달았다.

"자, 그럼 빨리빨리 이동하자!"

괴력을 자랑하는 늑대인간 주찬이나 흑마법으로 만든 시체 인형들, 그리고 합성 괴물 일꾼 등을 이용해서 놀라운 속도로 퇴거를 진행하는 동안 현종은 연구실 구석에다가 무언가를 설치하기 시작했다.

*　　　　*　　　　*

　인간의 움직임이 섬광 같다고 하는 말을 비로소 이해할 수
있을 것 같다. 의기강체술을 통달하고 나서는 지상에 자신이
쫓지 못할 인간의 움직임 따위는 없다고 느꼈는데 그것이 얼
마나 오만한 생각이었는지 뼈저리게 깨달을 수 있었다.
　파캉!
　날카로운 소리와 함께 허공에 섬광의 파문이 그려졌다. 무
기에 걸린 마법이 서로 충돌하면서 반동이 폭발하는 것이다.
　그 충격으로 오지윤의 몸이 20미터 이상 뒤로 날아갔다.
오지윤은 허공에서 반전, 2단 점프를 해서 하늘로 솟구쳤다.
　쉬잉!
　그리고 그 자리를 아슬아슬하게 참격이 쪼개고 지나갔다.
마치 공간 그 자체를 두 동강 내버릴 듯한 공격이었다.
　창을 든 여섯 개의 강철 팔이 꿈틀거렸다. 서로 다른 각도에
서 날아드는 여섯 개의 창이 찔러지는 속도는 시속 500킬로미
터를 넘었다. 인간이 인식하고 피할 수 있는 속도가 아니다.
　하지만 상대는 섬전 같은 움직임으로 그 공간에서 사라졌
다. 초고속 창격이 날아들기도 전에 포위된 공간에서 몸을 빼
고, 곧바로 옆으로 돌아가면서 검격을 날려왔다.

콰작!

놀랍게도 검격을 받아낸 창이 충격을 견디지 못하고 부러져 나갔다. 똑같은 특수 합금 소재의 마병(魔兵)인데 몇 번 격돌하지도 않아서 부러지다니!

하지만 다른 다섯 개의 창과 손에 들린 두 자루의 검이 있다. 그리고,

쾅!

틈만 나면 지원 사격을 해주는 김혁의 존재가 있었다.

"칫."

상대는 귀찮다는 듯 그 자리에서 벗어나 김혁의 시야 사각으로 들어갔다. 지원하는 저격자가 있다 보니 이래저래 귀찮다.

'진유현, 도대체 무슨 비밀을 가진 거지?

오지윤은 등이 식은땀으로 축축해지는 것을 느끼고 있었다.

진유현이 안대를 벗고 나서 이제 겨우 3분이 지났을 뿐인데 정신이 아득해질 정도로 오랜 시간이 지난 것처럼 느껴졌다. 한 번 한 번 격돌할 때마다 체력과 기력이 순식간에 깎여 나갔다.

오지윤이 여섯 자루의 창과 두 자루의 검을 쓰고 있는 데도 불구하고 유현의 공격은 그 방어를 유령처럼 꿰뚫고 몸에 세 개의 상처를 내버렸다. 마검으로부터 비롯된 독기가 오지윤의 몸을 침범하며 컨디션을 악화시키고 있었다.

게다가 저격에 완벽하게 대응하는 것도 놀라웠다. 김혁은 이제 온갖 은잠술을 펼쳐 자신을 감추고 호흡까지 차단한 채

기회를 기다리고 있다가 한 발씩 지원 사격을 해오고 있었다. 솔직히 한창 동급의 적과 싸우고 있을 때 저런 공격이 날아들면 오지윤 자신도 피할 자신이 없다.

그런데 유현은 너무나도 쉽게 피해내고 있었다. 언제 어디서 어떻게 쏠 것을 다 알고 있는 것처럼.

'예지능력인가?'

가끔 전투에 특화된 예지력을 가진 자들이 있었다. 인간의 통찰력이 극대화되어서 상대방의 움직임을 잃고 바로 앞에 닥칠 위기와 대응법까지 공방 중에 확신하게 되는 자들.

하지만 만약 그렇다고 해도 이 능력의 상승은 도대체 어떻게 해석해야 하는 것이지?

콰작!

또 하나의 창이 부러졌다. 유현은 그것으로 그치지 않고 연격을 날려서 아예 팔각의 팔 중 하나를 잘라 버렸다. 강철 팔이 잘려 나가면서 푸른 스파크가 튀었다.

오지윤을 몰아붙이는 유현의 표정은 놀랍도록 굳어 있었다. 마치 당장이라도 죽을 사람처럼 절박하게 굳은 채, 색소가 옅은 한쪽 눈에서 기묘한 빛을 발하며 맹공을 펼쳐 온다.

쾅!

김혁의 저격이 없었다면 이미 승부는 났을 것이다. 아무리 몸 상태가 엉망이라고는 해도 약물까지 써서 능력을 높였는데 이런 상황이라니!

더 놀라운 것은 그만 부상을 당한 게 아니라는 점이다. 유현은 놀랍게도 김혁에게도 나이프 투척과 마법으로 반격을 가해서 상처를 입혔다. 유현이 쓰는 나이프에는 독이 발라져 있었기 때문에 스치기만 해도 신체 기능에 이상이 생긴다. 덕분에 김혁도 그리 좋은 상황이 아니었다.

한편 유현의 상황도 그리 좋지는 않았다. 오지윤이나 김혁은 알 수 없었지만 그의 몸은 지나치게 많이 유입되는 에너지 때문에 과부하가 걸리고 있었다.

'젠장, 조절이 안 돼!'

이대로라면 육체가 파열하던가 아니면 폭주하게 된다. 폭주해서 이놈들을 해치우는 것까지는 좋은데 그 후에는 브레이크 없이 달려가는 자동차처럼 멋지게 파열해서 이 세상에서 사라지게 되겠지.

지금의 유현에게는 세상의 모든 것이 빛으로 보였다. 왼쪽 눈은 오로지 빛으로 이루어져 음영으로만 보는 것을 그려내는 세계를 보고 있었고, 오른쪽 눈은 정상적으로 현실을 본다. 이 두 개의 시계가 겹쳐졌을 때 그는 자신의 감각 안에 있는 모든 것의 움직임을 간파하고 다른 이들은 존재하는 것조차 모르는 에너지를 인지하고 조작할 수 있게 된다.

그것은 보통 사람들이 세상에 영(靈)들이 있다는 것을 모르는 것과 같다. 그들은 영적 존재가 있다는 것을 모르기에 그것을 인지하지도 못하고 다루지도 못한다.

그리고 영적 에너지를 다루는 이들도 유현이 다루는 힘을, 유현이 보는 세계를 알지 못한다. 그들은 인류의 인지가 구축해 온 역사 너머에 있는 것이기 때문이다.

심지어 유현조차도 아직 이 힘의 진정한 정체를 모르고 있었다. 다만 그 힘이 끝도 없이 공급되고 있다는 것, 그리고 자신이 그것을 마력을 비롯한 다른 에너지로 변환시킬 수 있다는 것, 마지막으로 그 세계가 마치 의지를 가진 것처럼 유현의 존재를 잠식해 먹어치우려고 한다는 것만 알았다.

그렇게 너무나도 위험한 힘이었기 때문에 굳이 봉인해 두었던 것이다. 그리고 지금도 쏟아지는 힘을 억지로 막고 극히 일부만 끌어내서 쓰고 있다.

"에라, 출혈 대서비스다. 어디 한번 받아보시지!"

하지만 그것도 슬슬 한계가 오는 것 같다. 유현은 될 대로 되라는 심정으로 힘의 방출량을 확 늘렸다. 그 힘에 공명한 마검이 깨질 듯이 진동하며 눈부신 섬광을 토해냈다. 희미한 안개 같은 빛에 휘감겨 있던 환두대도가 한줄기 빛으로 화해서 불타올랐다.

게다가 그 길이는 순식간에 늘어나서 3미터 이상! 유현은 그것을 그대로 휘둘렀다.

"이런 말도 안 되는!"

오지윤은 경악하며 땅을 박찼다. 이걸 맞으면 죽는다! 그 사실은 굳이 생각할 것도 없이 알 수 있었다.

서걱!

다음 순간 울린 것은 매끈한 절삭음, 그리고…….

파파파아아아아!

그 궤도를 따라서 파열하는 에너지가 낮은 충격파였다. 검이 휘둘러지는 범위 안에 있던 나무들이 믿을 수 없을 정도로 매끄럽게 잘려서 그 절단면을 타고 미끄러졌고, 뒤이어 발생한 충격파가 반경 30미터 이상을 휩쓸었다.

콰콰콰콰쾅!

"이, 이게 뭐야? 말이 돼?"

50미터 정도 거리를 벌려놓고 있던 김혁은 몰려오는 강풍을 마법으로 막으며 신음하듯 내뱉었다. 인간이 단 한 번 검을 휘둘러서 이런 파괴력을 발휘했다고? 그런 일이 있을 수 있나?

그가 놀라고 있을 때 갑자기 대기의 흐름이 급격하게 바뀌었다. 충격파에 밀려 바깥으로 달려나갔던 공기가 다시 한쪽으로 끌려들어 가고 있었던 것이다. 그 흐름이 어찌나 강했던지 김혁도 팔각을 땅에 박고 마법까지 써가면서 버텨야 했다.

"큭! 진공 상태가 된 것도 아닐 텐데, 이건 대체 뭐야?"

휘몰아치는 바람이 자욱하게 피어오른 폭연마저 빨아들여 가두었다. 그리고 나뭇잎과 토사가 휘몰아치는 가운데 한 사람이 빛의 검을 끌면서 모습을 드러내고 있었다.

"제, 젠장, 이대로 끝나는 건가?"

저런 괴물을 이 인원, 이 장비만으로 어떻게 상대하라는 거

야? 애리조나 사막에서 상대한 1급 악마와 필적, 혹은 그 이
상으로 위험한 존재일지도 모르는데!

게다가 도망칠 수도 없을 것 같다. 이 바람은 분명 유현이
불러일으킨 것이었으니까. 왼쪽 눈에서 불꽃같은 빛을 발하
는 그는 강력한 염동력까지 사용해서 김혁을 끌어내려고 하
고 있었다.

"그렇다면!"

김혁은 팔각만으로 몸을 지탱하며 대전차 라이플을 겨누
었다. 버티는 힘이 줄어들자 그의 몸이 유현을 향해 주르륵
끌려가기 시작했다. 하지만 김혁은 개의치 않고 조준, 흔들림
마저 상황의 일부로 집어넣어 정확하게 표적을 겨누고 방아
쇠를 당겼다.

쾅!

하지만 소용없었다. 요괴조차 박살 내는 특수탄으로 가해
진 일격이 유현의 바로 앞에서 마치 동영상을 정지시킨 것처
럼 멈춰 버렸던 것이다.

그 광경을 본 김혁은 할 말을 잃었다.

이건 말도 안 된다. 대전차 라이플을 염동력으로 펼친 역장
결계만으로 막다니, 그런 일이 가능한 것은 존재 자체가 재앙
이라 불리는 1급 악마와 요괴들뿐이다. 대전차 라이플은 웬
만한 결계는 가뿐하게 찢어버릴 위력이 있는데다가 그가 사
용한 특수탄두에도 역장을 중화시키는 효력이 있으니 이런

결과가 나올 수 있을 리는…….

아니, 이미 일어난 일을 부정해서는 안 된다. 김혁은 디스트로이어의 A랭크 전투원답게 금방 냉정함을 회복했다. 공포와는 별개로 상황을 냉정하게 분석하고 대응책을 생각해 내는 전투 기계로서의 그가 있었다.

쾅! 쾅! 쾅!

그는 유현 쪽으로 끌려들어 가면서도 연달아 사격을 가했다. 물론 그 총알들은 전부 유현 앞에서 보이지 않는 누가 잡고 있는 것처럼 멈춰 버릴 뿐이었다.

철컥!

"탄이 떨어졌나?"

그는 총알을 다 쓴 것을 알고는 허탈한 웃음을 지었다. 그 사이 그의 몸은 유현이 뻗은 역장에 잠식당해서 탈출을 시도하는 것조차 불가능하게 되었다.

어느새 미친 듯이 빨려들던 바람이 그쳤다.

이제 거리는 20미터가량. 유현이라면 한 호흡에 그의 목숨을 빼앗을 수 있을 것이다.

하지만 그때였다.

슈확!

놀라운 속도로 던져진 금속 창이 공간을 꿰뚫었다. 이것은 유현도 염동 역장만으로 막을 수 없었는지 잠시 움직임이 주춤한 틈을 타서 피했다. 그 창은 유현이 있던 공간을 꿰뚫고 멀리멀리 날아가 버렸다.

그것을 던진 것은 흙투성이가 된 오지윤이었다. 정확히는 그의 등 뒤에 붙은 팔각 중 두 개를 절묘한 타이밍으로 활용, 거기에 마법을 더해서 인간에게는 불가능한 기세로 투창 공격을 가한 것이다.

그는 푸석푸석해진 붉은 머리칼을 휘날리며 유현을 노려보았다. 남은 창은 세 개. 이제 공격을 가할 수 있는 찬스도 그 정도지만 성공할 확률은 거의 없다고 봐야 했다. 하지만 그래도…….

그는 피식 웃으며 쌍검을 들었다.

"재수없어. 그새 뭘 처먹고 이런 히든카드를 만들었는지."

그는 장난처럼 말하며 기감을 활성화시켰다. 의기강체술에 의해 전신의 기운이 남김없이 활성화되어 그의 몸을 가득 채우고 나아가 검과 공명하기 시작했다.

다음 순간 유현의 검격이 허공을 갈랐다. 공격 거리가 3미터도 넘는 섬광 같은 공격을 오지윤은 쌍검을 교차시켜 막았다. 단 일격에 쌍검은 부러져 날아가고, 오지윤의 손아귀가 터지며 손가락이 부러졌으며, 팔 근육이 뒤틀리고 내장까지 진탕했다.

콰아아아아!

"크악!"

오지윤도 견디지 못하고 비명을 질렀다. 뒤이어 충격파가 그의 몸을 휩쓸면서 나무에 처박았다. 죽지는 않았지만 다음 공격을 견뎌낼 가능성은 확실히 없다고 봐도 좋았다.

그 광경을 본 김혁은 두 가지 사실에 놀랐다.

하나는 오지윤이 유현의 공격을 막아냈다는 사실이다. 압도적인 위력의 차이가 있는 데도 불구하고 그것을 정면으로 받아내다니, 물론 방어가 뚫려서 날아가 버리긴 했지만 저 정도만으로도 대단하다. 사실 오지윤은 타이밍을 잡아서 공격을 흘려 버리려고 했지만 유현의 검격은 그가 생각했던 것보다 한 단계 더 빨랐다.

다른 하나는 유현의 공격이 낳은 충격파가 조금 전에 비해 훨씬 약하다는 사실이었다. 그것은 유현이 쓸데없이 방출되는 힘을 없앨 정도로 큰 제어력을 발휘했거나, 아니면······.

'출력이 불안정하다?'

약할 때도 강할 때도 엄청나게 강하긴 하지만 출력이 안정되어 있지 않아서 스스로도 그것을 통제하지 못한다면?

그것은 신빙성있는 가설로 보였다. 물론······.

'그걸 안다고 해서 어떻게 되는 것은 아니지만.'

불안정성 때문에 자멸해 준다면 모를까 그렇지 않다면 아무런 의미도 없지. 김혁은 자신의 죽음을 예감했다.

그때였다.

쫘르릉!

갑자기 먼 곳에서 폭음이 울려 퍼졌다. 유현이 흠칫하며 폭발이 일어난 곳을 바라보았다.

김혁은 그 틈을 놓치지 않고 기관단총을 꺼내서 유현을 쏴버렸다.

투캉!

하지만 어림도 없었다. 그 순간에도 염동 역장은 약해지지 않아서 총탄은 허무하게 튕겨 나갔다.

'이 자식, 방심 좀 해주지!'

김혁은 이를 갈았지만 그때 만신창이가 된 오지윤이 몸을 일으켰다. 그리고 유현을 바라보며 말했다.

"아무래도 목숨은 건질 수 있을 것 같군."

"뭐?"

김혁은 깜짝 놀라서 오지윤을 바라보았다. 이 녀석이 충격으로 미쳤나? 갑자기 무슨 소리를 하는 거지?

"유현, 나는 네가 누구 때문에 여기까지 왔는지 알고 있어. 뭐, 이렇게 당할 줄은 몰랐지만……."

"뭐? 설마……."

유현의 안색이 굳었다. 오지윤의 말이 이어졌다.

"그 여자애, 저 안에 남겨놨어. 구하고 싶으면 빨리 가보는 게 좋을걸?"

"젠장!"

그 말을 들은 유현은 지체없이 몸을 돌려 달려가기 시작했다. 땅을 박차자 폭발하듯 지면이 깨져 나가며 그의 몸이 수십 미터 밖까지 도약했다.

그 모습을 바라보고 있던 오지윤은 기침을 해서 살짝 피를 토한 다음 입을 닦았다.

"빌어먹을 정도로 세군. 김혁, 빨리 철수하자."

"뭐, 뭐야? 저놈, 왜 물러난 거야?"

"혹시 이렇게 되지 않을까 싶어서 보험을 들어놨거든. 어쨌든 혹시라도 다시 오면 곤란하니까 빨리 튀어야 해."

그는 휘청거리는 몸을 의기강체술로 바로잡고 김혁과 함께 그 자리를 떠나갔다. 잠시 후 숲 저편에서 그와 김혁을 태운 헬기가 날아올랐다.

*　　　*　　　*

유현은 정말로 나는 듯한 움직임으로 오지윤의 아지트로 향했다. 원래는 전투가 끝났으니 안대를 다시 껴야겠지만 지금은 안 된다. 일단 이만큼이나 몸을 혹사시켰으니 힘의 공급이 끊어지면 곧바로 의식이 나갈 가능성이 컸다. 그리고…….

콰르르르르……

원래의 능력으로는 저렇게 불타 무너지고 있는 건물 속에서 한시애를 구할 수도 없었다.

"영악한 놈."

구사일생의 한 수를 감춰뒀던 오지윤에게 그런 평가를 내리면서 유현은 건물로 다가갔다. 그 주변에는 망혼의 인원들이 보였다. 유현을 발견한 성아가 한달음에 다가와서 말했다.

"어, 저기, 이 안에 그 애가……."

"알아."

유현은 그녀의 말을 끊고는 건물을 바라보았다. 보기에는 낡은 2층 건물 같았지만 진짜 활용되는 공간은 지하에 있을 것이다. 그런데 요소요소에 폭약을 설치해서 폭파, 거기에 불까지 질러 버렸으니…….

그래, 들어갔다가는 목숨을 부지하지 못할지도 모르지. 아무리 연옥의 인간이라 한들 저런 건물이 붕괴할 때 살아날 재주는 없다.

하지만 그래도 그는 간다.

유현은 성아가 말릴 새도 없이 안으로 뛰어들었다.

불꽃에 휩싸인 입구를 넘어 복도를 달려가면서 문득 왜 이렇게까지 하는가에 대한 의문이 떠올랐다. 한시애라는 소녀에게 그가 책임을 느끼는 것은 이상한 일이 아니었다.

하지만 그렇다고 해서 스스로의 목숨까지 희생해 가면서 구해야 할 대상인 것인가?

모르겠다.

그는 정말 삭막한 삶을 살아왔다. 살인기계로 길러져 지금까지 세 자릿수가 넘는 사람을 죽여왔고, 이제 죽여야 할 대상을 죽일 때는 아무런 감흥도 느끼지 않는다. 목각 인형을 부수는 것과 사람을 죽이는 일의 차이가 뭔지 아직도 헷갈릴 때가 많다.

하지만 그럼에도 불구하고 자신의 발로 조직을 나와 '인간'으로 살아가자고 맹세했을 때, 그때 바란 것이 있었던 것 같다.

두 번 다시 돌아갈 수 없는 가족 대신에, 다시는 자신 같은 사람이 생기지 않았으면 좋겠다고 생각하는 스스로가 있었다.

쿠르르릉!

복도가 무너지고 있었다. 어딜 봐도 불과 연기로 가득하고, 호흡할 수 있는 산소가 부족하다.

그런 상황을 유현은 마법과 의기강체술, 그리고 생존용 장비를 이용해 어떻게든 하고 있었다. 보통 사람이라면 벌써 힘을 잃고 쓰러져 죽어갔으리라.

무너져서 박힌 곳은 빛의 검을 만들어 베어버렸다. 벽을 뚫고 그 속으로 들어가서 통로의 배열을 무시하는 방법은 꽤 효과가 있었다.

점점 시애가 있는 곳에 가까워져 갔다. 비록 이 아지트에 위치 탐색을 방해하는 마법이 걸려 있었지만 아지트 꼴이 이래서야 효력을 발휘할 리가 없다. 그리고 지금의 그에게는 그런 마법 따위 없는 것이나 마찬가지였다.

앞을 가로막는 모든 것을 가차없이 파괴한 그는 마침내 불길에 휩싸인 실험실에 도달했다.

"시애야!"

그곳은 엉망이었다. 실험실 중앙에 있는 커다란 유리관은 특수 소재로 만들어졌는지 금이 갔을 뿐, 파괴되지 않았지만 그 외의 것들은 전부 무참하게 파괴되어 원형을 알아보기 어려웠다. 아마 마법적인 파기용 약품과 폭탄을 사용했나 보다.

시애는 유일하게 파괴되지 않은 유리관 속에 있었다. 그나마 밖에 나와 있지 않은 게 다행이다. 그랬다면 벌써 숨이 끊어졌을 테니까.

유현은 유리관을 향해 검을 휘둘렀다. 검은 마치 유리관이 그곳에 없는 것처럼 깨끗한 궤도를 그려냈다.

서걱!

폭발과 화염에도 부서지지 않았던 유리관이었지만 유현의 공격 앞에서는 두부처럼 깨끗하게 잘려 나갔다. 유현은 서너 번 더 칼질을 해서 사람이 통과할 수 있을 정도의 윤곽을 만들고는 그것을 툭, 쳤다. 그러자 그 모양 그대로 잘려진 유리관이 안쪽으로 쓰러졌다.

그와 동시에 유현이 안으로 뛰어들었다. 정신을 잃은 시애가 이 열기와 유독성 물질이 잔뜩 섞인 공기를 흡입하면 위험하다. 그는 생존용 도구 중 하나인 호흡기로 시애의 코와 입을 가렸다.

시애는 알몸이었다. 어떤 의식을 위해서였는지 알몸 위로 마법적인 의미가 담긴 문양을 색색의 먹으로 그려놓았다.

'다행히 문신으로 새긴 건 아니군.'

유현은 그 사실을 확인하고는 안도의 한숨을 쉬었다. 얼굴에까지 그려졌는데 이게 문신이기라도 했다면 평생 지워지지 않을 상처가 됐을 것이다.

그나저나 이제 어떻게 빠져나간다? 들어올 때처럼 다 때려부수고 빠져나가면 될 것 같긴 한데, 아무래도 어렵게 생겼다. 뚫고 들어온 구획은 거의 다 붕괴했고 이제 남은 통로가 없으니······.

게다가 사태는 그걸로 끝나지 않았다.

콰아아아앙!

마치 유현이 이 자리에 오기를 기다렸다는 듯 연구실 한구석에서 새로운 폭발이 일어난 것이다. 그것은 이현종이 오지윤의 속내를 짐작하고 일정한 조건, 유리관이 파괴되면 10초 후에 폭발하도록 세팅해 둔 것이었지만 유현은 그 사실을 알 리 없었다.

폭발과 함께 위태위태하게 버티고 있던 실험실 천장이 무너져 내렸다.

쿠르르룽!

*   *   *

그리고 바깥에서도 이 건물의 마지막 순간을 목격하고 있었다.

"아, 안 돼!"

성아는 자신도 모르게 외쳤다. 불길에 휩싸인 건물이 계속

되는 폭발을 견디지 못하고 무너지고 있었다. 저렇게 되면 제 아무리 날고 기는 재주를 가졌다고 해도 살아날 수 없다.

쿠르르르릉!

비명처럼 외치는 그녀 앞에서 건물이 무정하게 붕괴하고 말았다. 폭음과 함께 건물을 지탱하고 있던 기반이 무너지면서 모든 것이 지하로 끌려 들어간다. 불길조차 압도하며 자욱한 먼지가 솟구쳐 올랐다.

"아……."

성아는 아연해져서 그 광경을 바라보고 있었다. 부하들이 그녀를 잡고 뒤로 물리려고 하지만 돌처럼 굳어 있을 뿐이다.

그런 그녀의 눈에 문득 이상한 빛이 보였다.

"저건?"

그녀는 멍청하니 중얼거렸다. 솟구치는 모래 먼지 속에서 한줄기 섬광이 보이고 있었다. 그녀의 기색이 이상했던지 부하들도 모두 그녀의 시선을 따라가 보았다.

"뭐, 뭐야?"

부하들 중 하나가 깜짝 놀라서 외쳤다. 그리고 다음 순간, 폭연이 무시무시한 기세로 흩어지며 섬광이 뒤쪽으로 비스듬히 솟구쳐 올랐다.

콰아아아아!

폭음이 울려 퍼졌다. 대각선으로 솟구쳐서 하늘까지 치솟은 그 섬광을 뒤따라서 무언가가 튀어나왔다. 섬광을 가만히 주시하고 있던 성아는 그 속에서 두 사람의 모습을 발견했다.

"진유현!"

하늘을 꿰뚫은 섬광 속에 진유현과 한시애의 모습이 있었다. 진유현은 한시애를 끌어안은 채 상공 200미터 이상까지 솟구쳤다.

"저게 어떻게 된 거야?"

부하들 중 하나가 어이없어하며 중얼거리는 동안 두 사람의 상승이 멈췄다. 그리고 서서히 지상을 향해 떨어지기 시작했다.

                    *   *   *

'좀 무모했나?'

유현은 거센 바람에 머리칼이 휘날리는 것을 느끼며 생각했다.

조금 전에는 정말 거친 방법을 사용했다. 사방팔방이 전부 막혀서 빠져나갈 길을 찾을 수 없는 상황이니 살려면 무엇이든 해야 했다. 그래서 힘에 대한 제어를 전부 다 풀어버리고 모이는 힘을 죄다 한 점으로 집중해서 대포처럼 쏴버렸다. 그저 하늘에 탈출할 구멍을 뚫어줄 것만 염원하면서.

그리고 그 시도는 놀라운 결과를 낳았다. 쏟아진 섬광은 정말로 가로막는 모든 것을 소멸시키면서 천장에 거대한 바람구멍을 내버렸던 것이다. 유현은 그 뒤를 쫓아 빨려 들어가듯

가속하는 기류를 타고 도약해서 탈출했다.

하지만 그것으로 힘을 다 써버렸다. 이제는 의식을 유지하고 있는 게 고작이다. 당장이라도 끊어질 것 같은 의식을 억지로 유지하고 있는 것은 어디까지나 품에 안고 있는 시애를 보호하기 위해서였다.

이대로 떨어지면 반드시 죽는다. 하지만 최후의 힘을 짜내어 자신이 쿠션이 되어준다면 이 아이만은 살 수 있을지도 모르지. 확실히 살 수 있을지 어떨지는 모르지만, 그래도 무조건 둘 다 죽는 것보다는 낫다.

'아, 내가 이렇게 자기희생적인 녀석이었나?'

몇 번 본 게 전부인, 잘 알지도 못하는 여자애를 위해서 목숨을 내놓을 생각을 하다니. 스스로 생각해도 바보 같지만 허탈한 웃음이 나올 뿐, 싫다는 생각은 들지 않는다.

그래, 어차피 죽어야 한다면 이 아이를 살리는 게 훨씬 나은 마지막이겠지. 자신 같은 쓰레기보다는 이 아이가 사는 게 세상을 위해서도 좋을 테니까……

문득 과거의 일이 떠올랐다. 아직 아무것도 모르던 시절, 그저 TV 속 정의의 사자를 동경하고 지구를 지키는 거대 로봇을 만들고 싶었던 평범한 유아기의 마지막.

여섯 살 여름에 그 시절의 마지막을 맞이한 그는 정말 이 세상에 대해 무엇 하나도 모르는 채 치기 어리고 무모한 선택을 하고 말았다. 그리고 두 번 다시 돌이킬 수 없는 삶을 살아왔다.

생각해 보면 그때나 지금이나 변한 건 별로 없는지도 모르
겠다.

가족을 구하기 위해 나섰고 결과적으로 그들을 지켜냈던
것처럼, 수도 없이 후회하고 또 후회했지만 결국 그때 자신의
선택이 옳았다는 것을 확신했던 것처럼……

아마 지금의 선택도 옳을 것이다.

휘이이이이이……!

귓가를 가득 메우는 격렬한 바람 속에서 유현은 시애를 안
은 팔에 힘을 주었다.

지상에 가까워질수록 정신이 아득해져 간다. 온몸이 비명
을 지르고 본능이 휴식을 호소한다. 더 이상 눈을 뜨고 현실
을 인식하면서 행동하는 것이 무리라고 그를 이루는 모든 것
이 이야기하고 있다.

하지만 그는 눈을 감지 않는다. 감각을 최고조로 활성화시
켜서 지상까지의 거리를 잰다.

130미터,

110미터,

90미터,

70미터……

어차피 마지막이다. 그렇다면 조금쯤 무리한다고 해도 문
제없겠지. 더 이상 뭐라고 할 사람도 없을 테니까.

50미터가 남았을 때, 유현은 온 신경을 집중시켜서 몸에 남

은 힘을 쥐어짜 냈다.

왼쪽 눈에 힘을 준다. 세상을 가득 채운 이질적인 빛을 끌어내어 자신의 몸에다 붓는다. 그로써 몸은 그의 생명까지 불태워 가면서 단 한순간의 힘을 끌어내 주었다.

그의 몸으로부터 흘러나온 빛이 시애를 감싼다. 온몸에 촉촉하게 스며들어서 내장 기관은 물론이고, 세포 하나하나까지 보호한다. 이러면 대구경 총에 맞더라도 한 번은 버틸 수 있을 것이다.

'제발 버텨라!'

모든 힘을 쥐어짜 낸 유현은 그녀의 몸을 끌어안으면서 몸을 웅크렸다. 이제 30미터. 지면과 충돌하면 자신의 몸은 피떡이 되겠지만 그걸로 시애에게 가는 충격을 조금이라도 줄여야 한다.

우우우우우우우!

그런데 그때였다.

공기가 진동하는 소리와 함께 그의 감각을 자극하는 소리가 울려 퍼졌다. 동시에 잔뜩 가속도가 붙어서 떨어지던 그의 몸이 갑작스러운 난기류에 밀려나기 시작했다.

'뭐야, 이건?'

유현은 경악하면서도 쉴 새 없이 변하는 상황을 파악하려고 애썼다.

지금 그의 몸을 옮겨놓는 것은 강력한 기류와 거기에 실린 염동력이었다. 누군가 의도적으로 그런 현상을 일으키고 있는 것이다.

'윤성아인가?'

저렇게 멀리 떨어져 있는데 잘도 타이밍을 맞춰서 이런 일을 해냈군. 아마 방금 전에 200미터 상공까지 솟구쳤다 떨어지면서 그들 사이의 거리는 엄청나게 벌어졌을 것이다. 그런데도 이런 주술을 성공시키다니 감탄하지 않을 수 없었다.

'하지만 그게 끝이었던 것 같아.'

아마 성아는 그를 붙잡아서 멈추게 할 생각이었을 것이다. 잠시라도 허공에 머무르게 한 다음 낙하산 같은 역할을 하는 부유 낙하 주술을 사용하려고 했겠지.

하지만 그것은 실패했다. 그는 떨어지는 궤도가 조금 바뀌고 속도가 조금 줄었을 뿐, 여전히 딱 죽기 좋은 속도로 떨어지고 있었다. 저 밑에 있는 수면이 반짝이며 그가 빨리 떨어지라고 부르고 있는 것 같다.

'수면?'

유현은 퍼뜩 정신을 차렸다.

그리고 그 순간 지상과 그의 거리는 0이 되었다. 엄청난 충격이 몸을 덮치며 새하얀 물보라가 치솟아 올랐다.

5

생각해 보면 진유현과 오지윤 두 사람의 관계는 그리 가깝지 않았다. 그저 육도에서 축생 계급으로 승급하고 나서 같은 팀에 속하게 되었기 때문에, 그리고 같은 국적과 같은 나이라는 이유만으로 좀 대화를 나누고 남들보다는 가까워졌을 뿐이다.

휴가를 같이 나가서 PC방에 가고, 영화를 보고, 만화방에 가고, 노래방에 가고…….

그 정도 평범한 즐거움을 같이 누렸을 뿐이다. 사회 기준으로 보면 비록 나이는 어리지만 군대 동기 정도? 그 이상도 이하도 아니다.

"아, 궁상맞군."

헬기 로터가 돌아가며 내는 시끄러운 소음 속에서 오지윤이 툭, 내뱉었다. 마법과 전자기기가 합쳐져서 인간의 인식과 기계의 탐지 양쪽을 차단하고 있는 이 헬기는 강원도 쪽으로 날아가고 있었다.

"뭐가?"

소음 속에서도 그의 중얼거림을 알아들은 김혁이 물었다. 그는 상처에 응급처치를 하고 약을 투여한 다음 에스콰이어 이번호를 읽고 있었다.

"아니, 그냥. 두들겨 맞고 옛 추억을 회상하고 있자니 참 신세가 처량하게 느껴져서."

"그 진유현이란 녀석?"

"응."

"쳇, 죽어버렸으면 좋았을 텐데."

"글쎄, 어떨지 모르겠어. 현종이가 통신으로 말해줬는데 만약 그 여자애를 찾으러 들어가면 그에 맞춰서 폭탄이 터지도록 세팅해 뒀다고 하더라고."

"그럼 죽었겠네?"

김혁이 진짜로 반색을 했다. 그도 그럴 것이, 안대를 벗은 후의 진유현은 두 번 다시 만나고 싶지 않은 적이었다. 디스트로이어의 SA급, 아니, SS급 전투원이라고 하더라도 그런 괴물과는 대적할 수 없을 것이다.

"진유현이 공간 전이 능력을 갖고 있지 않는 한에는 그렇겠지."

"그런 걸 갖고 있을 리가 없잖아? 대마법사가 아니라면 불가능하다고."

공간 전이, 흔히 텔레포트라고 불리는 능력은 연옥에서도 전설처럼 전해지고 있었다. 가끔 특이 능력자 중에 그런 능력을 타고나는 이가 있지만 근거리 이동이 가능할 뿐이고, 마법으로는 이론적으로는 가능하지만 실현시킨 이들은 대마법사의 칭호를 받은 이들뿐이다.

"그건 그렇겠지만, 아지트 상태를 보고 그 여자애를 포기했을 가능성이 더 크다고 생각하지는 않냐?"

"득달같이 구하러 가던데."

"그건 구할 수 있다고 생각했으니까 그런 거고. 너 같으면 어떻게 했겠어?"

"뭐, 나 같으면 미련없이 버리겠지. 하지만 그놈은 애당초 그 여자애 때문에 우리 아지트까지 쳐들어온 정의의 사도 아냐. 그것도 혼자서."

"완전히 혼자서는 아니었지만… 뭐, 영화 속에나 나올 법한 미친놈인 건 사실이지. 그래서 나중에 한번 조사시켜 두려고. 만약 살아 있고, 그 동네를 뜨지 않았다면 쉽게 알 수 있겠지."

"골치 아프네."

"그래, 골치 아파. 앞으론 되도록 안 건드리는 게 나을 거야."

"우리가 놔둬도 저쪽에서 가만있지 않을걸."

"그건 알 수 없어. 우리가 안 건드리면 그냥 정전 상태로 계속 지낼 수도 있을 거야. 저놈은 딱히 싸움을 원하는 건 아니니까."

"하아?"

김혁은 뭐 그런 말도 안 되는 소리를 하냐는 듯한 표정을 지었다. 하지만 오지윤은 진지했다.

"일단 지켜야 할 사항은 일반인을 건드리지 않는다. 내가 보기엔 그것만 지키면 더 이상 우리와 적대하진 않을 거야."

"이, 이상한 놈이잖아?"

"뭐, 잘 생각해 보니까 육도에 있을 때도 그 원칙 어기는 걸 괴상할 정도로 싫어하긴 했어. 어떤 식으로든 민간인에게 피해를 끼치게 되면 짜증나서 못 견뎌 해서 팀장하고 결투까지

갔던 적도 있으니까."

"으아, 그거 상상을 초월하는데? 그래서 어떻게 됐는데?"

"당연히 팀원 전부 달려들어서 제압하고 나중에 본부로 이송되어서 처벌을 받았지."

"허참, 잘도 조직생활 했구만."

"실력은 있는데다가 그것만 빼면 아주 성실했거든. 특히 저격 능력하고 유격전 능력은 아주 뛰어나서 팀 전체가 열세에 빠졌을 때 혼자서 뒤집은 적이 한두 번이 아니야. 수라 급 에이전트들도 전부 인정했으니까."

"그건 맛볼 일 없어서 다행이네. 젠장."

김혁은 치를 떨었다. 그러더니 문득 안색을 바꾸며 물었다.

"그런데 도대체 왜 그 녀석을 불러들인 건데?"

그 말에 오지윤이 흠칫했다. 김혁의 말이 핵심을 찌르고 있었기 때문이다. 그럼에도 불구하고 그는 일단 시치미를 떼보았다.

"불러들였다니?"

"딴청 부리지 말고. 솔직히 그 여자애 잡아왔을 때 그 녀석이 쳐들어올 거라는 것까지 어느 정도 예상하고 있었던 거 아냐? 물론 그쪽에서 먼저 너를 기습한 것은 예상 밖이긴 했지만."

김혁도 바보가 아니기 때문에 상황이 어떻게 돌아갔는지 파악하고 있었다. 진유현이 오지윤을 습격한 것은 어쩔 수 없다고 치더라도, 그 후의 전개는 오지윤이 한시애를 납치하지 않았다면 일어나지 않았을 일이다. 적어도 이쪽에서 진유현과 망혼을 위협으로 보고 그들이 공격하기 전에 아지트를 버릴 만한 여유는 있었겠지.

"일단 이유는 몇 가지가 있는데."

결국 오지윤은 둘러대는 것을 포기하고 이유를 설명하기 시작했다.

"일단 첫 번째는 진짜로 순수하게 그 여자애가 현종이가 필요로 하는 제물이기 때문이었어. 덕분에 결과를 냈으니까 무리한 보람이 없다곤 할 수 없겠지."

소울 캐처가 발견한 가장 이상적인 제물 중에 하나, 한시애. 그녀는 강력한 잠재 능력을 갖고 있었고, 그중 일부를 각성한 상태였다. 무리한 실험으로 망혼과 척을 지면서까지 납치해 온 예지능력자를 잃어버린 그들에게 그녀는 꼭 필요한 인재였다.

"두 번째는 솔직히 진유현이라는 놈이 어떤 인간인지 읽기가 어려워서, 내가 예상하는 게 맞는지 한번 시험해 보고 싶다는 생각도 있었지. 그전에 기습당한 것은 네 말대로 예상 밖의 일이었지만."

설마하니 진유현이 그렇게까지 적극적으로 공세에 나서리라고는 생각하지 못했다. 한시애를 납치한 뒤 여유있게 아지트 부근에 진유현이 침입해 올 것을 상정한 트랩들을 깔아놓고 기다릴 예정이었는데, 저쪽에서 먼저 선공을 가하는 바람에 그런 계획이 엉망진창이 되었다.

그리고 그 후 진유현이 보여준 놀라운 전투력은 그의 계산 착오가 얼마나 컸는지 증명해 주는 결정타가 되었다. 자칫하면 정말로 황천으로 갈 뻔했다.

　"일단 앞으론 되도록 녀석하고 충돌하지 않는 방향으로 일을 진행시키려고 해. 혹시라도 부딪치게 될 경우도 대비해 둬야겠지만……."

　"그 망혼이라는 놈들 때문에라도 반드시 부딪치게 될 것 같지만 말야."

　김혁은 못마땅한 듯 투덜거렸다. 오지윤은 작게 한숨을 쉬고는 아이팟 나노를 꺼내서 이어폰을 귀에 꽂으며 말했다.

　"그땐 그때지. 일단은 녀석이 죽었기를 기도하도록 해."

*　　　*　　　*

　유현이 눈을 떴을 때는 더 이상 낯설지만은 천장이 그를 반겨주고 있었다.

　처음 망혼의 아지트에 왔을 때 눈을 떴던 바로 그 삭막한 방이다. 생각해 보니 여기에 오는 것은 두 번째고, 지난번에도 이번에도 목숨이 간당간당한 상황에서 정신을 잃었을 때 그들에 의해 옮겨져 왔었다.

　그런 일들로 볼 때 그와 망혼은 운명의 붉은 실로 연결되어 있는 것인지도 모르겠다는 실없는 생각이 들었다. 어쨌든 그가 망혼에 큰 빚을 진 것만은 확실했다.

'아, 살아 있나?'

자기가 살아 있다는 사실을 의심하기보다는 천천히 흐릿한 정신을 일깨우며 기억을 되돌아보았다. 마지막에 극적으로 탈출에 성공하고, 그리고……

아, 그래. 윤성아의 도움으로 지면에 처박히는 것을 면하고 물 위에 처박힌 것까지는 기억난다. 그 순간 남아 있던 힘을 전부 동원해서 충격을 완화시키고 나서 정신을 잃었다.

그는 침대에서 나와서 몸 상태를 살펴보았다. 부상은 거의 남아 있지 않았는데 몸 안쪽이 그리 좋은 상태가 아니었다. 기력이 쇠한 것은 물론이고, 기감이 흐트러져 있어서 바로잡으려면 노력 꽤나 들겠다 싶었다.

이번에는 왼쪽 눈에 그의 안대가 둘러져 있었다. 옷의 주머니에다 넣어둔 걸 꼼꼼하게 뒤져서 찾은 모양이다.

"엉망진창이군. 뭐, 이 정도로 끝난 게 다행인가?"

그는 그렇게 중얼거리면서 문을 열었다. 그러자 문을 지키고 있던 망혼의 조직원이 정중하게 고개를 숙이며 말했다.

"지금 아가씨께 알릴 테니 안에서 기다려 주시겠습니까?"

"그러죠."

유현은 태연하게 고개를 끄덕이고는 다시 안으로 들어왔다. 몸을 이리저리 비틀면서 스트레칭을 하고 있자 곧 문을 노크하는 소리가 들렸다.

똑똑.

"들어오세요."

문이 열리며 윤성아가 들어왔다. 지난번에 대동한 노인도 함께였다.

"오랜만이야. 혹시 시간 얼마나 지났는지 알려줄 수 있을까?"

"스물일곱 시간 지났어."

"또 하루를 그냥 날렸군. 출석 일수가 점점 부족해지는 게 앞으로 졸업은 할 수 있을지 걱정인데?"

"졸업 꼭 해야 돼?"

"음, 아니, 뭐, 그래도 고등학교 중퇴보다는 졸업이 낫잖아?"

유현은 쓴웃음을 지었다.

사회에서 평범한 척 살아가려면 적어도 최소한의 학력은 있는 편이 좋다. 터무니없는 꿈이라고 해도 좋지만 성실하게 고등학교를 졸업해서 대학에도 들어갈 생각이었다. 아직 무슨 과를 가서 무슨 일을 할지까지는 정하지 않았지만……

어쨌든 그건 그가 정한 삶의 방침이었다. 더 이상 가족도 없고 진짜로 평범해진다는 것도 불가능하지만, 적어도 자신이 동경하는 세상 속에서 그들과 어울려 살아가고 싶었다.

"시애는 어떻게 됐지?"

"아직 의식 불명이야. 몸에 이상한 약물을 많이 주사해 놔서 그걸 빼낼 수 있는 것은 빼내고 안 되는 건 중화시키고… 그렇게 해서 잠재워 놨어."

"그럼 한동안 깨지 않도록 해줘."

유현의 말에 성아가 의아해하는 표정을 지었다.

"왜?"

"여기서는 시애의 기억 조작이 불가능하니까 내가 따로 인맥을 동원해서 손을 쓰려고 그래. 아는 마법사들이 있는데 그런 쪽으론 아주 탁월해."

"그럼……."

"우리 일 따윈 모르는 게 낫잖아, 그 애는."

유현은 쓴웃음을 지었다.

물론 이번 사건은 애당초 시애가 특이 능력을 타고난 체질이라서 생겨난 일이긴 하다. 유현과 얽히지 않았어도 오지윤의 조직에서 풀어놓은 그 괴물은 시애를 잡아서 납치해 갔을지도 모른다. 하지만…….

그래도 그 애는 이 세계를 모르는 게 좋다. 기억을 조작해서 자신과의 만남 따윈 처음부터 없던 것으로 만들고, 능력도 꼼꼼하게 봉인해서 두 번 다시 자각하는 일 없이 여생을 마치는 게 가장 좋은 길이다.

"정말 그렇게 할 생각이야?"

"응. 후유증이 있을 수도 있으니까 그냥 놔둘까도 했지만… 이런 일까지 생기고 보니 그냥 놔두는 것은 무리일 것 같아."

"네 뜻이 그렇다면 그렇게 해둘게."

"뒷수습은 좀 부탁해. 뭐, 신세를 많이 졌으니까 앞으론 이쪽에서 도와줄 일이 있으면 말해. 얼마든지 도와줄 테니까."

유현은 어깨를 으쓱해 보이고는 침대 옆에 놓여 있던 핸드폰을 들었다. 그리고 전화번호부를 검색해서 한 사람의 연락처를 찾았다.

"…정말 괜찮겠어?"

통화 버튼을 누르는 그에게 성아가 다시 한 번 물었다. 그는 쓴웃음을 한 번 짓고는, 상대방이 전화를 받는 소리를 들으며 통화기를 들었다.

"물론이야."

〈제1권 끝〉

少林棍王
소림
곤왕

한성수 新무협 판타지 소설

감동의 행진을 멈추지 않는 작가 한성수!

구대문파 시리즈의 두 번째 이야기 『소림곤왕』!!
그 화려한 무림행이 펼쳐진다

"너는 지금부터 날 사부님이라 불러야만 하느니라.
소림사의 파문제자인 나, 보종의 제자가 되어서 앞으로 군소리없이 수발을 들고 모진
고통을 이겨내며 무공 수련을 해야만 한다."

잡극계의 천금공자 엽자건!
소림의 파문제자 보종의 제자가 되다!!

역사와 가상,
실존의 천하제일인과 가상의 천하제일인에 도전하는 주인공!
이제부터 들어갑니다. 부디 마음껏 즐겨주시기 바랍니다.
- 작가 서문 中에서.

유행이 아닌 자유추구 -
WWW.chungeoram.com
Book Publishing CHUNGEORAM

覇君

패군

설봉 新무협 판타지 소설

무협계를 경동시킨 작가, 설봉!
그가 다시금 전설을 만들어간다!!

수명판(受命板)에 놓고 간 목숨을 거둔 기록 이백사십칠 회!
생사를 넘나드는 전장에서 매번 살아 돌아오는 자, 계야부.
무총(武總)과 안선(眼線)의 세력 싸움에 끼어들다!

"죽일 생각이었으면 벌써 죽였다. 얌전히 가자."
"얌전히. 그 말…… 나를 아는 놈들은 그런 말 안 써."
무총은 그를 공격하지 않는다. 공격할 이유가 없다.
다른 사람들은 그의 존재조차도 알지 못한다.
오직 한 군데, 안선만이 그를 안다.
필요하면 부르고, 필요치 않으면 버리는
철면피 집단이 다시 자신을 찾아왔다.

나, 계야부! 이제 어느 누구에게도 휘둘리지 않겠다!!

유행이 아닌 자유추구 -
WWW.chungeoram.com
B o o k   P u b l i s h i n g   C H U N G E O R A M

天劍無缺

천검무결

매은 新무협 판타지 소설

매은 新무협 판타지 소설

천검무결
天劍無缺

1

그리고, 전설은 신화가 되어……

한 시대에 한 사람.
언제나 최강자에게로 수렴하던 역사의 흐름이 끊겨 버린 땅.
그 고고한 물길을 자신에게로 돌리려는 욕망의 틈바구니에서
전설은 태어난다.
교차하는 검기, 어지러운 혈향을 뚫고 하늘에 닿아라!

유행이 아닌 자유추구 -
WWW.chungeoram.com
Book Publishing CHUNGEORAM

야차(夜叉) 新무협 판타지 소설

귀도풍운

원수를 가르치고 원수에게 배워…
서로의 심장에 칼을 겨누는 것이
숙명인 저주받은 도법,

수라도(修羅刀)。

그 기원을 알 수조차 없을 만큼 수많은 세월을 이어져 내려온 이 도법은
새로운 피의 숙명을 잉태하였다.

저주받은 피의 고리를 끊어버릴 것인가,
체념한 채로 운명에 순응할 것인가.

유행이 아닌 자유추구 —
WWW.chungeoram.com
Book Publishing CHUNGEORAM